Tropengeschichten

In sechsunddreißig Geschichten wird über das Leben der Menschen unter der Glut der südlichen Sonne, ihre unterschiedlichen Schicksale, über Liebe, wilde Leidenschaft, aber auch Leiden und den Tod erzählt.

Das Leben in den Tropen ist oftmals geprägt von überschäumender Lebenslust und animalischer Kraft der Menschen, aber auch von der Magie des Lichtes, den Rausch der Farben, wie sie nur in der südlichen Welt in dieser Intensität leuchten.

Faszination und Ehrfurcht über die unglaubliche Kraft des Lebens, die berauschenden Wunder der üppigen Natur, für das in der Hitze schwimmende Land, dem feuchten Atem des Regenwaldes mit dem undefinierbaren Geruch der Erde nach dem Regen der Nacht.

Die magische Anziehungskraft der Tropen lässt den Reisenden nie mehr los.

Inhalt:

Am Orinoco 6

Sambia und die Diamanten Angolas 27

Madagaskar- Tom 39

Malaysia 46

Am Amazonas 60

Die Brücke 65

Mato Grosso 71

Der Söldner im Kongo 77

Der Edelsteinhändler 84

Die Frau aus Dar es Salam 92

Der Diamantenschleifer 97

Der Stern von Ceylon 104

Ngoro Goro 110

Don Pedros Hazienda 115

Rondonia 122

Ron aus Tansania 132

Der Rote aus Malaysia 141

Der Buschpilot 152

Diamanten aus Namibia 160

Am Amazonas Strom 173

Der Schlangenfänger von Sumatra 181

Am Sambesi 187

Die Stadt der Kirchen 198

Der Enkel des alten Mannes 203

Die Seelenwanderung 210

Gilbert aus Vietnam 215

Die Tochter des Uranos 231

Eines Tages sah sich Conchita veranlasst, Pedro zu töten. 238

Der alte Mann und sein Sohn 247

Die Witwe Margred 251

Die Hitze der Nacht 257

Lolita 262

Die Hure 268

Die Marina von Kapstadt 274

Der Maler Benito Juarez aus Ciudad 283

Jose Arcadio 291

Tropengeschichten

Am Orinoco

Sybille Aquilera war eine Fernsehmoderatorin, wunderschön und in ganz Brasilien bekannt. Und sie wusste, dass sie ein Star war und benahm sich auch so. Im Moment war sie wütend und schrie die Angestellte hinter dem Schalter des Flughafens von Manaus an.

„ Was ist los, warum streikt ihre blöde Fluglinie? Ich muss dringend nach Belem, ich habe dort Fernsehaufnahmen. Und was glauben sie, was los ist wenn ich meinen Vertrag nicht einhalte? Sagen sie ihrem Manager, wer ich bin und dass ich dringend nach Belem muss!"

„ Es hat keinen Sinn, wir streiken für höhere Löhne, aber versuchen sie es bei der privaten Fluglinie des Sven Marant, vielleicht fliegt er sie." Die Hostess blieb kühl.

Sven Marant war Eigentümer und einziger Pilot seiner kleinen Bedarfsfluglinie, ein etwa dreißigjähriger Mann mit einem Gesicht, in dem die tiefen Falten keineswegs alt, sondern nur männlich wirkten. Sehr männlich. Noch verstärkt durch die grauen Augen unter dem wirren Haarschopf.

Im Moment stand er vor seinem etwas älteren Flugzeug und füllte Motoröl in den riesigen Sternmotor.

„ Sie glauben wirklich, dass sie mit diesem Museumsflugzeug nach Belem kommen?" Die schöne Sybille sah spöttisch zu dem größeren Mann auf.
Sven Marant war sichtlich beeindruckt von der wunderschönen Frau, aber sein Flugzeug sollte niemand herabsetzen.
„ Hören sie, niemand zwingt sie mit mir zu fliegen. Sie können auch warten, bis der Streik zu Ende ist, vielleicht in einer Woche oder auch in zwei Wochen. Wer kann das schon wissen?"
Seine Stimme war rau, von zu viel Schnaps, Tabak und verweiberten Nächten. Er stand da, mit nacktem Oberkörper, ein Modellathlet mit breiten Schultern und muskulösen Armen. Neben der Ölkanne standen zahllose leere Bierdosen.
„ Na, sie saufen sich auch die Schatten von der Seele, so wie es aussieht." Jetzt war Sybille wirklich böse. Auch deshalb, weil sie genau wusste, dass sie keine andere Wahl hatte, als mit diesem ungehobelten Mann zu fliegen. Und außerdem sah er gut aus und lag ihr nicht zu Füßen. Sehr ärgerlich. Diese Erfahrung hatte sie bisher noch nicht gemacht. Sie stellte ein Bein auf den kleinen Ölbehälter und sah seinen Blick auf ihre Schenkel. Als Draufgabe beugte sie sich vor, um ihm einen Einblick in ihr tiefes Dekolletee zu geben und registrierte mit Befriedigung, die Schweißtropfen auf seiner Stirn.

Am nächsten Morgen flogen sie los. Er hatte ausgiebig gebadet und hatte sich seinen - drei Tages Bart - rasiert. Der angenehme Geruch eines guten Rasierwassers füllte das Cockpit.

Während er verschiedene Instrumente kontrollierte, sah er immer wieder zu ihr hinüber, auf ihre nackten Schenkel – der Minirock hatte sich verschoben – und auf ihren Busen, der weitgehend freigelegt, im Ausschnitt ihrer Bluse üppig bei jeder Bewegung des Flugzeuges wippte.

Die Unterhaltung beschränkte sich auf wenige Worte. Sie genoss den Blick auf das grüne Blättermeer, das unter ihnen dahinglitt und er genoss den Blick auf sie und hatte eine trockene Kehle.

Nach drei Stunden landeten sie auf einem kleinen Bedarfsflugplatz am Rande einer Ansammlung von windschiefen Bretterbuden. Während er Treibstoff tankte, schlenderte Sybille zu der Bretterhütte am Rande der Piste, über deren Dach eine rostige Reklametafel eisgekühltes Coca Cola versprach. Sie bekam eine Dose warmes Cola. Auf ihre wütende Beschwerde erntete sie nur ein freundliches Grinsen aus dem zahnlosen Mund des Verkäufers hinter dem Pult.

Sven Marant hatte in der Zwischenzeit seine Arbeit beendet und schlenderte langsam zu ihr. Sein breites Grinsen über ihren Wutanfall machte sie noch wütender und er hatte Mühe sich zu beherrschen. Mit ihrem zornesroten Gesicht sah sie so reizend aus, dass er sie am liebsten umarmt und geküsst hätte.

„ Natürlich gibt es in dieser abgeschiedenen Einöde keinen elektrischen Strom und daher auch keine eisgekühlten Getränke." Er legte begütigend seine Hand auf ihren Arm. Mit einer raschen Bewegung stieß sie ihn weg und stapfte wütend zurück zum Flugzeug.

„ Worauf warten sie noch? Ich möchte weg von hier, in Belem warten die Filmleute auf mich mit Unmengen von kalten Drinks. Und ihr überhebliches Grinsen können sie sich sparen!" Sie ließ sich auf den Sitz fallen und stieß seine Hand, die sie anschnallen wollte, energisch zurück.

„ Wenn sie ihren Sicherheitsgurt nicht anlegen, fliege ich nicht los!" Leise schimpfend mühte sie sich mit dem Verschluss und dann startete der Pilot den großen Sternmotor, der mit einigen Fehlzündungen fauchend zum Leben erwachte.

Er zog das Flugzeug steil in die Höhe, und am Ende der kurzen Piste streifte er fast die Wipfel der Bäume.

Das grüne Blätterdach des Dschungels zog unter dem Flugzeug gleichförmig dahin, nur hin und wieder von Flüssen und größeren Wasserflächen unterbrochen. Die Sonne brannte unbarmherzig durch das Glas der Kanzel.

Sybille war gerade ein wenig eingenickt, als der Klang des Motors unregelmäßig wurde und eine dicke schwarze Wolke aus dem Motor drang.

Sven schimpfte los und hatte alle Mühe das torkelnde Flugzeug gerade zu halten. Der grüne Dschungel kam rasch näher und im letzten Augenblick öffnete sich die geschlossene Fläche der Baumriesen und voraus glitzerte eine breite Wasserfläche.

Sven zog das Flugzeug über die letzten Baumwipfel und dann schlugen die Schwimmkörper unter den Rädern hart auf dem Wasser auf. Alles war so schnell gegangen, dass Sybille erst jetzt zu schreien begann.

„ Alles OK, sie können aufhören zu schreien, wir sind Gott sei Dank nicht in den Bäumen herunter gekommen. Das hätten wir vermutlich nicht überlebt." Sven ließ das Flugzeug bis zum nahen Ufer treiben. Dort sprang er auf den Schwimmer neben der offenen Cockpit Tür und richtete den Strahl des Feuerlöschers auf den noch immer rauchenden und nun auch brennenden Motor. Und nach endlos langer Zeit erloschen die Flammen. Dann watete er durch das seichte Wasser bis zu einem Baum, der seine Äste tief bis zum Boden streckte und vertäute den Flieger an einem dicken Ast.

Er watete zurück zum Flugzeug und hob die zitternde Frau aus dem Sitz. Als er sie durch das Wasser zum Ufer trug, schlang sie beide Arme um seinen Nacken und zitterte noch immer. Jetzt konnte er sich nicht mehr zurückhalten und küsste sie auf die Wange und dann auf den Mund. Sie tat zuerst überrascht, dann erwiderte sie aber seine Küsse leidenschaftlich.

„ Jetzt ist es aber genug, sie nutzen meine hilflose Lage unverschämt aus!" Sie sah ihn an mit gespielter Empörung in ihrem reizenden Gesicht. Er setzte sie etwas unsanft auf den

lehmigen Boden am Ufer ab und watete zurück zum Flugzeug.
Der Schaden, der zur Notlandung geführt hatte, war nicht so schwer, aber ohne Ersatzteile war an eine Reparatur nicht zu denken. Er schaltete das Funkgerät ein. Ohne Erfolg. Bei der harten Landung musste irgendein Teil gebrochen sein. Aber das Navigationsgerät funktionierte noch und zeigte Koordinaten an, die er in seine Karte eintrug. Das Ergebnis war wenig erfreulich. Sie waren weitab von jeder Zivilisation, mitten in der grünen Wildnis am Rande einer größeren Lagune. Ein Nebenarm des Orinoco war in der Nähe und sollte in einigen Tagesmärschen zu erreichen sein.
Wenn sie dem folgen würden, könnten sie schließlich zum Orinoco gelangen. Der würde sie schließlich in bewohnte Gebiete bringen. Aber dazwischen lagen sicher eine Menge Schwierigkeiten. Wenn er nur an die vielen Stromschnellen dachte, war er versucht, diesen Plan aufzugeben. Aber was gab es für andere Alternativen? Und das alles mit dem verwöhnten Fernsehstar!
Er stapfte grübelnd zurück durch das Wasser zum Ufer und übersah dabei fast einen Alligator, der ihm gefolgt war. Nur ein schneller Sprung auf die Uferböschung und in die Arme von Sybille bewahrte ihn vor der Bekanntschaft mit den scharfen Zähnen der Echse. Er erzählte ihr von dem Ergebnis seiner Untersuchung und sie begann zu weinen.
„Ich werde das nicht überleben, die Anstrengungen und die vielen Gefahren. Am besten wird es sein, sie lassen mich hier zurück und versuchen allein Hilfe zu holen."

„Wenn ich sie hier allein lasse, werden sie die nächste Nacht nicht überleben. Ein Jaguar, ein Alligator oder eine Schlange werden sie töten, sie haben keine Chance allein in dieser Wildnis."
Er sah sie an. „Ich nehme sie mit, wir werden es schon schaffen."
Sie nahm seinen Kopf und zog ihn herunter, bis sich ihre Lippen fast berührten. „Ich bin nur eine Last für dich, allein hast du vielleicht eine Chance."
„Aber eine süße Last. Ich nehme dich auf jeden Fall mit."
Der Übergang vom förmlichen „Sie" zum vertraulichen „Du" war ihnen ganz selbstverständlich von den Lippen gekommen.
Sie sah ihn an, unter halb geschlossenen Liedern und begann die Knöpfe ihrer Bluse zu öffnen.
Ihre Brüste waren wunderschön, schwer, aber fest. Sie konnten gut auf die Unterstützung eines Büstenhalters verzichten, so wie sie der Schwerkraft trotzend, steil nach vorne sich ihm entgegenstreckten. Als er sie liebkoste, mit Händen und Lippen, begann sie schwer zu atmen. Sie nestelte am Verschluss ihres Minirockes und mit einer schlängelnden, ungemein erotischen Bewegung schüttelte sie den Rock ab. Er fasste sie um die Hüfte und legte sie auf den Boden, dabei küsste er sie stürmisch auf Bauch und Schenkel. Sie stöhnte leise, als er hart in sie eindrang. Dann verlor sie jede Kontrolle über ihren zitternden Körper. Und am Höhepunkt ihrer Lust schrie sie auf. Es klang wie ein

Todesschrei, wenn der Jaguar seine Zähne in den Nacken seines Opfers schlägt.

Einige Meter entfernt sah ihnen ein Alligator im Wasser erstaunt zu.

Sie lagen im Gras, eng nebeneinander und langsam beruhigte sich ihr Atem. Er sah sie an. Sie sah hinauf in die Wolken. Und Ihm wurde klar, er hatte sich in sie verliebt, aber sie liebte ihn nicht. Ja, sie genoss den Sex mit ihm, aber sie liebte ihn nicht. Von all den vielen Frauen, die er gehabt hatte, hatten sich viele in ihn verliebt. Aber für ihn war es das erste Mal, dass er dieses starke Gefühl verspürte, völlig neu und überraschend.

Er stand langsam auf und watete zum Flugzeug. Die Sonne stand schon tief, knapp über den Bäumen und wenn sie untergeht, wird es schlagartig dunkel. Es war höchste Zeit, alles für die Nacht vorzubereiten. Das kleine Zelt mit dem Moskitonetz, die Taschenlampe, die Signalpistole und den Spirituskocher mit dem kleinen Beutel mit Kaffee und die Streichhölzer. Alles war sorgsam in einem Notfallsack verstaut. Er nahm noch die Machete aus dem Seitenfach und den Kanister mit Wasser, dann watete er zurück zum Ufer, immer mit Sorgfalt den Wasserspiegel beobachtend. Der Alligator war sicher noch in der Nähe.

Sybille sah ihm zu, wie er das Zelt aufbaute, dann nahm sie den Spirituskocher und den Wasserkanister. „ Irgendwo habe ich ein Paket mit kleinen Säckchen Fertigsuppen gesehen. Weißt du wo die sind?" Sie sah ihn an und fasste seine Hand. Schon diese Berührung brachte ihn aus der Fassung.

„ Ruhe dich aus, ich werde für uns die Suppe kochen." Er sah sie an und dann vergaß er seine Absicht. Er knöpfte ihre Bluse auf. Sie ließ es lächelnd geschehen und öffnete den Verschluss ihres Minirocks, dann liebten sie sich leidenschaftlich bis zur Erschöpfung. Eng aneinander gepresst lagen sie im Zelt und nur langsam ebbte ihre Erregung ab.

Schlagartig fiel die Finsternis über die Lichtung.

Er zündete den Spirituskocher, füllte Wasser aus dem Kanister in einen Kochtopf und schüttete aus dem Päckchen etwas Suppenpulver in das kochende Wasser. Ein herrlicher Geruch füllte das Zelt.

„ So, jetzt musst du aber schlafen, morgen machen wir uns auf den Weg zu dem kleinen Fluss, der in den Orinoco mündet. Wenn wir dann dem folgen, müssen wir schließlich in bewohnte Gebiete kommen." Sven Marant war sich dessen sicher, aber er wusste auch, dass bis dahin unglaubliche Strapazen und wohl auch Gefahren auf sie warten würden.

Am nächsten Morgen, als der Schöpfer das große Sonnenlicht einschaltete, wurde es mit einem Schlag brütend heiß. Die Geräusche und Laute des nächtlichen Urwaldes verstummten mit einem Schlag, alles duckte sich scheinbar unter den Hitzefackeln, die aus den Höhen des Himmels herab geschleudert wurden.

Sven schnürte den Sack mit dem Notwendigsten, steckte die Signalpistole und sein Messer in den Gürtel und die Machete in die Lederscheide. Dann kontrollierte er nochmal die Seile mit denen sein Flugzeug an den Bäumen befestigt war. Den Kompass hatte er griffbereit um den Hals gebunden. Es konnte losgehen.

Zuerst kamen sie gut voran, aber gegen Mittag, als die Sonne genau über ihnen stand, wurde die Vegetation so dicht, dass er immer öfter den Weg mit der Machete frei schlagen musste. Die Bäume standen so eng, dass das Licht nicht mehr bis zum Boden dringen konnte. Es herrschte ein diffuses, dämmeriges Halbdunkel.

Die Feuchtigkeit des Nachtregens tropfte von den Blättern und stieg als weißer Dunst aus der Erde.

Der Schweiß rann in Strömen über Gesicht und Körper. Bald hatten sie das Gefühl, die Hitze und die Feuchtigkeit nehme ihnen den Atem. Es war unerträglich.

Dann standen sie vor einer Wasserfläche, riesengroß und zur Gänze bedeckt mit grüner Vegetation. Blätter so groß wie ein Tisch. Sie sahen sich um, aber die Wasserfläche reichte soweit sie sehen konnten. Viel zu groß, dass man sie umgehen könnte.

Sven stieg ins Wasser und bahnte sich den Weg zwischen den Blättern. Dabei hatte er ein mulmiges Gefühl, wenn er an die Alligatoren und Wasserschlange dachte, die man im Blättergewirr nicht sehen konnte, aber es gab keine andere Möglichkeit. Sie mussten durch. Zum Glück schien das

Wasser nicht zu tief zu sein, es reichte ihm bis zum Bauch. Sybille folgte ihm zögernd. Sie legte eine Hand auf seine Schulter, das schien ihr eine gewisse Sicherheit zu geben. Aber trotzdem zuckte sie zurück, wenn eine Wurzel oder Pflanze unter Wasser ihre Beine berührten.

Zum Glück schienen alle Alligatoren satt zu sein, oder die beiden Gestalten waren ihnen so suspekt, dass sie unbehelligt das andere Ufer erreichten. Aber da, als nur mehr wenige Meter bis zum rettenden Ufer fehlten, hob sich der Kopf einer Anakonda aus dem Wasser und zischte bedrohlich. Sven machte einen Schritt zu viel und da schoss die Schlange auf sie zu. Sven hob die Machete, aber das Reptil umschlang blitzschnell die Beine des Mannes. Er verlor die Balance und stürzte in das schlammige Wasser. Nur Svens hoch erhobene Hand mit der Machete ragte aus der gelben Brühe. Dann tauchten beide aus dem Wasser auf. Nur knapp vor Svens Kopf lauerten die kalten Augen der Schlange auf jede Bewegung des Mannes. Aber der Abstand war so gering, dass Sven es nicht wagte mit der Machete auf das Reptil einzuschlagen.

Sybille machte einen weiten Bogen um Sven und die Schlange, als sie vorsichtig durch das Wasser watete. Am Ufer suchte sie einen dicken Ast und hastete rasch zurück ins Wasser. Mit aller Kraft schlug sie dann auf den aus dem Wasser ragenden, Schenkel dicken Körper der Anakonda.

Die wandte sich von Sven ab und drehte den Kopf in ihre Richtung. Jetzt hatte Sven genug Abstand, um weit

auszuholen und mit einem wuchtigen Schlag mit der Machete, den Kopf der Schlange vom Körper zu trennen.
Sie lagen am Ufer und langsam beruhigte sich ihr Atem.
„ Das hast du gut gemacht, ohne deine Hilfe wäre es für mich sicher nicht gut gegangen. Wenn die Schlange mich ins Gesicht gebissen hätte, wäre meine Schönheit beim Teufel gewesen." Sven grinste etwas gequält und sah Sybille von der Seite an. Immer wieder war er überwältigt von ihrer Schönheit und ihrer sinnlichen Ausstrahlung. Die süßen Knie, die runden Schenkel, ihre unglaublich erotischen Brüste, ihre vollen roten Lippen. Alles faszinierte ihn wie bei der ersten Begegnung, immer wieder aufs Neue. Als er Ihre Schenkel streichelte, begegnete er ihren leicht spöttischen dunklen Zauberaugen.
Und sie liebten sich inmitten der Magie des Dschungels. Der süße Duft der Orchideen erfüllte die Luft, das eigenartige Zittern der Luft zwischen den Urwaldriesen, der modrige Geruch des nahen Sumpfes, alles faszinierend und zugleich abstoßend und Furcht einflößend. Ein Rausch der Farben - die unzähligen Blüten in den Ästen und Astgabeln der Bäume.
Für heute hatten sie genug. Sven baute das kleine Zelt auf und dann ging er in den Wald um etwas Essbares zu suchen.
Er fand einige Früchte und dann entdeckte er den morschen Stamm einer Palmenart, die er kannte, aber der Name war ihm entfallen. Vorsichtig löste er die oberste Schale. Darunter fand er, was er erhofft hatte: Finger große weiße Würmer. Essbare Maden einer bestimmten Art, die er von

einer früheren Reise mit Indios im Mato Grosso kennen gelernt hatte. Erleichtert sammelte er so viele als möglich ein. Über dem Feuer gegrillt, würden sie eine ausreichende Mahlzeit für Sybille und ihn ergeben.
Sybille jedoch lehnte entrüstet die weißen, knusprig gegrillten Maden ab und begnügte sich mit den wenigen Früchten.
Sven war nicht so heikel, oder vielleicht auch hungriger. Jedenfalls aß er mit sichtlichem Genuss die kleinen Eiweißbomben.
„ Nicht einmal daran denken sollst du, mich zu küssen". Sybille schüttelte sich vor Ekel und schloss die Augen als Sven den letzten Wurm in den Mund schob.
„ Du musst aber etwas essen, es kann lange dauern bis wir wieder Dörfer finden in denen wir zu essen bekommen. Und die Anstrengungen und Strapazen sind enorm in dieser grünen Hölle." Sven klang besorgt. Sybille lehnte sich an Svens Schulter und streichelte seinen Arm. Im Nu hatte er alle Sorgen und Ängste vergessen, er nahm sie in seine Arme und strich zart über ihr Gesicht, ihren Hals, ihre Brüste.
Sie war die schönste und erotischste Frau, die er je kennengelernt hatte. Sie war eine Traumgestalt für Sven, eine unwirkliche Schönheit, absolut perfekt. Ihre femininen Bewegungen, der Klang ihrer Stimme, wie sie ihn ansah, mit ihren grünen Zauberaugen, lockend und zugleich ein wenig spöttisch. Er musste sich eingestehen, er war ihr rettungslos verfallen.

Und während sie sich liebten, stand die Zeit still. Sie hatten die Zeit einfach zum Stehen gebracht. Die Laute des Urwaldes brachten sie langsam wieder zurück in die Gegenwart.

Sybille löste sich aus seinen Armen und ging zurück zum Wasser um sich zu waschen. Die Sonne war hinter den Urwaldriesen verschwunden, es wurde schlagartig dunkel.

Sven hatte das kleine Zelt aufgebaut und sie verbrachten eine unruhige Nacht, oftmals unterbrochen durch die Laute des Dschungels.

Am nächsten Morgen gab es nur eine Tasse Kaffee. Sie brachen auf, knapp nachdem die Sonne über den Wipfeln der Bäume erschienen war. Es war sofort hell und drückend heiß.

Gegen Mittag machten sie Rast auf einer kleinen hellen Lichtung inmitten des dunklen, dampfenden Waldes. Das Unterholz war so voll Feuchtigkeit, dass es Sven nicht gelang Feuer zu machen. In den Strahlen der Sonne glitzernde Wassertropfen auf allen Blättern, auf allen Ästen, den süß duftenden Orchideen in den Astgabeln der Baumriesen.

Sven schulterte die Machete und machte sich auf, um im Wald etwas Essbares zu suchen.

Während er im Unterholz trockene Äste sammelte musste er höllisch aufpassen, dass er nicht von einer der zahllosen Schlangen gebissen wurde. Endlich fand er einen Strauch mit essbaren roten Früchten. Er war sich sicher, diese runden kirschgroßen Früchte kannte er, sie schmeckten leicht säuerlich.

Wieder zurück bei Sybille, gelang es Sven auch Feuer zu machen. Er kochte das Wasser der Lagune so lange, bis er sicher war, dass alle Krankheitserreger, alle Bakterien und Viren abgetötet waren. Aber es blieb natürlich eine unappetitliche gelbe Brühe, die er mit dem Suppenpulver aus seinen Vorräten in eine genießbare „ Suppe " verwandelte.

Nachdem ihre Mägen wieder halbwegs gefüllt waren, machten sie sich wieder auf den Weg.

Am späten Nachmittag, knapp bevor die Sonne in den grünen Wipfel der Urwaldriesen verschwand, schlug Sven ihr Lager in einer kleinen Lichtung unter einem wilden Feigenbaum auf. Über dem Feuer kochte das Wasser für die obligate Suppe. Sybille sah zu und unvermittelt begann sie zu singen. Ein Lied, das er noch nie gehört hatte, mit hellen und jubilierenden Tönen sang sie und es schien als hätte sie alles ringsumher vergessen. Ein Lied ohne erkennbaren Text, eine Melodie, so voll Lebensfreude und Lust.

Eine jubilierende Ode an die pulsierende Kraft des Lebens.

Sie hatte den Kopf in den Nacken geworfen, die Fülle ihrer schwarzen schimmernden Haare fiel über ihre Brust. Sie war so schön, dass es Sven die Kehle zuschnürte. Vorsichtig tastete er nach ihrer Hand, aber sie zog sie hastig zurück. Natürlich, er war sich dessen wieder bewusst, sie liebte ihn nicht, sie duldete nur seine Liebe, weil der Sex mit ihm auch ihr gefiel ihr, mehr war es nicht.

Am nächsten Morgen erwachten sie mit dem Gefühl, mit den Füssen in einer heißen feurigen Glut zu liegen.

Sven sprang auf und dann sah er sofort den Grund ihrer Schmerzen. Unzählige blutrote Feuerameisen bedeckten seine Beine. Und sie spritzten ihre Ameisensäure in die unzähligen kleinen Bisswunden an den Waden und Schenkel. Bevor sie ihre Aktivitäten noch in höhere Zonen ausdehnen konnten, streiften sie die rote Flut rasch von den Beinen.
„ Diese blöden Ameisen werden in ihrer Gier doch nicht glauben, dass wir uns von ihnen bei lebendigem Leib fressen lassen. Wir gehören doch sicher nicht in ihr Beuteschema."
Sie hatten sich ins Wasser der nahen Lagune geflüchtet und wuschen die restlichen Ameisen von ihren Beinen. Sven schimpfte immer noch.
Zum Frühstück gab es die obligate „ Suppe". Sybille begann zu rebellieren: „ Ich kann dieses Zeug nicht mehr sehen und schon gar nicht mehr riechen. Hoffentlich kommen wir bald in bewohnte Gegenden."
Gegen Mittag kamen sie zu einem schmalen Fluss, nur etwa zehn Meter breit, aber wie es schien mit starker Strömung. Vorsichtig stiegen sie ins Wasser und wurden sofort von der Strömung mitgerissen. Sybille wurde unter Wasser gedrückt und Sven tauchte verzweifelt in die trübe Flut. Er konnte so gut wie nichts sehen, aber nach einer kleinen Ewigkeit – wie ihm schien – bekam er Sybille zu fassen und hustend und spuckend erreichten sie das andere Ufer.
Sven kontrollierte seine um den Leib gebundene Tragtasche, Gott sei Dank war alles noch vorhanden.
Er öffnete den wasserdichten Behälter und schaltete das GPS ein - nein - das war noch nicht der gesuchte Fluss, der

sie zum Orinoko bringen würde. Sie kochten sich die obligate Suppe und Sybille erholte sich langsam von den Schrecken der Flussüberquerung.

„ Sollten wir das alles lebend überstehen, werde ich einen Filmbericht über diese „Reise" drehen und du bist der große Held der Geschichte." Sybille drehte sich lachend um und entglitt so seinen suchenden Händen.

Gegen Abend des zehnten Tages erreichten sie endlich den Fluss, der in den Orinoko mündet. Sven kontrollierte nochmals ihre Position mit Hilfe des GPS-Navigation Systems.

Am nächsten Morgen begann er sofort mit dem Bau eines Floßes. Etwas mühsam war das Fällen der Bäume mit der Machete, aber nach einigen Tagen war das Floß fertig und sie feierten den Beginn des letzten und wie sie hofften, auch am wenigsten anstrengenden Abschnitt ihrer Reise.

In der Mitte des Flusses trieben sie dahin, langsam aber stetig. Die Ufer mit ihren grünen Wänden der Urwaldriesen mit weit in den Fluss hängenden Ästen trieben langsam vorbei. Die üppige Vegetation des undurchdringlichen Dschungels versuchte scheinbar auch den Fluss zu überwuchern. Am Abend legten sie am Ufer an, um die Nacht im Schutz eines Baumes zu verbringen.

So vergingen die Tage, beschaulich und in Ruhe, ohne besondere Ereignisse.

Nach weiteren elf Tagen öffnete sich am rechten Ufer eine kleine Lichtung. Drei bärtige Männer saßen um ein

Lagerfeuer, und als sie das Floß erblickten, sprangen sie und winkten mit einladenden Armbewegungen.

Sven lenkte das Floß zum Ufer und als er die drei Männer näherkommen sah, wusste er, dass er einen Fehler gemacht hatte.

Es waren wilde Gestalten, offenbar Diamantenschürfer, die den Ufer Sand des Flusses auf der Suche nach den begehrten Edelsteinen in breiten Schüsseln wuschen. Natürlich ohne Genehmigung der Regierung.

Sie zogen das Floß weiter ans Ufer und dann hoben sie johlend die erstarrte Sybille vom Floß ans Ufer und zogen sie zur Feuerstelle.

Ohne sich weiter um Sven zu kümmern, redeten sie gestikulierend auf die angsterfüllte Frau ein.

Sven knüpfte die Seile der Tragtasche auf, die seine Bewegungsfreiheit behindern würde und lief zum Feuer um Sybille beizustehen. Die drei Kerle erhoben sich und nahmen eine drohende Haltung ein. „ Hau ab, oder wir schlagen dir den Schädel ein". So oder so ähnlich klang es in schlechtem Portugiesisch aus dem Mund des riesenhaften, bärtigen Mannes, der offenbar der Anführer war.

Mit einigen schnellen Sätzen war Sven bei den Männern. Seine Chancen gegen die Drei waren nicht besonders groß, aber die Sorge um Sybille ließ ihm keine Zeit für lange Überlegungen. Er war durchtrainiert und muskulös, und den beiden Männern, die sich nun auf ihn stürzten, bestimmt überlegen. Den ersten schickte er mit einem schweren Treffer sofort zu Boden. Der zweite hielt seine harten

Boxhiebe etwas länger durch, ging dann aber auch zu Boden. Als Sven sich nach dem dritten umdrehte, sah er für Sekundenbruchteile den blanken Holzschaft eines Gewehres, bevor dieser auf seinen Kopf explodierte.

Als er wieder zu sich kam, lag er verkrümmt auf der feuchten Erde und stellte mit Entsetzen fest, dass er sich nicht bewegen konnte. Seine Arme und Beine gehorchten ihm nicht.

Das Blut aus seiner Kopfwunde hatte sein rechtes Auge verklebt, aber als er sein linkes Auge mühsam öffnete, sah er die drei Männer, die einen Kreis um die am Boden liegende Sybille bildeten.

Die beiden, die er niedergeschlagen hatte, hielten die Beine der Frau und der Anführer zog sich die Hose aus. Er kniete sich zwischen ihre Beine und als er brutal in sie eindrang stöhnte Sybille so laut, dass Sven sich aufbäumte. Dann wurde Sybille still, aber dann – diesen Laut kannte er. In den letzten Tagen hatte er ihn oft gehört: Es war ihr Schrei am Höhepunkt der Lust.

Das Blut in Svens Kopf hämmerte in dumpfen Schlägen. Unter dem Druck des Blutes blähte sich sein Herz auf, immer weiter, bis es seinen Brustkorb zur Gänze ausfüllte, dann zerbrach es in tausend Teile. Und bei jedem Atemzug zerrissen die Splitter sein Inneres. Die unsagbare Qual des eben erlebten beendete schlagartig die Blockade seiner Gliedmaßen. Er wischte sich das Blut aus der Stirn, aus den Augen und griff nach dem am Boden liegenden Gewehr, dessen Kolben noch klebrig war von seinem Blut. Langsam erhob er sich und richtete den Lauf auf die erstarrten Männer. Da kam Sybille auf ihn zu gelaufen: „ Tu es nicht, du bist kein Mörder. Wenn du diese Männer erschießt, bist du auch nicht besser als sie!"

Sie fasste Sven um die Schulter und zog ihn zum Floß. Dort angekommen, löste sie die Seile und langsam trieb das Floß in die Mitte des Flusses, wo die stärkere Strömung es erfasste.

Langsam verschwand die Lichtung und mit ihr die drei Männer, die immer noch wie erstarrt auf der Uferböschung standen.

Sybille säuberte die Platzwunde am Kopf von Sven, der sich bemühte sie nicht an zusehen. Sie streichelte zärtlich seinen Kopf, aber er drehte sich weg. Sie sah ihn an, mit diesem seltsamen Ausdruck in ihren Augen – einer Mischung aus Scham und Schuldgefühl.

Aber Sven konnte nicht verwinden, was er gesehen und gehört hatte. Sie hatte den brutalen wilden Akt mit diesem Kerl genossen! Ihr wilder Schrei klang in seinen Ohren.

Niemals würde er das vergessen können, niemals.

Alles in ihm war gestorben, jedes Gefühl, jedes Begehren für diese wunderschöne ungemein erotische Frau. Die folgenden Tage auf dem Floß wurden zur Qual. Sybille verfolgte ihn mit ihrer Zuneigung, ihrer offenbar entflammten großen Liebe und ihrem wilden Verlangen. Für Sven wurde es immer schwerer, denn verletzen wollte er sie nicht durch seine Zurückweisung. Aber es war ihm unmöglich ihre Zärtlichkeiten zu erwidern. Aber es schien, als würde sie förmlich darum betteln. Ganz offensichtlich hatte sie sich hemmungslos in ihn verliebt, aber seine Liebe zu ihr war gestorben.

Nach langen drei Wochen erreichten sie endlich eine größere Siedlung. Man schickte ein Flugzeug, das sie zurück nach Rio de Janeiro brachte. Dort wurde eine große Feier zur Rettung des berühmten Fernsehstars und seines Retters veranstaltet. Die Fernsehanstalten übertrugen die Feier ins ganze Land. Sie zeigte eine wunderschöne Sybille, die ihren Retter und Helden mit heißen Augen verfolgte. Der aber wandte sich ab und verließ so rasch als möglich die Feier, um sich sein Flugzeug mit Hilfe eines Freundes aus den Tiefen des Urwaldes zu holen.

In den folgenden Jahren flog Sybille so oft sie konnte nach Manaus, der Stadt mitten im Urwald, in der Hoffnung Sven zu treffen, aber jedes Mal war er gerade mit seinem Flugzeug unterwegs.

Sambia und die Diamanten Angolas

Die dicke schwarze Kakerlake kroch langsam die Wand hoch, genau über dem Herd hielt sie an. Der schwarze Koch verfolgte schläfrig den großen schwarzen Käfer. Dann rührte er wieder bedächtig in dem großen Topf, in dem große Stücke Kartoffel und kleine Stücke Fleisch, vermischt mit grünem undefinierbaren Gemüse schwammen. Dann hob der Koch den Topf vom Feuer und trug ihn in den Speisesaal. Dort stellte er den Topf auf einen langen Tisch, neben Schüsseln voll Brot und Krügen mit Eiswasser. An den Tischen saßen gut ein Dutzend Schwarzafrikaner und etwas abseits ein Weißer. Er hatte ein von der Sonne verbranntes Gesicht, in dem die grauen Augen dominierten. Sein verwaschenes Hemd und die abgenutzte Hose zeugten von harter körperlicher Arbeit unter der heißen Sonne der Tropen. Jorg Brandner verdiente seinen Lebensunterhalt mit der Suche nach Edelsteinen. Reich war er bisher nicht geworden, aber er war überzeugt davon, irgendwann würde er schon den Superstein finden, der ihn reich machen und für den Rest seines Lebens jeder Sorgen entledigen würde. Bis dahin war er aber gezwungen in diesem schäbigen Hotel zu wohnen, in dem es keine Klimaanlage gab und auch sonst sich alles im fortgeschrittenen Zustand des Verfalls befand. Das rostige Bett in seinem Zimmer mit dem Moskitonetz in dem es fast nur mehr Löcher gab, durch die die Moskitos sich ungehindert auf den Schlafenden stürzen konnten, oder die Fenster, bei denen nur mehr Reste von Glas vorhanden waren.

Einige Tische weiter saß eine junge Frau, etwa Mitte zwanzig, mit langen blonden Haaren, guter Figur und einem frischen, mädchenhaftem Gesicht mit blauen Augen und einem sinnlichen Mund. Sie war Amerikanerin und die Leiterin der Verkaufsabteilung eines amerikanischen Getränke Konzerns, der Außenstelle in Sambia. Was man sich so erzählte, wäre sie kein Kind von Traurigkeit. In der kurzen Zeit ihrer Tätigkeit in Sambia, hatte sie die intensive Bekanntschaft der jungen weißen männlichen Bevölkerung in Lusaka und Umgebung gemacht. Und die Bezeichnung „Intensiv" war wohl treffend. Aber dann kam ein Trupp deutscher Männer in Uniformen der Bundeswehr an und Marylin West, so hieß die Schöne, veranstaltete einen Kahlschlag unter den durchtrainierten Männern, dem Stolz der deutschen Marine im schweren Auslandseinsatz.

Aber leider waren die Jungs vor einigen Tagen wieder zu neuen Ufern abgereist, und so schickte Marylin ein hoffnungsvolles Lächeln zu Jorg Brandner. Aber der hatte ein Problem. Sein dunkler, sympathischer Bass stand im absoluten Kontrast zu dem, das er wutentbrannt quer durch den Speisesaal dem Koch zubrüllte: „ He, du Zerrbild eines Kochs, setz deine Fettmassen in Bewegung und sieh dir an, was du alles gekocht hast in deinem Eintopf!"

Der Koch kam heran geschlürft und nach einem Blick in den Teller grinste er schuldbewusst: „ Aber Mister, das ist doch nur ein kleiner Käfer, der wurde wohl angelockt durch den unwiderstehlichen, guten Geruch meines Eintopfs der im ganzen Land berühmt ist. Sie sehen, sogar ein Kakerlake stirbt für mein Essen."

Jorg Brandner musste ein Grinsen unterdrücken. „OK, du siehst aus als ob du heute noch nicht gegessen hättest. Ich schenke dir meinen Teller. Komm setz dich zu mir an den Tisch und lass es dir gut schmecken. Aber lass es dir nicht einfallen mein großzügiges Geschenk abzulehnen, das würde ich als große Beleidigung empfinden. Und du willst mich doch nicht beleidigen?"

Jorg Brandner sah den Koch scharf an und der begann widerstrebend zu essen.

Mit größter Sorgfalt schob er den schwarzen Käfer von einer Ecke des Tellers in die andere, bis schließlich Jorg Brandner den Speisesaal verließ. Vor dem Hoteleingang stand sein etwas verbeulter Land Rover, der auch schon bessere Tage gesehen hatte, aber erstaunlicher Weise noch immer fuhr. Jorg Brandner fuhr auf der „Hauptstraße" in Richtung Westen bis er die Vororte verließ. Nach einer guten Stunde bog er nach links in einen kaum erkennbaren Weg, der ihn zwischen hohen Bäumen immer weiter in einen undurchdringlichen Urwald führte. Und als es schien, als ob es nicht mehr weiter gehen würde, öffnete sich eine Lichtung. Der jähe Wechsel vom Halbdunkel des Waldes in eine strahlende, lichtdurchflutete Sonneninsel blendete ihn zunächst. Als sich seine Augen an die Helle gewöhnt hatten sah er eine halb verfallene Hütte, davor ein Auto aus dem vorigen Jahrhundert und daneben eine baumelnde Hängematte. Halb hinter dem Oldtimer verdeckt stand ein bärtiger Mann der mit einem sehr modernen Automatik Gewehr auf ihn zielte. Daneben kauerte sprungbereit ein Schäferhund.

Jorg Brandner stieg grinsend aus dem Land Rover und ging langsam auf den Bärtigen zu.

„ Ich habe gehofft du wirst mich zu einem Drink einladen, oder willst du mich erschießen, um dir eine Flasche Bier zu ersparen?"

Der Bärtige kam hinter dem Auto langsam hervor und musterte den Ankömmling missmutig. „ Und du hast wohl vergessen, dass du eine Kiste Bier mitbringen wolltest?"

Jorg Brandner öffnete die hintere Lade Tür seines Land Rovers und hob lachend eine Kiste Bier heraus. „ Natürlich habe ich nicht damit gerechnet, dass du ein Bier spendierst, du alter Geizhals!"

Zufrieden setzte sich der Alte in seine Hängematte und öffnete genießerisch eine Flasche.

Jorg Brandner verbrachte die Nacht in der Hütte seines Freundes und am nächsten Morgen kamen zwei hochgewachsene Schwarzafrikaner, die furchtsam einen großen Abstand zu dem knurrenden Hund hielten, der sie drohend umkreiste.

„ Das sind die zwei Männer aus Angola, angeblich sind es zwei Kämpfer der Unita-Rebellen. Ich habe ihnen erzählt, dass du ein ehrlicher Edelsteinhändler bist. Sie wollen Diamanten verkaufen. Drüben in Angola gibt es die schönsten Steine der Welt, habe ich gehört. Aber du weißt, Diamanten interessieren mich nicht, zu viel Ärger und auch Blut kleben an ihnen. Nichts für einen alten Mann, wie mich. Mit Diamanten in der Hand bist du schneller tot als du bis drei zählen kannst. Je wertvoller Edelsteine sind, desto gefährlicher ist ihr Besitz. Ich verstehe das nicht." Serge, - so hieß der Alte – sog an seiner Pfeife und sah die beiden Angolaner an. „ Man sagt, sie verkaufen ihre Diamanten um für das Geld Waffen für ihren Kampf gegen die Regierungsarmee zu kaufen. Aber du bist Edelsteinhändler, es hat dich nicht zu interessieren, was sie mit dem Geld anfangen, das sie für ihre Steine bekommen." Serge sah Jorg Brandner an.

Der überlegte laut: „ Aber indirekt bin ich schuld am Leid und am Tod vieler Menschen, wenn ich ihnen Diamanten abkaufe."

Serge wischte mit einer Handbewegung die Überlegung vom Tisch: „ Sei nicht kindisch, wenn du sie nicht kaufst, gibt es hundert andere die ohne die geringsten Skrupel die Steine kaufen. Die machen dann das große Geld und du bleibst ehrlich, aber arm.

Die beiden nehmen dich mit nach Angola, dort wirst du so viele Diamanten kaufen als möglich und zum ersten Mal in deinem Leben wirst du keine Geldsorgen mehr haben."

Am nächsten Morgen zog Jorg Brandner mit den beiden Angolanern los. Die kannten den richtigen Weg, vorbei an den Camps der Militärposten, die die Grenze zu Angola bewachen. Den Sambesi, den großen Grenzfluss überquerten sie in einem kleinen Boot im Dunkel der Nacht und dann waren sie in Angola. In dem geheimnisvollen Land, das kein Weißer betreten durfte und in dem ein blutiger Bürgerkrieg seit dreißig Jahren wütete. Ein wunderschönes Land, aber voll Landminen und Sprengfallen auf den Straßen im Landesinneren. Aber die beiden Angolaner schienen alle Stellen zu kennen, an denen Minen drohten.

Am Abend des nächsten Tages kamen sie zu einem Fluss in dem in der Mitte ein kleines Floß verankert war. Auf dem Floß saßen vier Männer, die mit großer Freude die beiden Begleiter Jorg Brandners begrüßten.

Die Männer tauchten im Fluss nach Diamanten.

Zuerst wurde an einem Seil ein Korb in die Tiefe des Wassers versenkt, dann sprang der Taucher hinterher, mit einem Seil um die Brust gesichert. Der füllte den Korb mit dem Sand und den Steinen des Flussbodens. Seine Begleiter zogen den Korb in die Höhe, und wuschen den Inhalt in einer großen runden Schüssel. Sehr oft war in dem Waschgut auch ein glitzernder Diamant. Aber sie erzählten auch, dass es schon vorkommen kann, dass sie das Seil mit glatt durchgebissenen Enden heraufzogen. Vom Taucher sah man niemals wieder etwas. Die Flüsse Angolas sind leider nicht nur voll der schönsten Diamanten, sondern auch voll der größten Krokodile.

Jorg Brandner wurde rasch handelseinig mit den Männern des Floßes. Er kaufte alle Steine, die sie hatten.

Wunderschön glasklare bis haselnussgroße, in der Sonne förmlich Funken sprühende Kristalle.

Aber jetzt hatte er kein Geld mehr, und so drängte er auf eine rasche Rückreise. Die im Boden vergrabenen Minen und die Soldaten der Regierung, die jederzeit auftauchen konnten, verursachten bei ihm ein ungutes Gefühl der permanenten Gefahr.

Aber die beiden Begleiter wollten zuerst in ein nahes Militär Camp der Rebellen. Und so gab es keine andere Möglichkeit – Jorg Brandner musste mit, denn allein würde er den Rückweg sicher nicht finden. Und wenn er an die zahlreichen Minen im Boden dachte, verwarf er sofort jeden Gedanken an einen Alleingang.

Das „nahe" Militär Camp erreichten sie nach einem weiteren Tagesmarsch. Im Angesicht der zahlreichen Bewaffneten, die aber keine Uniform trugen, wurde er sich bewusst, dass er nun inmitten der Rebellen war. Und dass er nun diesen Leuten völlig ausgeliefert war. Ein Gefühl, dass er bei den beiden Begleitern nie hatte. Aber wahrscheinlich machte die große Anzahl den Unterschied.

Der Kommandant empfing ihn aber sehr freundlich und bewirtete ihn mit zahllosen Früchten und einer Tasse Kaffee. Der schmeckte zwar scheußlich, aber seine Begleiter versicherten ihm, dass dies eine seltene Ehre sei, denn Kaffee musste von Sambia über die Grenze nach Angola gebracht werden und war daher etwas Besonderes.

Die übrigen Rebellen des Camps betrachteten den weißen Ankömmling neugierig, aber auch etwas reserviert. Das änderte sich, als er seine mitgebrachten Zigaretten verteilte und auch etwas im Dschungel besonders Wertvolles als Geschenk anbot – ein Säckchen Salz.

Nach dem Abendessen, eine Schüssel mit „Schimmi", ein eingedickter Brei aus Maismehl, wies man ihm eine Hütte zu. Ob ihm der Maisbrei so schwer im Magen lag, oder die ungewohnte Situation jeden Gedanken an Schlaf verhinderte, war letztlich ohne Bedeutung. Schweißgebadet begrüßte er den beginnenden Tag und trat aus der Hütte. Es hatte in der Nacht geregnet. Die Feuchtigkeit stieg aus dem Boden hoch, in fahl weißen Nebelschwaden. Es war diese mystische Stunde zwischen Nacht und beginnenden Tag, die ihn in ihren Bann zog. Es roch nach modriger Erde und verfaulten Blättern und entfernt nach den Blüten in den Astgabeln der Uhrwaldbäume. Der schwere süßliche Duft zog ihn gleichermaßen an, wie er ihn Abstoß.

Er brauchte zwei Streichhölzer um sich eine Zigarette anzuzünden. Als er das zweite Streichholz in hohen Bogen wegwarf, sah er sie knapp vor seinen Füßen liegen, eine grüne Mamba von gut zwei Meter Länge. Ihre Haut glänzte in den letzten Strahlen des fahlen Mondes, eine Reihe von glitzernden Wassertropfen lief über ihren Körper als sie sich aufrichtete. Sie war wohl genau so überrascht wie der Mann vor ihr. Langsam hob sie den Kopf und sah direkt in sein Gesicht. Offenbar überlegte sie, ob sie angreifen oder fliehen sollte. Jorg Brandner wagte keine Bewegung, nur an seiner Zigarette sog er hektisch. Die Schlange machte eine blitzschnelle Bewegung und war im Blättergewirr des

Bodens verschwunden. Erleichtert wandte er sich um und jetzt erst sah er den Mann knapp hinter seinem Rücken. Es war ein Wachtposten der Rebellen, der ihn und die Gefahr in der er sich befand, sofort bemerkt hatte. In einem Gemisch aus englischen und portugiesischen Wortbrocken meinte er, dass sie beide gerade großes Glück gehabt hätten. Die Mamba sei die schnellste Schlange und ihr Biss absolut tödlich. Wenn sie angegriffen hätte, wären sie beide nun schon tot.

Die Sonne stieg als rot strahlende Scheibe über den Wipfeln der Urwaldriesen empor und sofort wurde es glühend heiß. Gleich nach dem Frühstück, dem bekannten Maisbrei, brach er mit seinen beiden Begleitern auf und nach zwei Tagesmärschen sah er vor sich endlich die braunen Fluten des Sambesi. Sie mussten aber die Nacht abwarten. Erst im Dunkel bei mondlosem Himmel wagten sie die Überfahrt in dem kleinen schwankenden Boot. Die beiden Begleiter drehten sofort um, nachdem er an Land gegangen war, und verschwanden lautlos in der Dunkelheit.
Jorg Brandner fühlte sich eigenartig müde, so als ob er Blei in den Adern hätte, und so war er erleichtert, als das „ Hotel " in dem er ein Zimmer gemietet hatte, aus der Finsternis auftauchte. Er nahm den Zimmerschlüssel vom Brett, der schläfrige Mann hinter dem Pult quittierte es mit einem zustimmenden Grunzen. Dann fiel er ins Bett, zog aus Gewohnheit das Moskitonetz zu und fiel in einen dumpfen Schlaf, aus dem er aber bald mit einem Gefühl unglaublicher

Kälte erwachte. Ein Malaria Anfall, kein Zweifel, das hatte er schon oft erlebt, und dann kam der Schüttelfrost. Er kroch förmlich unter die Decke, aber ein Gefühl von unglaublicher Kälte überfiel seinen Körper und dann fiel er in tiefe Dunkelheit.

Riesige Spinnen mit roten Augen und schwarzen Beinen zogen ihren dicken weißen Leib über seine Brust. Der Ekel schnürte ihm den Hals zu. Er hatte das Gefühl ersticken zu müssen und bäumte sich auf. Da öffnete sich die Tür zu seinem Zimmer und herein stürmten ein halbes Dutzend Rebellen, die sofort ihre langen Messer zückten und die Rückgabe der Diamanten forderten. Er warf ihnen das Säckchen mit den Steinen zu und sie verschwanden, aber in der Tür drehte sich der letzte um und warf eine grüne Mamba auf sein Bett. Ihr Kopf mit dem weit offenen Rachen war knapp vor seinem Gesicht, er konnte ganz deutlich die todbringenden weißen Zähne sehen. Der kühle grüne Körper zog sich zusammen, gleich würde sie sich auf ihn stürzen und ihre Zähne in sein Gesicht schlagen. In Todesangst sprang er auf und die Schlange fiel auf den Boden wo sie zerplatzte und aus ihrem Leib krochen unzählige schwarze Käfer. Sie füllten den ganzen Raum aus, doch plötzlich waren sie verschwunden. Eine dunkle Gestalt stand neben seinem Bett, mit einer Kapuze, die sein Gesicht zu einem schwarzen Fleck reduzierte.

Nur seine Augen leuchteten wie glühende Kohlen. „ Weißt du wer ich bin? Ich bin der, der zu jedem kommt, wenn der

Körper zerfällt und das Leben zu Ende ist." Die Gestalt trat näher heran und legte eine eiskalte Hand auf die glühende Stirn des Fiebernden.
Dann löste sich die Gestalt auf und dunkle graue Nebel zogen durch den Raum und entwichen durch die Ritzen der Tür.

Die Sonne schickte lange helle Strahlen durch die zerbrochenen Fensterscheiben und langsam kam Jorg Brandner zurück aus der Welt der Fieberträume. Er war wieder bei klarem Verstand und versuchte aufzustehen. Aber es dauerte noch bis Mittag, bis er sich soweit erholt hatte und seine Erinnerung wieder kam. Er griff in seine Brusttasche und fand Pass und Autoschlüssel, aber der Beutel mit den Diamanten war verschwunden.
Eine unglaubliche Wut verlieh ihm alle Kraft der Welt.
Rasch stieg er die Treppe hinab und packte den Schwarzen hinter der Theke und zog ihn zu sich heran, sodass der halb auf dem Tisch lag und halb in der Luft hing.

" Ich breche dir alle Knochen in deinem dreckigen Körper! Du hast dich in mein Zimmer geschlichen, als ich krank im Bett lag und hast meine Diamanten gestohlen. Wo hast du sie? Rede, bevor ich dir den Hals umdrehe, du Vater aller Diebe."
„ Ich schwöre bei den Augen meiner Mutter, ich war nicht oben in ihrem Zimmer, aber in den drei Tagen die sie das Zimmer nicht verlassen haben, waren einige Männer hier

und haben die Zimmer oben gemietet. Es kann gut sein, dass einer in ihrem Zimmer nachgesehen hat, ob sie noch leben oder schon tot sind." Das Gesicht grau vor Angst sagte der Portier offenbar die Wahrheit.

Jedenfalls waren die Diamanten weg, und es war aussichtslos, den Dieb zu suchen.
Jorg Brandner fuhr zurück nach Lusaka.
Sein Freund Serge, der Einsiedler wartete bereits ungeduldig und meinte, die Sache sei schief gelaufen, aber wenigstens das Leben hätte Jorg noch, und das sei schließlich das Wichtigste. Und wie er immer schon gesagt habe: „ Diamanten bringen nur Ärger und sehr oft bringen sie auch den Tod."

Madagaskar- Tom

Als erstes fielen ihm die runden, sehr weiblichen Knie auf. Und wie sie auf ihrem Barhocker herum rutschte. Dabei schob sich der Saum des Minirockes immer weiter nach oben und entblößte die Schenkel bis zu der Stelle, wo eigentlich der Slip sein sollte.
„ Wenn ich Strümpfe anhätte, würde ich sie jetzt fragen, ob ich eine Laufmasche habe."
Tom Hennings hob schuldbewusst seine Augen und betrachtete mit Interesse sein Gegenüber. Die Frau war sicher nicht mehr die Jüngste, vielleicht Ende dreißig aber sie sah fantastisch aus. Schwarzes, hüftlanges Haar umrahmte ein Gesicht, in dem die grauen Augen dominierten. Der blutrot geschminkte Mund öffnete sich zu einem spöttischen Lächeln und zeigte eine Reihe weißer Zähne. Insgesamt strahlte sie eine selbstsichere Gepflegtheit aus. Er streifte noch schnell den Anblick ihres großen Busens bevor er zur Attacke ansetzte.
„Schon mein Vater hat immer gesagt: Erst wenn du das Lächeln einer Frau als schön empfindest, sollst du sie ansprechen. Und ihr Lächeln ist wunderschön."

„ Na, jedenfalls scheinen sie einfallsreich zu sein. Keine plumpe Anmache. Ihr Vater scheint ihnen einiges gelernt zu haben. Sie dürfen mich zu einem Drink einladen. Ich heiße Sybille, mein Nachnahme braucht sie nicht zu interessieren."

„ Ich bin Tom, mein Nachname braucht sie auch nicht zu interessieren. Was hat sie in diese gottverlassene Gegend im Inneren von Madagaskar verschlagen?"

„ Ich suche meinen Mann, er war zuletzt in den Edelsteinminen von Ilakaka. Aber seit einigen Monaten habe ich nichts mehr von ihm gehört. Es wäre nicht schade um ihn, wenn sie ihm die Kehle durchgeschnitten hätten, aber ich muss Gewissheit haben, schon wegen seiner Lebensversicherung."
„ Eine liebevolle, treusorgende Ehefrau scheinen sie nicht gerade zu sein."
„ Er hat mich so oft betrogen, dass man ein Telefonbuch mit den Namen seiner Liebschaften füllen könnte."
„ Für mich ist das unverständlich, sie sind eine wunderschöne Frau, sehr reizvoll und sehr erotisch. Was kann man bei anderen Frauen finden, das sie nicht haben?"
„ Er war immer auf der Suche. Manchmal denke ich, er wusste selbst nicht wonach er gesucht hat. Jetzt sucht er jedenfalls nach Edelsteinen in dieser Einöde aus Sand und Steinen. Und ich suche einen Mann. Dass sie mich nicht missverstehen, ich suche jemanden, dem ich vertrauen kann und der mir hilft bei meiner Suche. Denn als Frau allein in dieser Männerwelt der Edelsteinsucher fühle ich mich nicht sicher. Sehen sie sich nur um."

Der Raum war voll mit den wüstesten Gestalten, alles Männer. Aus allen Teilen des Landes waren sie gekommen um hier ihr Glück zu machen. Einen Stein wollten sie finden, der sie reich machen würde. Und jeder war fest davon überzeugt, dass er diesen Edelstein finden werde.

„Ich werde sie auch bezahlen, nachdem die Lebensversicherung bezahlt hat. Sie werden zufrieden sein, in jeder Beziehung."

Tom sah sie an, sie lächelte und beide dachten an einen Vorschuss besonderer Art.
Nachdem sie ihren Drink geleert hatten, gingen sie auf ihre Zimmer. Tom dachte an den Vorschuss und klopfte an ihre Tür. Sie öffnete ihm und Tom küsste sie.
Sie hatte noch immer diesen Minirock an und die weit ausgeschnittene Bluse, die ihre Brüste sehr vorteilhaft zur Geltung brachte. Er dachte, eigentlich sind halb verhüllte weibliche Reize aufregender als nackte Tatsachen, die manchmal enttäuschen.
Er öffnete ihre Bluse und war überrascht über ihre Brüste, die trotz ihrer Größe fest und steif waren. Die Brustwarzen hatten sich in der Erregung vergrößert und standen steil nach vorne. Und als er ihren Minirock abstreifte, stand sie nackt vor ihm. Sie hatte tatsächlich keinen Slip unter dem Rock getragen.
Sie legte sich auf das Bett aber als er versuchte sie zu nehmen, presste sie die Beine zusammen und drehte sich

um. Einigermaßen überrascht legte er sich neben sie und liebkoste ihre Brüste. Das ließ sie geschehen, aber als er weiter vordringen wollte, stieß sie ihn zurück.

„ Was spielst du für ein Scheiß-Spiel, was willst du eigentlich? Zuerst machst du mich verrückt und dann spielst du die Jungfrau."
Er stieg aus dem Bett, zog sich an und ging zurück in sein Zimmer. Seine Laune war auf dem Tiefpunkt angelangt, als es an seiner Tür klopfte. Als er öffnete, stand sie in der Tür lächelte ihn an. Ihre Bluse war halb offen und der Minirock war hoch gerutscht. Er zog sie ins Zimmer und dann fielen sie übereinander her. Sie war unglaublich erregt und voll animalischer Gier riss sie ihm das Hemd auf und zerrte ungeduldig an seinem Gürtel.
Er hatte schon manche Frau gehabt, die wild und zügellos in der Liebe war, aber diese Frau übertraf alle. Sie war wie eine wilde Raubkatze, kratzte biss und schrie, dass er befürchtete, die Nachbarn würden kommen um nachzusehen ob nicht ein Mord geschehen würde. Und sie gab keine Ruhe, immer wieder fasste sie nach ihm. Am Morgen des nächsten Tages war Tom am Ende seiner Kräfte und hatte Mühe beim Frühstück nicht einzuschlafen. Aber sie hatte noch nicht genug. Nach dem Frühstück gingen sie zurück auf sein Zimmer und er musste noch einmal all seine Kräfte mobilisieren.
„ Sag einmal, wie lange hast du schon keinen Mann gehabt? Und wie hat das dein Mann geschafft?"

Sie sah ihn an und lächelte. „ Wer sagt denn, dass er es geschafft hat."

Tom startete seine Suche nach Sybilles Mann. Das war eine schier unlösbare Aufgabe. Es gab mehr als fünfhundert Stollen, senkrechte Löcher bis in eine Tiefe von zwanzig Meter. Darin gruben die Männer nach den Edelsteinen, die vor Jahrmillionen entstanden waren. Bei jedem Stollenmund arbeiteten vier bis fünf Männer, die den Schotter aus der Tiefe durchsiebten, und sehr selten einen Edelstein fanden.
Tom hatte ein Foto des gesuchten Mannes mit, das er den Minenarbeitern zeigte. Aber niemand erinnerte sich, diesen je gesehen zu haben. Sehr müde kam Tom am Abend ins Hotel zurück. Sie aßen still ihr Abendessen. Aber als sie in ihrem Zimmer die Dusche aufdrehten, war Tom sofort wieder von Sybille fasziniert. Obwohl sie sehr gut Deutsch sprach, konnte sie ihre französische Heimat nicht verleugnen. Ungemein reizvoll war dieser Akzent aus ihrem roten Mund. Aber auch ihr Körper, ihre lasziven Bewegungen, ihr Lächeln, machten ihn verrückt. Sie streichelte sein Gesicht, seine Brust, seinen Bauch und dann seine erregte Männlichkeit. Und als sie ihn auf die Schenkel küsste, versanken sie in einen Taumel wilden Verlangens, wo der Körper mit jeder Faser vibriert und der heiße Höhepunkt die Nacht verzaubert.
Er musste sich eingestehen, er hatte sich in diese ungewöhnliche Frau verliebt, mit all seinen Sinnen.

Am dritten Tag seiner Suche fand er Sybilles Mann.
Mit dürren Worten erklärte er dem großgewachsenen, athletischen Mann die Situation und kehrte umgehend zurück ins Hotel, wo er Sybille die Nachricht vom Erfolg seiner Suche überbrachte. Sie zeigte keine Regung und Tom packte seine Sachen und fuhr noch am selben Tag zurück nach Antananarivo, der Hauptstadt im Norden von Madagaskar. Er war vier Tage unterwegs und erschöpft, als er endlich ein Zimmer im Hotel Franc bezog.

Zwei Tage später kam Sybille an.
Nachdem sie ihn stürmisch und sehr liebevoll begrüßt hatte, zeigte sie ihm ein Foto und zwei Schreiben. Das Foto zeigte ihren Mann, wie er blutüberströmt vor dem senkrechten Schacht seiner Mine lag und die beiden Schreiben seiner Mannschaft, die bezeugten, dass er beim Sturz in den zwanzig Meter tiefen Schacht zu Tode gekommen sei.
„ Natürlich lebt er noch, wir haben alles so arrangiert, dass die Versicherung meines Mannes die Summe ausbezahlen muss, die bei seinem Tode fällig ist."
Sybille sah Tom erwartungsvoll an.
„ Dreiviertel bekommt mein Mann und ein Viertel bekomme ich. Was sagst du dazu? Und er hat mir versprochen aus meinem Leben zu verschwinden."
„ Das es ein Versicherungsbetrug ist und du dafür ins Gefängnis gehst, wenn die Wahrheit ans Tageslicht kommt. Dazu ist es nur notwendig, dass er wieder auftaucht."

Tom war nicht erfreut. Dann wollte er wissen, wie sich das Wiedersehen mit ihrem Mann abgespielt habe.

„ Du scheinst überhaupt kein Vertrauen zu mir zu haben. Was glaubst du, dass ich mit ihm ins Bett gegangen bin?" Sie war ehrlich empört und in ihrem Zorn schöner und begehrenswerter denn je.

„ Wenn du so wenig von mir hältst, dann ist es besser wir machen Schluss."

Sie verfiel in einen Weinkrampf und ihr Schluchzen hätte einen Stein erweicht.

Die Versöhnung dauerte die ganze Nacht und als sie gerade beim Frühstück saßen, erschien ein Polizist und übergab Sybille ein Schreiben der Polizeistation in Ilakaka das der Schilderung Sybilles entschieden widersprach:

Am Tag als Sybille abreiste, habe es ein Unglück gegeben. Ihr Mann sei von Unbekannten erschossen worden. Dem Schreiben beigelegt war ein Foto, das den Leichnam von Sybilles blutüberströmtem Mann zeigt. Auf diesem Foto konnte man aber deutlich das Einschussloch im Kopf des Mannes sehen.

„ Jetzt bin ich aber wirklich eine Witwe. Jetzt kannst du mich ohne Bedenken heiraten."

Sybille sah ihn an, kalt und ohne Regung, und Tom fühlte eine eisige Hand nach seinem Herzen greifen.

Malaysia

Der Mann war Mitte Dreißig, aber die Jahre in den Tropen hatten sein Haar an den Schläfen grau gefärbt und in sein Gesicht tiefe Falten gebrannt. Ein sehr sympathisches, männliches Gesicht mit hellen, klugen Augen. Er saß breit mit ausgestreckten Beinen in dem ausladenden Korbsessel und rauchte mit Genuss eine der dicken, einheimischen Zigaretten, die einen Durchschnittsmann zu einem mittleren Lungenschaden verholfen hätte.
Nach dem Abschluss seines Studiums an der Bergbau-Universität in Leoben hatte er beschlossen, seine dort erworbenen Kenntnisse in der Praxis zu verwerten. Und so war er vor gut zehn Jahren nach Borneo gekommen um in den Goldminen als Geologe zu arbeiten.
Nun war er hier in TanjongKidurong gelandet, einen malaiischen Seehafen am Südchinesischen Meer.
„ Hallo, Robert Westfall, wovon träumst du gerade?" Josana sah den Mann gegenüber herausfordernd an und beugte sich in ihrem Sessel weit vor. Ein einladender, ja animierender Anblick, ihr Dekolletee, musste er sich eingestehen.
Sie war überhaupt eine sehr schöne, sinnliche Frau. Vielleicht eine Spur zu üppig, ihre großen Brüste und die ausladenden Hüften. Ihr Gesicht war ebenmäßig mit einem

kleinen aber vollen Mund und schneeweißen Zähnen. Und die schrägen dunklen Augen lockten und versprachen alles. Aber er fand, für jede Art von körperlicher Tätigkeit war es viel zu heiß. Und außerdem dachte er an seine Abreise und wie er ihr das möglichst schonend sagen sollte. Josana war ein Mischling, der Vater Engländer und die Mutter eine Malaiin. Bei den Angehörigen ihres Volkes war Vorsicht geboten, das heiße Blut der Mutter war jederzeit bereit aus verschmähter Liebe dem Liebsten einen der gefürchteten Krummdolche in den Rücken zu stoßen.

Die Flügel des großen Deckenventilators im Raum drehten sich langsam. Sie brachten kaum Kühlung sondern zerschnitten nur die aufsteigenden Fäden des Rauches der Zigaretten in viele kleine Teile.

Er war nun schon viele Jahre in den Tropen, aber die Hitze war mörderisch, ein Europäer würde sich wohl nie daran gewöhnen können. Obwohl er sein Hemd knapp nach dem Lunch gewechselt hatte, war es bereits wieder schweißnass. Durch das große Fenster zu seiner Linken konnte er die staubige Straße sehen, mit den von der aufsteigenden heißen Luft hochgewirbelten Staubfahnen. War das wirklich das Land seiner Sehnsucht? Von dem er geträumt hatte in den kalten schneereichen Wintern seiner Studienzeit? Vielleicht sollte er für eine kurze Zeit zurück in seine Heimat fahren, zurück zu den Bergen, voll Schnee und Eis. Um die Schlacken von der Seele zu waschen.

Aber zunächst wollte er in das Innere des Landes, dort wo man die großen Goldnuggets gefunden hatte. In der undurchdringlichen Wildnis des Urwaldes, der endlosen Reihe von Hügeln, die von kaum erforschten Pflanzen und Tieren bevölkert waren. Das undurchdringliche Dickicht und die steilen Hänge hatten bisher noch jeden Versuch vereitelt, diese Gebiete zu erforschen. Von den Menschen in den weit verstreuten Dörfern war nicht viel bekannt. Vor vielen Jahren war ein Missionar in das Land gekommen um den Menschen die christliche Heilslehre zu bringen. Man hat nie mehr etwas von ihm gehört.

„ Hallo, Mr. Westfall, haben sie Lust auf eine Partie Poker?" Jan de Bruis, ein holländischer Plantagenbesitzer von etwa fünfzig, kam näher und musterte freundlich den dumpf vor sich hin schwitzenden Tom Westfall.
„ Hallo, Mr. De Bruis, selbstverständlich liebe ich ein gepflegtes Pokern, wenn sie Lust haben würde ich gerne mit Ihnen eine Runde bis zum Dinner spielen."
Bis zum Dinner hatte Tom Westfall eintausend fünfhundert Dollar an de Bruis verloren. Heute war offenbar nicht sein Glückstag. Nach dem Dinner spielten sie weiter und knapp vor Mitternacht hatte Tom zehntausend Dollar verloren. So ziemlich seine ganzen Ersparnisse .
„ Hören sie Mr. Westfall, ich denke wir sollten Schluss machen. Ich weiß nicht, ob sie sich so einen hohen Verlust leisten können." De Bruis legte die Karten beiseite.
„ Keine Sorge, die zehntausend Dollar habe ich noch, aber dann bin ich pleite. Meine Pläne bezüglich Gold suchen im Inneren muss ich wohl verschieben." Westfall zündete sich

eine Zigarette an und sah den Rauchkringeln nach, die zur Decke stiegen.

„ Vielleicht ist es besser wenn sie nicht ins Innere, ins Land der tausend Berge gehen. Viele sind von dort nicht mehr zurückgekommen. Es müssen nicht die Wilden, die Menschen in den Bergen sein, die dafür verantwortlich sind, viel gefährlicher sind die giftigen Schlangen und die unbekannten Krankheiten denen sie dort oben ausgesetzt sind." De Bruis runzelte die Stirn. Er überlegte sich offenbar etwas sehr genau.

„ Was halten sie davon, wenn sie als Verwalter auf meiner Plantage arbeiten? Sie können sofort beginnen. Als erstes müssen sie den Transport der Maschinen die ich in Kuala Lumpur gekauft habe, organisieren. Ich wäre froh, wenn ich eine tüchtige Hilfe bekommen würde. Schlagen sie ein." De Bruis strahlte über seinen spontanen Einfall und streckte Tom Westfall die Hand entgegen.

Tom überlegte kurz, dann schlug er ein. Die Einsamkeit auf der entlegenen Plantage schreckte ihn nicht, er war das gewohnt. Auch die Goldminen in denen er bisher gearbeitet hatte, waren weitab von jeder Zivilisation, inmitten des unberührten Dschungels gelegen. Und de Bruis schien ein umgänglicher Mann zu sein. Er würde wohl einige Zeit benötigen um sich einzuarbeiten, aber im Prinzip war die Arbeit in den Goldminen, in denen er bisher gearbeitet hatte, nicht so verschieden von der Arbeit eines Verwalters.

Am nächsten Morgen fuhr er mit de Bruis zum Hafen wo die Maschinen vom Frachtschiff abgeladen wurden. Zwei

schwere Lastkraftwagen standen bereit und nach dem Lunch ging es los.
De Bruis Plantage war zwei Tagesreisen entfernt, aber sie benötigten mit den schweren Maschinen auf den morastigen Wegen mehr als drei Tage.
Verschwitzt und mit Schlamm verschmiert kamen sie an und nachdem die Maschinen abgeladen waren, machten sich die Fahrer sofort auf die Rückreise und die beiden Männer verschwanden in den Badezimmern.
Das Haupthaus der Plantage war in sehr gutem Zustand, alles sehr gepflegt und sauber, sogar die Vorhänge vor den großen Fenstern im Wohnraum waren strahlend weiß und das Moskitonetz über Toms Bett war ohne das geringste Loch.
Tom war beeindruckt.
Beim Dinner lernte er de Bruis Tochter kennen und war noch mehr beeindruckt.
Ein schlankes Mädchen von etwa achtzehn Jahren mit kurzen blonden Haaren und blauen Augen in einem überaus reizvollen Gesicht.
Nach dem Dinner saßen sie auf der offenen Veranda. De Bruis rauchte eine dicke Havanna, Tom eine Zigarette und, de Bruis Tochter Eva trank einen eisgekühlten Gin-Tonic.
Tom erzählte von den Goldminen in denen er gearbeitet hatte, lustige Geschichten und kleine Episoden aus dem Leben in der Mine. De Bruis erzählte von der täglichen Arbeit in der Plantage, den Problemen mit den Malaien, die zu Mord und Totschlag fähig sind, wenn sie betrunken sind,

oder sich in ihrer Ehre verletzt fühlen. Oft auch aus nichtigem Anlass gibt es Kämpfe, bei denen sie ohne Rücksicht ihre gebogenen Messer, die gefürchteten Kris gebrauchen.

Und Eva, die Tochter hing an den Lippen der Männer, besonders das für sie neue und unbekannte Leben in den Minen, dem Reich der Männer mit ihren harten Regeln faszinierte sie.

Eine reizende junge Malaiin, etwa so alt wie Eva, servierte die Getränke und leerte die bald übervollen Aschenbecher.

Es wurde spät, aber am nächsten Morgen gab es ein herrliches Frühstück und dann ritten Tom und Eva zu dem Steg am nahen Fluss, an dem man früher die Zuckerrohr-Bündel verladen hatte. Tom wollte sehen, ob dies auch noch heute möglich wäre, da der Transport über die schlechten Straßen mühevoll und auch teuer war.

Die Stämme der Stege waren erwartungsgemäß etwas morsch, aber wenn man den einen und anderen durch neue ersetzte, war es möglich den Fluss als billigere Transportmöglichkeit zu nutzen.

Zu Toms Aufgaben als Verwalter gehörte auch die Kontrolle der Arbeiter auf der weitläufigen Plantage. Das war nur auf einem Pferd möglich. Im Laufe der Zeit hatte es sich ergeben, dass Eva, die eine vorzügliche und begeisterte Reiterin war, Tom auf diesen Kontrollritten begleitete.

Sie wurden sehr vertraut.

Sie war von seiner ruhigen beherrschten Männlichkeit sehr angetan und auch ein wenig verliebt. Aber Tom bemühte sich um freundliche Distanz.

Aber eines Tages, als Tom Eva vom Pferd half, presste sie sich an ihn und gab ihm einen zarten scheuen Kuss. Als er ihr aber einen langen heißen Kuss zurück gab und seine Hand unter ihre Bluse fuhr, trat sie schnell einen Schritt zurück und lief fort.

Diese Begebenheit hatte aber doch die Zurückhaltung der beiden gelockert und als Tom die erhitzte Eva nach einen längeren Ritt vom Pferd hob, ließ er sie nicht mehr frei und küsste sie. Eva gab nach kurzer Zurückhaltung ihre Scheu auf und erwiderte seine Küsse heiß und voll Leidenschaft.

Und als seine Hand unter ihre Bluse glitt, ließ sie es zu, dass er ihre Brüste mit den steil aufgerichteten Brustspitzen streichelte. Nur als er versuchte seine Hand in ihren Slip zu schieben, presste sie ihre Beine zusammen. Erst als er die Stelle seiner Begierde fand, öffnete sie stöhnend die Schenkel.

De Bruis war für einige Tage geschäftlich nach Kuala Lumpur gereist, somit hatten sie das Haus für sich allein und das nutzten sie auch weidlich aus. Für Eva war es die erste Erfahrung in ihrem jungen Leben. Für Tom war es berauschend zu sehen, wie das süße, unwissende Mädchen zur Frau wurde.

Als de Bruis nach einer Woche zurückkam, bemerkte er sofort die Veränderung bei den beiden. Obwohl er in der Zwischenzeit Tom schätzen gelernt hatte, war diese

Verbindung nicht gerade das was er für seine Tochter geplant hatte.

Am nächsten Tag brachte er sie nach Kuala Lumpur und setzte sie in das nächste Flugzeug nach Holland. Bei seiner Schwester sollte sie zunächst ein Jahr verbringen und ein Studium beginnen. Eine kaufmännische Ausbildung konnte für ihre künftigen Aufgaben in der Plantage nicht schaden. Was Tom betraf, war er sich noch nicht schlüssig über seine weiteren Pläne.

Es vergingen einige Monate.

Tom wurde sich klar darüber, dass er Eva eigentlich nicht wirklich liebte, es war wohl nur der Reiz des unberührten süßen Mädchens gewesen, der ihn berauscht hatte. Und welcher Mann hätte in dieser Situation widerstehen können? In der Schwüle der Tropennacht? Damit versuchte er sein schlechtes Gewissen zu beruhigen. Auf der Universität würde sie einen jungen, gut aussehenden Mann aus guter Familie kennen lernen und ihn wohl in kurzer Zeit vergessen.

Und das war wohl das Beste für alle, denn da war doch diese junge Malaiin Ling Su, die ihn immer so lange ansah, wenn sie das Abendessen servierte. Sie hatte ein wunderschönes Gesicht mit schrägen schwarzen Augen, schulterlange schwarze Haare und einen vollen roten Mund, der förmlich zum Küssen einlud.

Diesmal war de Bruis nicht zum Dinner erschienen, wahrscheinlich war die Hitze für ihn an diesem Abend zu groß. Und die Hitze war unerträglich, feuchtschwül. Der

Monsun mit seinen endlosen Regentagen würde bald einsetzen.
Tom ging auf die Veranda und zündete sich eine Zigarette an. Von hier hatte er im Licht des Vollmondes einen wunderbaren Ausblick auf den nahen Dschungel mit den riesigen haushohen Bäumen, auf denen das ungestüme Leben unzähliger unbekannter Lebewesen pulsierte. Unbekannte Laute von Tieren die in der Nacht auf Beute lauern und die auch ihm bekannten Rufe der Gibbons. Alarmrufe, wenn der Tiger sich anschlich den er vor einigen Tagen auf der Lichtung vor dem Steg am Fluss gesehen hatte?
Und dazu der Duft der Orchideen, die zu hunderten in den Astgabeln der Bäume wucherten. Aber dann kam ein Hauch von Fäulnis aus dem vermoderten Unterholz jenseits des eingezäunten Vierecks, in dem der Gärtner das Gemüse und die Gewürze für die Küche der Plantage heranzog. Hier hatte der Gärtner vor einigen Tagen eine zwei Meter lange Kobra erschlagen. Sehr eng beisammen lagen das Schöne und der Tod hier im Urwald.
Er duschte, wohl zum fünften Mal an diesem Tag und als er nackt, nur mit einem Handtuch um die Lenden geschlungen aus dem Bad kam, stand Ling Su vor ihm und sah ihn an. Sie hatte wegen der Hitze auch gerade gebadet, in dem kleinen Bad neben der Tür zur Veranda. Im Schein des Mondes glitzernden die Wassertropfen auf ihrer samtenen braunen Haut. Er konnte nicht anders, er berührte ihre Schulter und sie kam ganz nahe an ihn heran. Der Duft ihrer Haut, ihre

Augen und ihr lockender Mund, alles war zu viel für einen einsamen Mann in den besten Jahren seiner Männlichkeit.
Er nahm sie in die Arme und küsste sie. Als sie seine Küsse voll Leidenschaft erwiderte riss er ihr das Badetuch vom Körper und trug sie in sein Zimmer. Sie schlang ihre Beine um seine Hüften und stöhnte leise, als er in sie eindrang und als sie am Höhepunkt war, schrie sie ihre Leidenschaft in seine Brust. Als auch Tom seine Lust verströmt hatte, sanken sie schweißüberströmt in die Bettlaken.
Langsam ebbte die Erregung in Toms Körper ab.
Er bemühte sich das Mädchen nicht anzusehen, er hatte ein schlechtes Gewissen, ein Gefühl des Unrechtes. Seine Gefühle für Ling Su waren keinesfalls Liebe, sondern nur Sympathie. Er hatte die Situation ausgenützt und die offenbar verliebte Ling Su verführt. Sie musste das Geschehen völlig falsch deuten. Sie musste annehmen, dass er sie liebte. Wie konnte sie auch wissen, dass nur der Druck seiner Hormone, die lange Zeit der Einsamkeit Schuld an seiner Entgleisung war. Zur Verschärfung der Situation trug noch bei, dass er offenbar der erste Mann war, mit dem sie Sex hatte. Bei der Einstellung der Malaiinnen zur Liebe und der unbedingten Treue, war das eine Katastrophe für ihn. Denn er hatte keinerlei Absicht dieses Mädchen an sich zu binden.
Was wusste er überhaupt über sie?
De Bruis hatte sie auf das gleiche Internat wie seine Tochter nach Kuala Lumpur geschickt. Wohl mehr deswegen, damit seine Tochter nicht allein in der Fremde sein musste, als aus

humanitären Gründen. Aber so hatte Ling Su eine gute Ausbildung erhalten. Nach der Schule musste sie jedoch als Dienerin im Haushalt arbeiten. Wie sollte er sich in Zukunft verhalten? Er verfluchte seine Unbeherrschtheit und schickte das Mädchen auf ihr Zimmer.

Das Flugzeug der KLM landete auf dem breiten Betonband des Flughafens von Kuala Lumpur und eine wunderschöne junge Frau mit endlos langen Beinen, blonden Haaren und blauen Augen stieg die Gangway herab. Am unteren Ende wischte sich de Bruis unablässig den Schweiß von Gesicht und Nacken, bevor er lachend seine Tochter Eva umarmte. Nach einem Drink in der Bar des Flughafens fuhren sie zur Plantage. Schon auf der Fahrt erklärte Eva ihrem Vater mit großer Bestimmtheit, dass sie Tom auch nach diesem Jahr in der Ferne noch immer liebe und sobald sie großjährig sei, werde sie ihn auch heiraten.

Am Abend beim Dinner eröffnete de Bruis diese Entwicklung auch Tom, der sich sehr überrascht zeigte. Damit hatte er nach so langer Zeit nicht gerechnet. Er konnte sich auch nicht vorstellen, den Rest seines Lebens auf der Plantage zu verbringen. Was er aber wohlweislich verschwieg.
Die nächsten Tage hatte Tom am anderen Ende der Plantage zu tun und übernachtete auch in der für diesen Zweck vorgesehenen Hütte.
Er hatte genug Zeit über seine Situation nachzudenken, und eine Entscheidung über seine Zukunft zu treffen.

Nach seiner Rückkehr hatte er ein langes Gespräch mit de Bruis. Er kündigte seinen Vertrag und de Bruis war erleichtert, was seine Tochter betraf, aber die tüchtige Arbeitskraft von Tom würde ihm fehlen. Das war bedauerlich, aber wahrscheinlich war das die beste Lösung für alle.

Als Tom am Abend in sein Zimmer trat, lag Eva in seinem Bett. Der süße Duft eines teuren Parfums lag in der Luft. Sie richtete sich auf und umschlang seine Lenden. Unter ihren Küssen und Liebkosungen spürte er sein Verlangen nach diesem süßen Mädchen wieder neu erwachen. Er öffnete ihren, mit Spitzen verzierten Oberteil und dann überkam ihm mit Macht unbändige Lust und als er unter ihrem Slip ihr heißes Verlangen spürte, vergaß er alle Vorsätze. Sein Blut wurde heiß und strömte in die unteren Regionen seines Körpers.

Im wilden Spiel der Liebe sahen sie nicht, wie sich die Zimmertür einen Spalt weit öffnete. Das schöne Gesicht von Ling Su erstarrte zur Maske, bevor sie sich abwandte.

Am nächsten Morgen fielen die ersten Regenschauer des Monsuns. Der Frühstückstisch auf der nach vorne offenen Veranda wurde bald von den schräge einfallenden Wassermassen des Tropenregens überschwemmt. Und so mussten alle in das feuchtschwüle Speisezimmer gehen.

Die schweren Mahagonimöbel hatten durch die hohe Luftfeuchtigkeit einen dünnen Wasserfilm. Alles war feucht und unangenehm schlüpfrig.

Ling Su servierte das Frühstück mit undurchdringlichem, maskenhaft starrem Gesicht. Sie vermied jeden Blickkontakt mit Tom.

Nach dem Frühstück hörte der Regen auf und die Sonne brannte vom Himmel. Der Boden dampfte und die Feuchtigkeit stieg in grauen Schwaden aus der Erde. Es roch nach Moder und Fäulnis.

Tom setzte sich auf sein Pferd, er wollte noch eine letzte Inspektionsrunde ans Ende der Plantage, bis zur Anlegestelle am Fluss machen. In den vergangenen Monaten war alles repariert und erneuert worden und fast wehmütig betrachtete er sein Werk. Gegen Abend ritt er zurück, um mit de Bruis noch ein letztes Gespräch vor dem Dinner zu führen. Sein Entschluss stand fest, er würde morgen die Plantage verlassen.

De Bruis sprach kurz mit seiner Tochter, die mit versteinertem Gesicht den Tisch verließ, um in der Küche ihren Tränen freien Lauf zu lassen. Ling Su sprach lange mit ihr bis Eva scheinbar ruhig wurde.

Tom duschte ausgiebig, rauchte danach noch eine Zigarette auf der Veranda um danach in sein Zimmer zu gehen.

Er schlug das Moskitonetz zurück und als er sich aufs Bett fallen ließ, spürte er eine Bewegung unter dem Lacken, aber da war es schon zu spät.

Er spürte noch einen Schlag gegen seine Hüfte, und als er nach rückwärts griff, biss ihn die Schlange auch in den Arm. Der Schmerz war furchtbar, er schrie laut auf und als er sich aufsetzte, sah er noch eine schwarze Schlange in eine Zimmerecke flüchten. Da stand ein geflochtener Korb, der Deckel halb offen. Eigenartig, er konnte sich nicht entsinnen, diesen Korb schon früher in seinem Zimmer gesehen zu haben. Die Schmerzen wurden unerträglich. Rote Nebel stiegen aus dem Boden. Die Beine und Arme zuckten unter brennenden Krämpfen und dann bekam er keine Luft mehr. Die Wirkung des Giftes lähmte seine Lunge. Er röchelte und dann verlor er das Bewusstsein.

Als am nächsten Morgen Ling Su das Frühstück servierte, kam ihr Bruder aus der Küche. Er trug einen geflochtenen Korb mit einem sorgfältig verschlossenen Deckel, grüßte höflich und verschwand auf dem Pfad in das nahe Dorf.

Sie fanden Tom in seinem Bett, er war wohl noch in der Nacht gestorben.

Am Amazonas

Das Boot stampfte gegen die steilen Wellen, die der Wind aufgebaut hatte. Stromaufwärts gegen die Strömung und gegen den immer stärker auffrischenden Wind plagte sich der altersschwache Motor sehr. Stromabwärts sah man noch schemenhaft die Umrisse des Flussdampfers, der kurz nach dem Mittagessen mit einem lauten Rumpeln auf eine Sandbank aufgelaufen war. Alle Versuche des Kapitäns, das Schiff wieder flott zu bekommen waren fehlgeschlagen und so hatten sich einige Passagiere entschlossen, zu versuchen, mit dem Beiboot die nächste größere Ansiedlung zu erreichen. Und von da würde sich vielleicht eine Möglichkeit finden, die Reise weiter stromaufwärts nach Manaus, der Stadt mitten im Urwald, fortzusetzen. Aber wie es aussah, war dies heute unmöglich. Der starke Wind baute immer höhere Wellen auf, die so große Mengen Wasser ins Boot schaufelten, dass die Männer kaum mit dem Ausschöpfen nachkamen. Der Steuermann, der das Boot lenkte, entschloss sich daher, das linke Ufer anzusteuern. Hier war über den tanzenden Wellen schwacher Lichtschein zu sehen. Wohl keine größere Ansiedlung, aber vielleicht eine Hütte, wo sie ihre nassen Kleider trocknen und die Nacht verbringen konnten.

Nun kamen die Wellen nicht mehr von Vorne, sondern schlugen gegen die rechte Bordwand. Ein Schwall gelben Wassers ergoss sich ins Boot. Die Männer schöpften hektisch mit Eimern, so rasch sie konnten, denn das Boot lag schon sehr tief im Wasser und die nächste Welle hätte das Boot zum Sinken bringen können.

Aber mit Mühe schafften sie es bis zum Ufer.

Die Männer zogen das Boot etwas höher das Ufer hinauf und vertäuten es am nächsten Baum. Der Weg in Richtung des Lichtscheins war rutschig und nass, alle versanken bis zu den Knöcheln im Schlamm. Leise fluchend erreichte die Gruppe endlich eine kleine Ansiedlung von zehn Hütten. Von den Bewohnern wurden sie reserviert, aber dann doch freundlich empfangen. Gastfreundschaft hat bei den Indios, den Bewohnern des Waldes, Tradition.

Man teilte die acht Männer auf verschiedene Hütten auf, wo sie ihre nassen Kleider trocknen konnten und auch Schüsseln mit gebratenen Maniok Scheiben machten die Runde. Dazu tranken alle Caipirinha, den Zuckerrohrschnaps, gemischt mit Zitronensaft und Wasser.

Der Steuermann hatte seine Unterkunft in der Hütte von Miguel, einem etwa vierzigjährigen, hageren Indio und seiner jungen unglaublich schönen, rassigen Frau. Blauschwarzes, schulterlanges Haar umrahmte ein ebenmäßiges Gesicht mit schwarzen Augen, und einen vollen roter Mund. Mit einem bezaubernden Lächeln strahlte sie den sichtlich nervösen Steuermann an. Es war nicht zu übersehen, der Steuermann gefiel ihr. Mit dem

fortschreitenden Abend wurde die Stimmung immer gelöster, der genossene Schnaps tat seine Wirkung. Besonders bei Miguel, der bald eingeschlafen war.
Miguels Frau nahm den Steuermann bei der Hand und zog ihn aus der Hütte. In der Scheune am Ende des Dorfes öffnete sie die Tür und zog den absolut nicht widerstrebenden Mann ins Innere. Sie legte sich auf einen Stapel Netze und zog sich aus. Er streichelte Ihre festen Brüste und dann griff er in unbeherrschter Gier zwischen ihre Schenkel. Sie stöhnte laut auf und riss seine Hose mit einem Ruck zu Boden. Was sie sah, im Dämmerlicht, ließ sie erschauern.
 Unter seinen wuchtigen Stößen erzitterte sie und dann, am Höhepunkt stöhnte sie ihre Lust in den Stapel Netze unter ihr.

Am nächsten Morgen erwachte das Dorf von lauten Rufen und wütendem Gebrüll. Es war Miguel, der mit einer riesigen Machete bewaffnet, gegen die Tür der Scheune hämmerte, in der die Boote und alte Fischernetze gelagert wurden.
„ Ich weiß genau, dass ihr da in der Scheune seid und ich weiß auch, was ihr da drinnen treibt! Der Steuermann, der Gast in meiner Hütte und meine Frau, diese Hure. Ich werde euch die Köpfe mit meiner Machete abschlagen!" brüllte er mit einer schrillen, sich überschlagender Stimme.
Der Himmel über dem Dorf hatte sich mit schwarzen, düsteren Wolken überzogen. Drohende Gefahr lag fast spürbar über dem Dorf. Die Natur schien vor dem tödlichen

Drama den Atem anzuhalten. Kein Laut war zu hören, kein Windhauch war zu spüren. Der Dschungel ringsum schien erstarrt.

Langsam und mit Angst in den Augen kamen die Bewohner aus den Hütten. Stumm und reglos verfolgten sie die Szene. Miguel hatte sich in eine hysterische, unkontrollierte Wut geschrien. In diesem Zustand schien er durchaus fähig, seine Frau und den Steuermann zu töten, die ganz offensichtlich eine heiße Liebesnacht in der Scheune verbracht hatten.

Da löste sich aus der Schar der Dorfbewohner eine Gestalt mit weißen langen Haaren, ein sehr alter Mann, offenbar der Dorfälteste und ging unerschrocken auf den Tobenden zu.

„ Ich möchte dich vor einem Fehler bewahren. Was hast du davon, wenn du die beiden tötest? Die Polizisten aus Manaus werden kommen und dich mitnehmen. Wenn du Glück hast und nicht am Galgen endest, wirst du dein restliches Leben in einer finsteren Zelle vermodern. Was wahrscheinlich noch schlimmer ist. Aber wenn du deiner Frau verzeihst, wirst du noch eine herrliche Zeit mit einer wunderschönen Frau haben. Und jetzt sage mir, was ist die bessere Lösung?"

Miguel kam sichtlich ins Grübeln und senkte die Hand mit der Machete.

„ Aber sie hat mich mit diesem Fremden betrogen!"

„ Was macht das eine Mal schon aus? Sie hat doch auch vor dir andere Männer gehabt und du hast auch viele andere Frauen vor ihr in deinem Bett gehabt."

Die Argumente des Dorfältesten zeigten Wirkung. Miguels Zorn verebbte langsam.

Da öffnete sich das Scheunentor und der Steuermann trat mit Miguels Frau ins Freie. Zwischen den düsteren Wolken hatte sich ein schmales Fenster geöffnet und ein goldener Strahl hüllte die beiden Gestalten in helles Licht. Es war, als würde das Universum ein magisches Zeichen setzen. Der helle Scheint breitete sich immer weiter aus. Auf den Blättern der Urwaldriesen leuchteten die Tropfen des nächtlichen Regens. Der Dschungel erwachte zum Leben. Die Vögel begannen ihre Morgengesänge, die Brüllaffen stimmten ihre Paarungsrufe an. Alles Drohende und Finstere wich einem lebensfrohen strahlenden Leuchten.
Miguels Frau ordnete ihr Haar und ging langsam auf ihren Mann zu. Sie sah ihn lange an, dann nahm sie seine Hand und flüsterte:
„ Die schwarzen Schatten der Nacht sind vorbei, jetzt schickt die Sonne ihr helles Licht für einen neuen Tag."

Der Wind hatte sich gelegt, und vor dem Dorf ankerte der Dampfer. Dem Kapitän war es offenbar gelungen, das Schiff wieder von der Sandbank frei zu bekommen.

Die Brücke

Anton Baumann hatte sein Studium als Bauingenieur an der Hochschule in Frankfurt mit Auszeichnung abgeschlossen. So war es nicht weiter verwunderlich, dass er sofort eine Anstellung bei der Firma Bau AG erhielt. Ein Jahr arbeitete er am Zeichenbrett im großen Saal der Projektabteilung, bis man ihn zur Außenstelle der Firma, nach Brasilien versetzte. Hier, in Belo Horizonte, der Bezirkshauptstadt im Herzen Brasiliens, musste er zuerst die Sprache des Landes - portugiesisch - lernen. Das fiel ihm nicht besonders schwer und bereits nach kurzer Zeit schickte ihn der Leiter der Außenstelle in den Norden, nach Belem. Die Straße zum Hafen musste neu gebaut werden. Diese erste Aufgabe erledigte er zur Zufriedenheit seines Vorgesetzten. Der schickte ihn weiter nach Santa Theresina, wo für die Smaragdminen eine Landebahn für kleinere Flugzeuge gebaut werden sollte. Auch diese Aufgabe erledigte er zur Zufriedenheit.

Es folgten viele Straßen, einige Brücken und kleinere Hafenanlagen und Lagerhallen in den verschiedensten Provinzen des Landes.
Die nächsten Jahre waren angefüllt mit den unterschiedlichsten Projekten. Alles ging gut bis zu dem Zeitpunkt, als er den Auftrag zum Bau einer Brücke über den Rio Doce erhielt. Ein wilder reißender Fluss, der bei jedem

Hochwasser die Brücke aus Holz in Stücke riss. Daher sollte eine solide Betonbrücke in entsprechender Höhe über dem Wasser, Abhilfe schaffen und jedem Hochwasser standhalten.

Anton Baumann ging mit deutscher Gründlichkeit ans Werk. Solide Betonfundamente an den beiden Ufern bereiteten keine Schwierigkeiten. Nur der Pfeiler in der Mitte des Stromes war ein Problem. Immer wieder riss die Strömung die Schalungsbretter aus der Verankerung.

Wieder einmal war es soweit. Anton Baumann gab Juan Morales dem Vorarbeiter den Auftrag, das Gerüst zu sichern. Noch einmal sollte das Wasser nicht wieder alles zerstören. Morales stieg hinunter, auf das nasse, vom Wasser halb überspülte Holzgerüst. Und nach langen bangen Minuten war es geschafft. Alles war fixiert, die Schalung des Pfeilers konnte mit Beton ausgegossen werden und somit der wichtige Mittelpfeiler fertig gestellt werden. Die Arbeiter hatten den wagemutigen Vorgang verfolgt und brachen nun in begeisterte Rufe aus. Morales hob jubelnd die Arme in die Höhe, und in dem Moment stieg ein Wasserschwall hoch und riss dem unglücklichen Morales die Füße vom Gerüst. Er versank in der schäumenden Gischt, tauchte kurz wieder auf, dann packte ihn ein rotierender Wasserwirbel und schleuderte ihn im Kreis, immer wieder, bis er ihn mit einem schmatzenden Laut in die Tiefe zog.

Lähmend lange Minuten vergingen, aber das Wasser gab den Körper des Juan Morales nicht mehr frei.

Er tauchte nie mehr auf. Es war, als hätte ihn der Fluss für immer in der Tiefe festgehalten.

Eine Stunde später stand sie vor seinem Büro. Sie zeigte keinerlei Trauer über den Tod ihres Mannes. Zumindest konnte Anton Baumann keinerlei Anzeichen in ihrem Gesicht erkennen. Sie stand nur da und sah ihn an.
Sie war eine der Frauen, bei deren Anblick Männer die Fassung verlieren. Blauschwarzes, hüftlanges Haar, ein ungemein reizvolles Gesicht und eine vollkommene Figur mit vollen, runden Brüsten, schmaler Taille, ausladenden Hüften und endlos langen Beinen.
Anton Baumann war fasziniert und so musste er sich zwingen, ihr sein Bedauern über den tödlichen Unfall ihres Mannes in halbwegs gesetzten Worten zu versichern.
Sie sah ihn nur wortlos an und steckte den restlichen Lohn ihres Mannes, den ihr Anton Baumann vor zählte, mit einer raschen Bewegung in ihre Tasche. Das kurze quälende Schweigen wollte Baumann beenden, indem er sie fragte, ob er noch etwas für sie tun könne – und dann, obwohl er das gar nicht vorgehabt hatte, lud er sie zum Abendessen ein.
Sie nickte und mit großer Selbstverständlichkeit folgte sie ihm ins Hotel, in dem er wohnte und seine einsamen Essen einnahm.
Während des Essens erzählte sie von dem Dorf, in dem sie lebte und dabei sah sie ihn an mit ihren wunderschönen schwarzen Augen. Allmählich geriet Anton Baumann in einen

eigenartigen Rausch, nur mehr ihr Gesicht, ihre Augen, ihre helle Stimme füllten den Saal aus.

Er musste sich eingestehen, er war fasziniert von seinem Gegenüber.

Sie verbrachten den ganzen Abend und die halbe Nacht mit Reden, und als er aufstand und in sein Zimmer ging, ging sie mit ihm. Mit der größten Selbstverständlichkeit und ohne zu zögern.

Ohne ein weiteres Wort verschwand sie im Badezimmer und kam kurz darauf zurück, eine nackte Göttin mit glänzender, feuchter, duftender Haut und den anmutigen Bewegungen eines jungen Mädchens. Er hatte schon mit einigen Frauen geschlafen und kannte auch die heiße Leidenschaft der Brasilianerin, aber diese junge Frau war ein lodernder Vulkan voll wilder hemmungsloser Erotik. Sie wollte immer mehr und obwohl er glaubte, jetzt ist es genug, brachte sie ihn immer wieder mit neuen Liebesspielen dazu, sie erneut zu lieben.

Am nächsten Morgen kam er verspätet zur Baustelle, was ihm noch nie zuvor passiert war. Seine Arbeiter sahen ihn an, mit diesem seltsamen Blick, den er nicht deuten konnte. Die Arbeiten gingen zügig voran, sie konnten den Mittelpfeiler betonieren. Ein wesentlicher Fortschritt und jetzt erst möglich durch den mutigen, aber leider auch tödlichen Einsatz des Vorarbeiters.

Nach dem Ende der Arbeitszeit hastete er zurück in sein Hotel, in der Furcht, sie könnte nicht mehr da sein. Aber sie

erwartete ihn bereits, nackt auf dem Bett liegend und diesmal verzichteten sie auf das Abendessen. Er glitt in einen unglaublichen Rausch der Sinne, der kein Ende nahm. Immer wieder überfiel ihn das Verlangen, es genügte schon der Geruch ihrer Haut, wie sie ihn auf die Brust küsste, seine Schenkel streichelte, ja allein wie sie ihn ansah mit ihren dunklen Zauberaugen. Sie war eines jener Wesen, die den Männern die Seele stehlen.
Nach einer Woche waren die Arbeiten an der Brücke fertig.
Eigentlich musste er nun zurück in das Büro in Belo Horizonte um neue Aufträge zu planen und vorzubereiten. Aber sie wollte ihr Dorf nicht verlassen. So nahm er sich Urlaub, auf den er bereits lange Zeit Anspruch hatte. Sie verlebten herrliche vier Wochen, die sie überwiegend im Hotelzimmer verbrachten. Er bekam nie genug von ihr, und wie es schien sie auch nicht von ihm. Er zog den Tag seiner Abreise immer wieder hinaus, sie wollte absolut nichts davon hören, mit ihm wegzugehen.
Der Urlaub war zu Ende und die Briefe seines Vorgesetzten aus dem Büro in Belo Horizonte wurden immer dringender und eines Tages kam schließlich das Kündigungsschreiben. Mittlerweile waren seine finanziellen Mittel aufgebraucht. Zuletzt verkaufte er seinen Laptop und seinen Fotoapparat. Dann war er absolut mittellos. Der Hotelmanager kündigte sein Zimmer. Und am nächsten Morgen wachte er auf und war allein. Sie war nicht mehr da.
Er suchte sie im nahen Dorf, aber niemand konnte oder wollte ihm sagen, wo sie sich befand. Der Tag ging langsam

zu Ende, der Himmel färbte sich blutrot über der Brücke. Er wartete, aber sie kam nicht. Langsam ging er in die Mitte der Brücke, dort wo der Mittelpfeiler schäumend die Fluten teilte. Er zog sein Sakko aus, legte es sorgsam auf die Schuhe, und darauf seine Krawatte, obenauf seine leere Brieftasche und dann sprang er in den Fluss. Die Strömung riss seinen Körper mit, direkt auf den Wasserwirbel zu. Der wirbelte ihn einige Mal im Kreis, bevor er mit einem schmatzenden Geräusch in der Tiefe verschwand.

Mato Grosso

Der Mann mit dem schneeweißen Bart saß vor dem Kamin in seiner Hütte, dann stand er auf und ging zum Fenster. Die Ruhelosigkeit in seiner Brust trieb ihn zurück zum Sessel vor dem Kamin und dann wieder zum Fenster. Der Dschungel draußen wirkte drohend und feindlich, heute ganz besonders. Es hatte wieder in der Nacht geregnet, wie es nur in den Tropen regnen kann, in der Zeit des Monsuns. Das Wasser war förmlich aus den dicken schweren Wolken gefallen. Dann hatte der Regen mit einem Schlag aufgehört und jetzt stiegen graue Dunstschwaden aus dem Boden, bildeten lange schlangenförmige Fahnen und stiegen hoch, hinauf in die schwarzen Schatten der Bäume. Erik Landers fühlte die Last der Einsamkeit auf seiner Brust, schwer und so als würde sie ihm die Luft aus der Lunge pressen.

Heute war er siebzig Jahre alt geworden. Frauen hatten für einige Jahre oder Wochen ihr Leben mit ihm geteilt, aber schließlich waren sie alle gegangen. Er sei zu schwierig sagten einige, andere waren einfach verschwunden. Bei vielen war es ihm gleichgültig, nur bei einer hatte er wirklich gelitten.

Sie war Mitte zwanzig, er damals Ende dreißig. Vom ersten Augenblick an hatten sie sich in einander verliebt. Auf eine tiefe schmerzende Art, wie man es selten oder überhaupt nie erlebt. Mary hatte die beste Figur und das lieblichste Gesicht, das er jemals bei einer Frau gesehen hatte und dazu eine fröhliche und herzliche Art. Er wäre für sie gestorben. Es ging sieben Jahre gut. Er wusch im nahen Fluss Xingu nach Diamanten und obwohl er nie den Stein des Jahres fand, konnten sie gut davon leben und bald hatten sie ein schönes Stück Geld gespart. Sie zogen in die nahe Stadt Varzea und lebten gut von den Zinsen. Der Direktor der Bank hatte sie sehr gut beraten. Bald fanden sie einen Freundeskreis und wurden oft und gerne eingeladen.

Jonathan Swift, der Bankdirektor lebte allein und so war es bald üblich, dass er häufig bei ihnen zu Gast war. Erik und seine Frau Mary waren am Anfang froh über den angesehenen Gast, der sehr charmant und geistreich zu unterhalten verstand. Besonders Mary war beeindruckt von dem eleganten und wortgewandten Mann, der so ganz anders als ihr Ehemann Erik war. Der war eher ruhig und zurückhaltend und alles andere als charmant. Die Jahre des einfachen, einsamen Lebens in der Tiefe des Dschungels hatten ihn geprägt und wohl auch etwas still und einsilbig gemacht.

So war der Bankdirektor auch zu Marys zweiunddreißigstem Geburtstag eingeladen.
Immer wenn er Mary die Hand zur Begrüßung reichte, hielt er ihre Hand einige Zeit, etwas zu lang als üblich. Erik hatte es wohl bemerkt, dachte sich aber nichts dabei.

Mary hatte wie so oft lange Zeit in der Küche zu tun. Sie stand am Herd und Jonathan Swift half ihr bei irgendeiner Tätigkeit. Dabei stand er eng an sie gelehnt und wie unabsichtlich berührte er ihren Arm. Sie sah ihn an und wurde rot. Er streichelte sanft ihren Oberarm und kam dabei bis zum Ansatz ihres Busens. Zuerst zuckte sie zurück, aber dann schloss sie ihre Augen und senkte den Kopf. Er fuhr mit der linken Hand ihren Hals hinab bis zu Ihren Brüsten, ohne diese direkt zu berühren. Sie gab einen erstickten Laut von sich und wandte sich rasch ab.

Als die Beiden mit den Schüsseln in den Händen ins Zimmer kamen, hatte Jonathan Schweißperlen auf der Stirn und Marys Gesicht glühte vor Erregung.
Erik dämpfte seine Zigarette in einem wassergefüllten Aschenbecher ab und sah die beiden prüfend an. Sollte er Grund zur Eifersucht haben? Seine Sinne waren jedenfalls gespannt. Aber die Beiden sahen ihn gar nicht, sie hatten nur Augen für einander. Als Jonathan beim Essen eine seiner kleinen Geschichten zum Besten gab, ließ Mary Jonathans Gesicht keine Sekunde aus den Augen. Sie hing voll Hingabe an seinen Lippen. Dann schien sie aber wieder zur Vernunft zu kommen. Sie ging zu Erik und strich ihm über den Kopf, dann setzte sie sich zu ihm und vermied jeden Blickkontakt mit Jonathan.
Beim Abschied entzog sie ihre Hand so schnell Jonathans Hand, dass der voll Gram nach Hause schlich.

Erik kämpfte um die Liebe seiner Mary, die er nach wie vor vergötterte. Er liebte alles an ihr: Ihre schulterlangen braunen Haare, die ein reines Engelsgesicht umrahmten, ihre leicht schrägen braunen Augen, die ihn so süß und schelmisch ansahen, wenn er über ihren Busen strich, ihren vollen roten Mund, den er so gerne küsste. Und er liebte den Sex mit ihr, ihren leichten Widerstand, bis sie sich ihm öffnete. Aber öffnete sie ihm auch ihr Innerstes, ihre Seele? Manchmal war es ihm so, als stieße sie ihn zurück. Es war wie eine unsichtbare Wand, oder verlangte er zu viel? War die Seele eines Menschen tabu für den Anderen? Auch für den der grenzenlos liebt? War es sein Fehler, dass er alles wollte, die ganze Frau und auch ihre Seele? Sie zog sich zurück, wenn er ihr zu sehr nahe kam und verkroch sich im Dschungel, der rund um ihre Hütte wucherte. Dann konnte es sein, dass sie erst zu ihm an den Fluss kam und wie entschuldigend sein Gesicht streichelte.

Jetzt hatte er die würgende Angst, er könne sie verlieren. Verlieren an diesen selbstsicheren eleganten Mann, der es verstand mit seinen Worten alle zu verzaubern. Er wirkte ungemein anziehend und gebildet. Allerdings war Erik nicht sicher, ob seine Worte auch seinen Charakter widerspiegelten. War das was er an edelmütigen Ansichten vortrug ein Abbild seines Wesens? Oder nur eine Wiedergabe dessen, wie er gerne wäre?

Eine Woche später waren sie eingeladen bei Doktor Abel Smithson, dem Arzt des Städtchens. Es war eine kleine Runde von Ehepaaren, nur Jonathan Swift kam allein. Das Essen war vorzüglich, nur für Erik war es zu raffiniert in der Zusammensetzung der Gewürze und Geschmacksrichtungen. Er wollte Fleisch, das nur nach Fleisch schmeckt und Fisch, der nach Fisch schmeckt und nicht nach irgendwelchen Gewürzen. Ihm gegenüber saß Rosa, die Frau des Arztes, genau neben ihr saßen Mary und Jonathan. Als er einmal den Blick auf Rosa richtete, sah er in ihren Augen ein so ausgeprägtes Erstaunen, und jähes Mitleid, dass ihm vor Schreck das Messer entglitt und zu Boden fiel. Er bückte sich unter den Tisch und hatte vor seinen Augen die weißen Knie seiner Frau. Ihre Beine waren leicht geöffnet und die Hand von Jonathan streichelte ihre Schenkel. Immer leicht vom Knie nach oben. Dort wo die Strümpfe endeten hielt er inne, und liebkoste mit seinen Händen die unbedeckten Stellen der Schenkel, bevor er weiter vordrang.

Als Erik sich wieder aufrichtete saß Mary steif in ihrem Sessel und hatte die Augen geschlossen. Sie atmete schwer. Eiseskälte griff nach seinem Herzen. Seine Mary, die Frau die er über alles liebte, die er vergötterte, sein Engel, betrog ihn offenbar. Und das ging so weit, dass sie ihre Leidenschaft auch in der Öffentlichkeit nicht beherrschen konnte. Bis jetzt war es nur ein unbestimmtes Gefühl gewesen. Jetzt war er sicher. Nach allem was er selbst gesehen hatte, gab es keinen Zweifel mehr – seine Mary liebte einen anderen. Mit einer Leidenschaft die sie ihm gegenüber nie gezeigt hatte.

Noch in derselben Nacht verließ er sein Haus in der Stadt und fuhr zurück in seine Hütte in der Tiefe des Dschungels des Mato Grosso.

Er wusch weiter den Sand des Flusses und bei der letzten Kontrolle musste er feststellen, dass nur mehr wenige Diamanten in seiner Truhe liegen. Die Ausbeute wurde immer geringer. Von Jahr zu Jahr, von Monat zu Monat.

Erik stand auf und ging zum Fenster. Es hatte wieder zu regnen begonnen.

Der Söldner im Kongo

Elliot Sonn war ein Söldner im Dienste der Regierung in Brazzaville. Seine Aufgabe war es, die Minen der Regierung gegen die Begehrlichkeiten der verschiedenen, im Land herumziehenden bewaffneten Gruppen zu verteidigen. Fürs erste sollte er die Goldmine östlich von Kananga von den Horden des Warlords Mozumbe zurück erobern. Mozumbe hatte die Mine vor einer Woche besetzt und war trotz großer Anstrengungen der Regierungstruppen nicht zu vertreiben.

Die Feuerkraft der Leute des Mozumbe war beträchtlich, besonders ein Scharfschütze hatte den Regierungsleuten große Verluste zugefügt.

Elliot Sonn war bei Tagesanbruch mit seiner Helikopterstaffel auf dem freien Feld hinter den Minenhütten gelandet. Dort waren sie gegen direkten Beschuss auch durch einen Hügel gut geschützt.

Aber als sie sich nach vorne schlichen, wurde sein Nebenmann getroffen. Durch Zufall hatte Elliot das Mündungsfeuer hoch oben im Geäst eines Urwaldriesen gesehen und schickte eine Salve aus seiner Maschinenpistole in die Richtung.

Es entstand Bewegung im Geäst und eine Gestalt brach durch das Blättergewirr.

Sie stürzte nach unten und blieb in halber Höhe an einem abgebrochenen Ast hängen. Elliot sah durch das Zielfernrohr

und erkannte zu seinem Erstaunen, dass ein Weißer mit blonden Haaren am Baum hing. Das Hemd hatte sich rot gefärbt und der Mann schien verletzt zu sein.
Offenbar war das der gefürchtete Scharfschütze, der so vielen seiner Leute den Tod gebracht hatte.
Aus Wut über den Abschuss ihres gefährlichsten Mannes und vielleicht auch Anführers, schossen die Mozumbe Leute nun aus allen Rohren und stürmten in Wellen gegen die zahlenmäßig weit unterlegenen Leute Elliots.

Der gab den Befehl zum Rückzug und langsam wichen sie in Richtung der Hubschrauber zurück. Die Verwundeten schleppten sie mit. Elliot und eine Handvoll seiner besten Männer bildeten die Nachhut. Sie mussten versuchen seinen Leuten und den startenden Hubschraubern so lange als möglich Feuerschutz zu geben.
Aber gerade als sie in den letzten Hubschrauber hechteten, spürte Elliot einen Schlag gegen seine Schulter und als sein Nebenmann eine Mullbinde gegen seine Schulter drückte, wurde er bewusstlos.

Er erwachte langsam aus tiefer Dunkelheit in einem Meer von weißen Tüchern und Laken, und als er das Gesicht einer blonden jungen Frau über seinem Bett sah, war sein erster Gedanke: so sieht also ein Engel aus. Aber dann überlegte er sich, dass er wohl kaum nach seinem Tod in den Himmel kommen würde. Zur Sicherheit hob er die Hand und strich

der blonden Frau über die Brust. Als sie los schimpfte schlief er beruhigt wieder ein.
Sie hieß Tatjana Umaschenko und war Russin. Sie verband seine Wunde und half bei seinen ersten Schritten. Er hatte viel Blut verloren und war tatsächlich sehr geschwächt. Sein Bettnachbar behauptete zwar, dass er sich so an Tatjana klammere, hätte nichts mit Schwäche zu tun, aber Elliot wies alle derartigen Unterstellungen grinsend zurück.
Aber schließlich war er soweit genesen, dass er aus dem Krankenhaus entlassen wurde. Man genehmigte ihn noch sechs Wochen Genesungsurlaub.
Beim Abschied sah ihn Tatjana lange an und dann sagte sie leise:
„Du kannst die sechs Wochen in meinem Haus wohnen."
Elliot war erstaunt und selig, denn mehr als ein flüchtiger Kuss war nie gewesen.

Sie hatte ein kleines Haus in einem herrlichen Bambushain gemietet, etwas abseits der Straße die zum Spital führte.
Als sie ankamen wies sie ihm ein Zimmer zu, das am anderen Ende des Flurs lag, in dem auch ihr Schlafzimmer war.
So knapp nach dem Monsunregen war es drückend heiß. Der große Deckenventilator kreiste über dem Tisch, spendete aber kaum Kühlung.
Sie aßen kaum, nur Papaya und Mango Früchte und danach ein kühler Drink mit viel Eiswürfel und wenig Whiskey. Sie erzählte Elliot, dass ihr Bruder ebenfalls hier irgendwo im

Kongo sei, aber sie habe keine Ahnung wo er gerade ist. Sie mixte noch einen Drink und sah ihn lange an.

Er hatte sich neben Tatjana auf die Couch gesetzt und den Arm um sie gelegt. Als er sie küsste wehrte sie sich nicht. Er streichelte ihr Gesicht, ihren Hals und den Ansatz ihres Busens. Als sie auch das duldete, öffnete er die Knöpfe ihrer Bluse und liebkoste ihre festen drallen Brüste mit seinen Händen und seinen Lippen.

Sie zuckte erst zusammen, als seine Hände unter ihrem Rock die runden Schenkel streichelten und weiter nach oben strebten. Sie lehnte sich zurück und stöhnte leise als seine Hand unter den mit Spitzen besetzten Slip fuhr. Sie zitterte und kam wimmernd zum Höhepunkt ihrer Lust.

Als sie unter dem kühlen Strahl der Brause standen, sah er zum ersten Mal ihren nackten, sinnlichen Körper und sofort spürte er wieder das Toben seines heißen Blutes. Sie sah es sofort und streichelte seine harte Männlichkeit mit zarter sanfter Hand, bevor er sie hoch hob und ins Schlafzimmer trug. Dort fielen sie übereinander her, bis sie schweißüberströmt und ermattet unter den Flügeln des Deckenventilators einschliefen.

Es war eine herrliche Zeit, die sie verbrachten. Nicht einmal die Gewissheit, dass er in wenigen Wochen wieder seinen Dienst antreten musste, trübte ihr Verhältnis. Nein, es war etwas Anderes das ihm missfiel. Ihn störte immer mehr, dass

Tatjana zwar seine Zärtlichkeiten über sich ergehen ließ, aber eben nur duldete. Es kam ihr nie in den Sinn, diese zu erwidern. Er liebte sie sehr. Manches Mal hatte er das Gefühl, dass seine Gefühle für Tatjana zu intensiv seien. Es gab sogar Momente, wo er zu spüren glaubte, dass sie seine kleinen Zärtlichkeiten fast ablehnte. Vielleicht küsste er sie zu oft, streichelte sie zu häufig. Er war wohl ein harter Mann, aber vielleicht war sie kälter, oder vielleicht legte sie keinen so großen Wert auf Zärtlichkeiten wie er.
Er hatte oft versucht mit ihr darüber zu reden, aber sie blockte sofort ab. Er müsse doch sehen, dass sie ihn auch liebe. Punkt.
Die Zeit verging rasch und der Tag kam, an dem er wieder seinen Dienst antreten musste.

Die Männer des War Lords Mozumbe hatten die Goldmine immer noch besetzt. Elliot erhielt somit den Befehl, die Mine endlich wieder in den Besitz der Regierung zu bringen, Mozumbe zu vertreiben und wenn möglich gefangen zu nehmen. Der Mann wurde immer mächtiger und wurde langsam zur Gefahr für die Regierung. Vor allem die Einnahmen aus den Minen fehlten, denn Mozumbe hatte bereits mehrere Minen in seine Gewalt gebracht.

An der Spitze seiner Kampfhubschrauber griff er die Stellungen Mozumbes an. Sie hatten die seitlichen Türen geöffnet um für die in der Mitte montierten Maschinengewehre freie Schussbahn zu haben. Ihre

Feuerkraft war zwar sehr groß, aber die im dichten Dschungel liegenden Kämpfer des Gegners waren trotzdem im Vorteil. Sie waren gut getarnt und nur durch Zufall zu treffen. Elliot befahl Flächenfeuer auf die Bäume und Büsche des Unterholzes.

Von unten bekamen sie aber auch Dauerfeuer, die Einschläge gellten in der offenen Kabine und der Schütze hinter dem Maschinengewehr sackte zusammen. Elliot zog ihn vom Sitz und nahm seinen Platz ein.

Der Pilot seines Hubschraubers zog einen Halbkreis und näherte sich einem riesigen Urwaldbaum. In einer Entfernung von weniger als zwanzig Meter tauchte das Gesicht eines Weißen mit blonden Haaren zwischen den Ästen des Baumes auf. Elliot und der Gegner schossen gleichzeitig. Das Gesicht des Anderen war plötzlich voll Blut und Elliot spürte einen Schlag gegen seinen Hals.

Im Rhythmus seines Herzschlages schoss ein Blutstrahl auf die Metallschiene mit den Patronen für sein Maschinengewehr und färbte die Patronen rot.

Er dachte, irgendwie passt es zusammen, das Blut und die Patronen. Aber dann erinnerte er sich an die Tatsache, dass man den Blutstrom aus einer zerschossenen Halsschlagader nicht stoppen kann. Zu oft hatte er erleben müssen, dass alle Versuche gescheitert waren.

Trotzdem versuchte er mit seinen Händen die Wunde abzudichten. Sinnlos, der Druck des Blutes war zu hoch.

Es würde nicht mehr lange dauern. Wie war das noch mit dem hellen Tunnel, den alle knapp vor dem Tod sahen? Er erinnerte sich dunkel, er hatte darüber gelesen.

Er dachte an seinen Gegner, den er offenbar getötet hatte. Eigenartig, der erinnerte ihn irgendwie an Tatjana. Die blonden Haare, das Gesicht.

Dann dachte er an Tatjana. Wie würde sie reagieren, wenn sie von seinem Tod erfahren wird? Hatte sie ihn geliebt, oder war er nur eine kurze Episode in ihrem Leben? Ein Liebesabenteuer, eine Laune ………

Ein letzter Strahl Blut überzog den Patronengurt mit einer leuchtend roten Schicht, dann hörte er zu atmen auf.

Der Edelsteinhändler

Als er die Bar betrat geschah etwas Eigenartiges – er füllte den Raum mit einer Welle von Sympathie. Ein mittelgroßer Mann von etwa fünfzig. Die Khaki Hose und das Oberteil schlotterten um seine hagere Gestalt. Die schütteren Haare waren exakt in der Mitte durch einen Scheitel in zwei gleich große spärliche Hälften geteilt. Das Gesicht dominierten eine riesige Nase und die blitzenden Augen gleichermaßen. Für diese passte nur unvollständig eine Beschreibung: Listig, spitzbübisch, humorvoll und gutmütig.
Jakob Sacharny, eine Legende unter den Edelsteinleuten Afrikas. Es gab niemanden, der so beliebt war wie er. Wenn er für eine Handvoll Steine einen Preis nannte, so war der immer in Ordnung, nie hat er versucht, die einfachen Edelsteinschürfer zu betrügen. Aber seine Schelmenstreiche waren im ganzen Land bekannt. Er war eine Persönlichkeit im besten Sinne des Wortes.

Das Dorf am Rande der Mount Marsabit Berge im Norden von Kenia war der Treffpunkt der Edelsteinschürfer des Turkana-Gebietes in dem man in letzter Zeit wunderschöne Edelsteine fand. Händler und Schürfer trafen sich hier in dieser Bretterbude mit dem windschiefen Schild über der Tür „ Gemstone Hotel".

Er setzte sich an einen Tisch und sofort kamen einige Mineros und fragten höflich, ob sie sich an seinem Tisch setzen dürfen. Eigentlich wollte er sein Mittagessen bestellen, aber als einer der Männer eine Handvoll Edelsteine aus einem schmierigen Beutel auf die Tischplatte leerte, vergaß er seinen Hunger und begutachtete die Steine.

„ Du sagst, das sind Aquamarine? Diese fast farblosen Kristalle? Die musst du erst in blaue Tinte legen, dann kannst du sie an kurzsichtige Japaner verkaufen. Die kaufen im Moment alles was nach Edelstein aussieht." Er grinste den Minero freundlich an und der öffnete lachend einen zweiten Beutel mit sehr schönen blauen Kristallen.

Man wurde sich schnell einig, der Preis war in Ordnung und Jakob konnte endlich sein Mittagessen bestellen. Er setzte sich an den Tisch, an dem bereits sein Mitreisender saß, Theobald Hummer, ein Gemischtwarenhändler aus der Schweiz. Der hatte sich bereits in Nairobi angeschlossen – er wolle Afrika abseits der Touristenpfade kennenlernen – so meinte er. Aber jetzt litt er sehr unter der Hitze und dem absoluten Fehlen jedweden Komforts, den die Luxushotels so bieten. Langsam begann er seinen Entschluss zu bereuen sich auf diese Fahrt ins Innere, abseits der Touristenpfade eingelassen zu haben.

„ Mr. Jakob, wenn sie noch mehr von diesen dunkelblauen Aquamarinen kaufen wollen, so müssen sie flussaufwärts bis zur ersten Krümmung fahren. Dort arbeiten zwei Männer auf ihrem Claim und waschen die Kristalle aus dem Sand des

Flusses. Es ist nicht weit von hier." Die Männer grinsten und schlugen sich lachend auf die Schultern.

Nach dem Essen brachen Jakob und sein Mitreisender Theobald Hummer auf und fuhren einen kaum sichtbaren Pfad flussaufwärts. Nach kaum fünf Stunden kamen sie auf eine kleine Lichtung im dichten Dschungel. Zwei Gestalten in zerschlissenen Hosen saßen vor einer windschiefen Hütte. Die muskulösen Oberkörper waren mit Schlamm bedeckt. Insgesamt machten die beiden Männer einen unfreundlichen, fast gefährlichen Eindruck. Brutale Gesichter mit flinken hinterlistigen Augen. Am Gürtel trugen sie lange Messer.

„ Was wollt ihr hier?" Ein wenig freundlicher Gruß in scharfem fast gebelltem Ton.

„ Wir wollen Aquamarine kaufen, falls ihr gute Steine habt." Jakob versuchte es zuerst mit verbindlichem Ton.

„ Soso, dann müsst ihr ja viel Geld mit euch führen? Lasst einmal sehen!" Lauernd kamen sie näher und plötzlich hatten sie Messer in den Fäusten.

„ Man wird euch ohne Gerichtsverhandlung aufhängen!" Jakob sagte es leise aber mit unglaublicher Schärfe. „Nämlich dann, wenn wir nicht zurückkommen, denn die Männer im Dorf wissen , dass wir zu euch gefahren sind." Jakob drehte sich abrupt um und nahm das Gewehr vom Sitz. „ Im Übrigen habe ich es mir überlegt – ich werde keine Steine von euch kaufen."

Er startete das Auto und in einem engen Bogen kehrte er um und sie fuhren die Straße zurück ins Dorf.

Sie kauften noch einige Flaschen Wasser und füllten die Reservekanister mit Treibstoff, denn sie wollten durch die Chalbi - Wüste zu den Ndoto – Bergen.
Da hatte man wunderschöne blutrote Rubine gefunden und die waren für Jakob natürlich von größtem Interesse. Für Theobald Hummer waren dagegen die Fotomotive der ursprünglichen, unberührten Landschaft von einmaliger Schönheit interessanter. Immer mehr verstand er Jakobs Liebe zu Afrika, dem uralten Kontinent, der seit undenklichen Zeiten bei Reisenden ein fast mystisches Wiedererkennen bewirkt und eine unerklärliche Sehnsucht, die viele veranlasst, wieder zurückzukommen. Afrika, das Land des Ursprungs der Menschen, das Land der Wiedergeburt. Ein Land um eine Reise zu beginnen und zu beenden. Ein Land voller Widersprüche. Im ursprünglichen Afrika, abseits der Touristenpfade findet man sie noch, die Menschen in deren Augen die Traurigkeit und Weisheit einer uralten Kultur liegen. Mit den Traditionen, von den Europäern nie verstanden wurden und wohl auch nie verstanden werden. Mit viel Güte und Vorsorge für die Alten, mit viel Liebe und Toleranz für die Kinder , aber auch mit viel Grausamkeit und Aberglauben. Mit einer tief verwurzelten Tradition, vor Jahrtausenden entstanden und seit Jahrtausenden gelebt.
Jakob war fasziniert von den endlosen Savannen mit den riesigen Herden von Gnus, Antilopen, Büffeln und anderen Grasfressern, die bis zum Horizont das Land durchqueren.

Immer auf der Suche nach saftigem Gras und vor allem nach Wasser.

Er war fasziniert von dem Duft der nach einem Regenguss dampfend aus der roten Erde aufstieg, fasziniert von den Farben in der magischen Zeit zwischen Nacht und beginnenden Tag. Von den grünen Massen der undurchdringlichen Urwälder in denen der Leopard den Affen jagt, seit dem es Leoparden und Affen gibt.

Er war fasziniert vom heiseren Gebrüll des Löwen, der sein Territorium abgrenzt.

Die beiden Männer in ihren Wünschen versunken, fuhren durch eine Wüste, die mit keiner anderen vergleichbar ist – die Chalbi. Mit Hilfe des Kompasses und des GPS – Gerätes steuerten sie ein Dorf am Fuße der Bergkette der Ndolo Berge an.

Die Sonne glühte über ihren Köpfen, es gab keinen Schatten und nicht den geringsten Windhauch. Und diese unwirkliche Stille, wenn sie rasteten, kein Laut war zu hören. Es gab auch nicht das geringste Anzeichen von Leben. Nur als Jakob in der ersten Nacht wach wurde, hörte er ein leises rascheln neben seinem rechten Ohr. Und als er sich aufsetzte, sah er gerade noch einen riesigen schwarzen Skorpion mit erhobenem Hinterteil, in dem der Giftstachel drohend empor stand, langsam davon schleichen.

Am nächsten Morgen, als die Sonne über dem Horizont hoch stieg und in grellweißer Glut förmlich explodierte, kochte Jakob einen starken Kaffee. Mehr wollten sie nicht. Nur aus

dieser unerträglichen Hitze wollten sie so schnell als möglich in die Kühle der Berge kommen.
Der nächste Tag war so heiß, dass sie das Gefühl hatten, dass die Luft die sie atmen ihre Lungen verbrennen würde. Erst am Abend des dritten Tages sahen sie die Hütten des gesuchten Dorfes.
Die Bewohner begrüßten sie freundlich und Jakob hatte das Gefühl, dass sie schon seit langen Zeiten keine Fremden und die jüngeren vielleicht noch nie einen Weißen gesehen hatten. Obwohl die Leute offenbar nur wenig Essbares hatten, wurden sie reich bewirtet. Die Gastfreundschaft war ihnen heilig.
Jakob hatte das bei vielen Gelegenheiten, bei Menschen die noch nicht durch den Tourismus verdorben waren, erlebt.
Selbstverständlich teilten sie auch ihre mitgebrachten Vorräte mit den Dorfleuten. Die Frauen brachten Krüge mit kühlem Wasser aus der nahen Quelle, und Jakob und sein Begleiter wuschen sich den Sand aus dem Gesicht.
 Besonders die Augen waren entzündet und brannten wie Feuer. Trotz der schmerzenden Augen sah Jakob sofort die roten leuchtenden Steine, die die Frauen trugen. Leider sprach er den Dialekt des Dorfes nicht und so beschränkte sich die Verständigung mehr auf Gesten. Und so deutete er auf die Kette einer Frau, die diese um den Hals trug. Das wurde leider vom Gemahl der Schönen völlig falsch verstanden. Er hob drohend seinen Speer und Jakob hatte alle Hände voll zu tun um das Missverständnis aufzuklären. Wie immer war ein Lächeln dabei sehr hilfreich. Und wohl

auch ein Säckchen Salz. Bei den Stämmen im Landesinneren immer sehr begehrt.
Der Dorfälteste brachte schließlich eine Schale voll schöner, aber nicht allzu großer Steine, die Jakob sofort untersuchte. Es waren tatsächlich Rubine! Somit waren die Strapazen der Reise nicht umsonst gewesen.
Man war sich schnell handelseinig und nach unzähligen Fotos, die Theobald Hummer, wie immer sehr emsig, von den Dorfbewohnern schoss, rüsteten sie zur Abreise.
Der Abschied von den Dorfbewohnern war herzlich und umständlich. Jeder einzelne umarmte die beiden und schüttelte ihnen ohne Ende die Hände.

Im Turkana – Gebiet gerieten sie an eine Horde Banditen aus Äthiopien, die sie ausraubten. Die Räuber waren dafür berüchtigt, dass sie ihre Opfer nicht nur ausrauben, sondern auch töten. Erstaunlicherweise ließen sie diesmal ihre Opfer am Leben. Aber ohne Auto, ohne Trinkwasser, nur mit der Kleidung die sie am Leibe trugen, hatten die beiden nur eine geringe Chance in der glühenden Hitze zu überleben.

Eine Militärpatrouille fand sie drei Tage später nur zwei Kilometer vor einer Wasserstelle entfernt, an der Schwelle zwischen Leben und Tod. Für Theobald Hummer war es bereits zu spät, er starb noch in der gleichen Nacht. Jakob Sacharny überlebte, aber nur weil zufällig ein Helikopter auf dem Militärstützpunkt war, der den im Koma liegenden nach

Nairobi flog. Er war zwei Monate im Krankenhaus, wo man ihn gesund pflegen konnte.

Die Frau aus Dar es Salam

Sie sah ihn an und ihr Gesicht wurde weich, voll Zärtlichkeit und Liebe. Das Gesicht einer vierzigjährigen Frau, vom Leben gezeichnet, von unzähligen Nächten in der stickigen Luft der verrauchten Bar. Von unzähligen Umarmungen der Männer in dem Zimmer neben der Theke.
Der Knabe im Bett hustete keuchend und rang nach Atem. Sie strich eine Strähne des hellen Haares aus seinem Gesicht, und er sah sie voll Dankbarkeit an.
„ Mein Sohn, mein allerliebster Sohn, ich muss zur Arbeit, nach unten in die Bar. Aber ich muss sehen, dass ich das Geld verdiene für die Medizin, die der Doktor für dich aufgeschrieben hat. Er hat doch gesagt, die wird dir helfen, dich wieder gesund machen."
Sie stand auf und ging ins Bad. Der Spiegel war zur Hälfte blind und der Wasserhahn tropfte immer noch. Es roch nach Feuchtigkeit. Sie legte noch eine Schicht Puder auf. Zur Gänze würde das Gespinst der feinen Fältchen, das ihr Gesicht überzog zwar nicht überdeckt werden, aber ein wenig doch. Dann zog sie den Umriss ihrer Lippen mit einem grellroten Lippenstift nach. Wie eine rote Wunde leuchtete ihr Mund im weißen Oval ihres Gesichtes.
Sie ging erneut ins Zimmer und strich dem Knaben übers schweißnasse Gesicht. Er starrte auf die gegenüberliegende Wand mit den grauen Schimmelflecken. Die schwüle

Feuchtigkeit klebte an den Wänden, am Laken und an dem rostigen Eisenrahmen des Bettes.
Sie öffnete die Fenster und die äußeren Flügel mit den schrägen Lamellen, von denen die grüne Farbe in großen Blättern abfiel. Die beginnende Nacht sandte noch heiße Schwaden stickiger Luft nach oben, vermischt mit den üblen Gerüchen aus den Abfallhaufen in den Rinnsalen und auf den Gehsteigen.
Angewidert schloss sie die Fenster und nach einem letzten Blick auf ihren Jungen verließ sie ihre Wohnung und stieg die Treppen hinab.
Die Wände der Bar waren mit ehemals rotem Samt tapeziert. Die Jahrzehnte und der Rauch von unzähligen Zigaretten hatten einen grauen Überzug geschaffen. Obwohl es noch früh am Abend war, saßen schon einige Männer an den Tischen und rauchten eifrig. Schmierige, ungepflegte Gestalten, die nach Schweiß und Tabak rochen.
Schon der Erste neben der Tür zog sie an seinen Tisch. Er tätschelte ihre nackten Schenkel und nach einer kurzen Verhandlung verschwanden die beiden durch die Tür hinter der Theke.
Die Nacht schien kein Ende nehmen zu wollen, immer neue Männer kamen und gingen. Endlich war auch der letzte gegangen und die Frauen machten sich auf den Heimweg.
Als sie auf den Flur des Treppenaufganges stehen blieb um sich eine Zigarette anzuzünden spürte sie sofort, dass etwas nicht in Ordnung war. Lähmende Angst schnürte ihr die Kehle zu, ihr Herz begann zu rasen.

Im Treppenhaus war Grabesstille.
Der keuchende Husten ihres Sohnes war nicht zu hören!

Durch das offene Gangfenster konnte man sein Husten sonst immer im ganzen Treppenhaus hören.
Wie von Sinnen schleppte sie sich bis zum ersten Absatz. Nichts – kein Ton. Panik überfiel sie. Wenn das bedeutete, das ihr Sohn nicht mehr lebte, in der Nacht gestorben war, so war das auch das Ende ihres abscheulichen Lebens. Nur ihr Kind hielt sie noch am Leben, nur für ihn lohnte es sich, all das zu ertragen, dieses Leben, das nichts wert war. Nichts, absolut nichts.
Jetzt fielen ihr die Gebete ihrer Kindheit wieder ein, lange im Sumpf der Nächte vergrabene Gebete an Gott und die heilige Maria ein. Gab es die überhaupt? Lange Jahre hatte sie keinen Gedanken an Gott „ verschwendet". Jetzt in der Stunde ihrer größten Not überschwemmten die Erinnerungen ihren Geist. Wenn es Gott gab, so konnte er nicht zulassen, dass ihr Junge gestorben war. Allein in seinem Bett, ohne ihre tröstende Hand. Lange verschüttete Erinnerungen an ihre Mutter, wie sie ihre Hand gehalten hatte, als sie starb. Dann war sie ganz allein. Und der Kampf ums Überleben begann, um das tägliche Essen und dann kamen sie. Die lange Reihe der Männer, die nur ihr Vergnügen wollten, bis auf einen, von ihm bekam sie ihren Sohn. Den Mittelpunkt ihres Lebens, um den sich alles drehte.

Sie kämpfte sich bis ins zweite Stockwerk, dann wurde ihr schlecht und sie rang nach Atem.
Genau gegenüber öffnete sich eine Tür und heraus trat eine junge, schöne Frau in einem roten Minikleid, mit langen schlanken Beinen. Der rote Mund, die langen seidigen Wimpern, die dunkel unterlegten grünen Augen, alles war perfekt. Aber es war kein Geheimnis – das wunderschöne Mädchen war ein junger Mann. Wie jeden Morgen kam er zurück aus dem mondänen Club am Hafen, in dem sich die betuchten Herren der oberen Zehntausend zum Pokerspiel trafen. Hier war er gerne gesehen und hier hatte er auch seine Kundschaft. Ältere Herren, die der jungen Frauen überdrüssig, ihre Abwechslung bei ihm fanden. Die schlanken Beine im roten Minikleid trippelten schnell die Treppen hinab.

Sie hatte wieder mehr Luft in ihren rasselnden Lungen und langsam stieg sie höher.
Vor der Tür zu ihrer Wohnung hielt sie an und presste ihre Hand auf ihren Mund um ihr Schluchzen zu unterdrücken. Dann öffnete sie rasch die Tür und lief zum Bett ihres Sohnes.
Seine herabhängende Hand war kalt und feucht. Sie strich über seine Stirne und der Schmerz zerriss ihre Brust.
Sie öffnete das Fenster, die glühende Kugel der Sonne stieg über den Dächern der Häuser auf der gegenüberliegenden Straßenseite hoch und verdampfte die Regenpfützen der vergangenen Nacht.

Die Hitze stieg in Wellen an der Hausfassade empor und traf ihr Gesicht, vermischt mit dem Gestank der faulenden Abfälle im Rinnsal.

Angewidert schloss sie das Fenster und ging zurück zu ihrem Sohn. Sie wusch sein Gesicht mit kaltem Wasser und strich seine Haare glatt.

Die Erinnerung an sein Lachen, seine fröhliche freundliche Art stand fast greifbar vor ihr im Raum. Sie nahm das Geld, das sie heute Nacht für seine Medizin verdient hatte und legte es auf die Bettdecke.

Dann ging sie zum Fenster und öffnete es weit.

Es hatte wieder zu regnen begonnen.

Die Straße war menschenleer. Niemand bemerkte ihren seltsam gekrümmten Körper, der am Rande des Gehsteigs lag. Nur der Regen streichelte sanft ihre Gestalt und wusch die weiße Schicht der Schminke von ihrem Gesicht.

Der Diamantenschleifer

Er saß am Tisch vor seiner Schleifmaschine und betrachtete gedankenverloren die Kakerlaken an der Wand. Sie waren schnell und wenn er einen Schuh nach ihnen warf, liefen sie unbeeindruckt weiter. Selbst wenn er eine traf, hatte das keine Wirkung. Sie waren unsterblich. Er hatte den Kampf gegen die schwarzen Käfer schon lange aufgegeben.
In der Hitze des Mittags hatte er eine kurze Pause gemacht und eine Zigarette geraucht, dazu einen Schluck aus der Gin Flasche genommen.
Früher, als er noch in Antwerpen gearbeitet hatte, war er ein sehr angesehener Diamantschleifer gewesen, der nur die größten und teuersten Steine geschliffen hatte.
Zu einem guten Preis, selbstverständlich.
Nach dem Ende des Bürgerkrieges war er nach Angola gefahren. Angola, das Land in dem die besten und größten Diamanten kamen, die er in Antwerpen geschliffen hatte. Er hatte in Luanda, der Hauptstadt ein Haus gemietet und nachdem die Kiste mit seiner Schleifmaschine und den optischen Geräten angekommen war, begonnen mit dem schleifen der funkelnden Kostbarkeiten. Er wurde bekannt und geachtet als wahrer Meister in der Kunst des Schleifens der größten und besten Diamanten.

Alles hatte sich prächtig entwickelt, bis er diesen riesigen Diamantkristall des Händlers aus dem Süden Angolas erhielt. Er sah sofort, dass dieser Rohdiamant ein Problemstein war. Zu viele Spannungslinien und Risse waren ein untrügliches Zeichen dafür. Das Risiko war zu groß. Als er dem Händler seine Bedenken äußerte, wurde der aber böse und meinte, dass es genug andere Schleifer gebe, die auch schwierige Steine erfolgreich schleifen können.

Und so willigte er ein, den Stein zu schleifen. Leider, wie er im Nachhinein feststellen musste.

Es kam noch schlimmer als er befürchtet hatte. Der riesige Diamantkristall zersprang beim Schleifen in unzählige kleine Bruchstücke, die kaum mehr schleifwürdig waren.

Ein Totalverlust!

Der Händler führte sich wie ein Verrückter auf, als er das Ergebnis sah und gab dem Schleifer die Schuld.

Ab dem Zeitpunkt brachte man ihm keine großen Steine mehr, nur kleine, billige Steine, die kaum seine Kosten deckten. Er konnte die Miete für das Haus nicht mehr bezahlen und bezog diese heruntergekommene, aber billige Wohnung am Rande der Stadt, in dem Viertel der Prostituierten und der kleinen Ganoven.

Hier lebte und arbeitete er nun und hatte bald den Punkt erreicht wo er nicht mehr genug Geld für das Flugticket zurück nach Antwerpen hatte. Es reichte gerade so zum Überleben.

Er hatte gerade einen kleinen Stein fertig geschliffen, seine Augen brannten ob der Anstrengung und so beschloss er

sein Mittagessen zu holen. Drei Gassen weiter gab es diese kleine Imbissstube, nicht gerade ein Restaurant, aber die Preise entsprachen seinen finanziellen Möglichkeiten.
Er überquerte die Straße, kam zu der kleinen Bar mit den kleinen Tischen und bunten Sonnenschirmen im Vorgarten. In der vorderen Reihe saßen die Mädchen und jungen Frauen mit den kurzen Röcken und tiefroten Lippen und verfolgten die vorbeigehenden Männer mit einladenden Blicken.
Die meisten waren Schwarzafrikanerinnen, aus Angola oder Sambia, aber einige hatten eine hellere Hautfarbe, das Ergebnis der langen Portugiesischen Kolonialzeit.
In der Mitte saß auch eine hübsche junge Frau mit fast weißer Haut, Angelina. Sie hatte er vor einer Ewigkeit sehr oft in sein Haus mitgenommen, in der Zeit in der es ihm noch besser ging. Er war damals fast ein wenig verliebt gewesen in das gepflegte junge Mädchen mit den heißen Schenkeln, das so schnell auf Touren kam. Sie hatte ihm auch einmal ewige Treue geschworen, wenn er sie für immer mitnehmen würde in sein schönes Haus, das er damals noch hatte.
Als er jetzt im Vorbeigehen ihr zuwinkte, drehte sie den Kopf zur Seite und sah zum Nachbartisch.
Und als er weiterging sah sie ihm nach und jetzt erst sah sie, dass sein ehemals schwarzes Haar weiß geworden war und sie dachte an den eleganten Mann der er einmal gewesen war. Jetzt machte er einen heruntergekommenen Eindruck und von gepflegt konnte keine Rede mehr sein. Sie dachte

an die langen Nächte, in denen sie sich geliebt hatten, an die Leidenschaft, die sie beide empfunden hatten.
Er ging weiter bis zu der Imbissstube, wo er sein Essen bestellte. Er rauchte noch eine Zigarette, bevor er zurück in sein Zimmer ging.
Gerade als er den nächsten Rohdiamanten zum Schleifen bereit legte, klopfte es an seiner Tür.
Ein etwa zehnjähriger Junge trat schüchtern näher und hielt einen rosa Kristall in seiner Hand. Der Schleifer nahm die Lupe ans Auge und zuckte zurück. Es war ohne Zweifel ein Rohdiamant von einmalig schöner rosa Farbe! Auf Grund der Farbe ein extrem seltener und besonders teurer Edelstein. Es war ein Vermögen, das der Junge da gebracht hatte. Für den Besitzer bedeutet das, dass er nie mehr in finanziellen Nöten sein würde.
„Ich habe den Stein Im Fluss gefunden, auf der Sandbank nach der Flussbiegung, da wo die großen Krokodile in der Sonne liegen. Ist er wirklich echt, ist er was wert? " Der Junge trat unsicher von einem Fuß auf den anderen.
„ Du musst mir den Stein noch einen Tag hier lassen, ich möchte noch eine Untersuchung mit speziellen Geräten machen, bevor ich dir den genauen Wert nennen kann."
Der Schleifer war sich plötzlich nicht mehr sicher. Hier im Fluss hatte man noch nie Diamanten gefunden.
Alle Untersuchungsergebnisse waren eindeutig:
Es war ein Diamant!
Ein Diamant von absoluter Reinheit. Bisher hatte er noch keinen Stein in vergleichbarer Qualität in Händen gehabt,

oder auch nur gesehen. Und in den Jahren seiner Tätigkeit als Diamantschleifer in der Diamantmetropole Antwerpen hatte er sehr viele außergewöhnliche Steine gesehen. Und dieser Stein hatte eine extrem seltene Farbe, ein intensives Rosa, fast schon hellrot.
Jeder Diamanthändler auf dieser Welt träumt von so einem Stein.

Die kommenden Tage arbeitete er ohne Unterbrechung. All seine Kunst, seinen ganzen Ehrgeiz setzte er darein, diesem Stein einen absolut perfekten Schliff zu geben.
Jede, noch so kleine Fassette musste genau geschliffen und poliert werden. Die Brillanz und das Feuer des fertigen Steins würden davon abhängen.
Er aß kaum noch, dafür trank er Unmengen von schwarzem Kaffee und immer häufiger eine ganze Flasche Gin.
Er vergaß darauf, sich zu rasieren und auch zum Waschen nahm er sich keine Zeit mehr. Ohne Pause arbeitete er vom Morgengrauen bis zum Einbruch der Dunkelheit.
Am Morgen des zehnten Tages hörte er aufgeregte Stimmen unten am Platz vor der Polizeistation. Er trat ans Fenster und sah eine Menschenmenge, die eine kleine Gestalt umringte, die am Boden lag.
Er lief die Treppe hinab und drängte sich durch die gaffende Menge. Ja, er erkannte sofort den Jungen, der ihm den Diamant gebracht hatte. Der Körper des Kleinen sah furchtbar aus, die Krokodile hatten ihn schrecklich

zugerichtet. Fischer hatten den Leichnam auf der Sandbank gefunden.
Niemand wusste, ob er noch Familienangehörige hatte und so wickelten sie den kleinen Körper in ein Leichentuch und brachten ihn zu der steinigen Wiese neben der Abfallhalde, wo die Gräber der Armen waren.
Der Schleifer ging mit zitternden Beinen zurück in sein Zimmer. Der arme Junge, er hätte ein glückliches Leben vor sich gehabt.
Ein ungewohnter Schmerz durchzuckte seine Brust. Er rang nach Luft. Die Hitze war heute besonders drückend. Der Schweiß rann über sein Gesicht und den Oberkörper, als er sich an seine Schleifmaschine setzte. Nur noch wenige Fassetten mussten poliert werden, dann konnte er den Stein ausspannen.

Es war ein besonderer Moment, als er der Stein vom Schleifstaub reinigte und ins Licht hielt.
Die Strahlen der Sonne wurden tausendfach reflektiert und der Diamant glühte förmlich in einem überirdischen Rot auf. Dieses einmalige Wunder der Natur, vor Millionen von Jahren in der Tiefe der Erde unter unvorstellbarer Hitze und ungeheurem Druck gewachsen, lag nun in der Hand des Schleifers. Und der empfand ein unglaubliches Glücksgefühl, das förmlich seine Brust zerriss.
Er legte sich auf sein Bett, die Anspannung der letzten Wochen fiel von ihm ab, ein unbeschreibliches Gefühl der

Freude durchströmte seinen Körper, jede Faser seiner Muskel, jeder Tropfen seines Blutes war erfüllt von Glück.

Dann setzte der Schmerz in seiner Brust wieder ein. Ein Stahlband schnürte seine Lunge ein, er rang nach Luft.

Der Vermieter fand den Schleifer am nächsten Morgen, als er wieder einmal die Bezahlung der Miete einfordern wollte.

Sie packten den ausgemergelten Körper in ein Leichentuch und brachten ihn zu der steinigen Wiese neben der Müllhalde, wo man die Armen begrub. Neben einem frischen Erdhügel, wohl das Grab eines kleinen Jungen.
Und niemand bemerkte das rosa Funkeln zwischen Daumen und Zeigefinger in der Faust des Schleifers, als sie ihn in die Grube legten.

Der Stern von Ceylon

Der alte Mann stieg langsam die Stufen der Gangway hinab, dabei stützte er sich auf einen Stock mit schwerem Silbergriff. Eine imposante Erscheinung, das lange weiße Haar, das er offen trug, der üppige weiße Bart, der das ganze Gesicht zu bedecken schien und die buschigen Augenbrauen über hellen blauen Augen. Am Ende der Treppe blieb er stehen und holte tief Luft. Überwältigend der Geruch der Erde, die nach dem Regen der Nacht ihre Feuchtigkeit in der Hitze der Morgensonne verdampfte. Dunstschwaden standen über den Betonfeldern der Landebahn und leuchteten im schrägen Licht. Und dann der zarte Geruch der Blüten und Orchideen in den nahen Bäumen des Dschungels. Er war fasziniert und sah sich um. Die Mitreisenden strömten unbeeindruckt an ihm vorbei zur Pass- und Zollabfertigung.

Nachdem er endlich alle Formalitäten erledigt hatte, trat er durch die breite Tür ins Freie und rief ein Taxi.

„ Hotel Mount Lavinia" gab er knapp sein Ziel bekannt. An der Rezeption telefonierte er kurz und nach einer knappen halben Stunde erschien GameniHojsa, ein sehr bekannter Edelsteinhändler, der größte und reichste Händler von Ceylon.

„ Ich habe gehört, der Stern von Ceylon ist in ihrem Besitz." Ohne Umschweife kam der alte Mann zur Sache.

„ Ja, in der Tat, aber wie sie sicher auch wissen, handelt es sich um den größten und schönsten Saphir der in den letzten zwanzig Jahren in meinem Land gefunden wurde. Man hat mir schon eine sehr hohe Summe dafür geboten, aber ich konnte mich nicht entschließen den Stein zu verkaufen."
Mr.Gameni sah etwas herablassend auf den alten Mann herab.
„Ich komme im Auftrag eines international bekannten Juweliers in New York, bestimmt einer der Großen weltweit. Und ich habe den Auftrag den Saphir zu kaufen." Zur Bekräftigung ging der Alte zum Zimmertresor, öffnete die Tür und zog einen Aktenkoffer heraus. Als er diesen öffnete, trat Mr.Gameni näher und sah dicke Bündel von Dollar Noten, fein säuberlich geschlichtet, füllten sie den ganzen Koffer aus. Er war beeindruckt und setzte sich wieder in seinen Sessel.
„ Eine Million wird wohl reichen um sie zu einem Verkauf zu überreden." Der Alte verschloss den Aktenkoffer und den Tresor. Dabei sah er im Spiegel das Gesicht von Mr.Gameni und war sich seines Erfolges sicher.
„ Natürlich muss ich den Saphir noch prüfen, ob er wirklich die Farbe Royal Blue hat und auch ohne Fremdeinschlüsse ist, wie man mir berichtet hat. Auch das Gewicht ist zu prüfen." Der Alte spielte nun auf reserviert.
„ Selbstverständlich können sie schon morgen in meinem Büro alles überprüfen."
Mr. Gameni stand auf.

„ Das können sie vergessen, das kommt nicht in Frage, dass ich mit einer Million in einem fremden Land durch die Gegend fahre. Sie kommen mit dem Stein zu mir ins Hotel. Hier werde ich den Saphir prüfen und wenn alles stimmt, übergebe ich ihnen den Koffer mit der Million." Der Alte ging zur Tür. „ Ich erwarte sie um sechzehn Uhr, bitte pünktlich, mein Flieger geht um achtzehn Uhr. Und ich fliege zurück mit oder ohne den Stein. Ich hoffe, sie haben mich verstanden." Die bestimmte, vielleicht auch für den Edelsteinhändler ungewohnt schroffe Art des Alten schüchterte Mr.Gameni sichtlich ein. Er verabschiedete sich.

Am nächsten Tag erschien der Edelsteinhändler pünktlich um sechzehn Uhr. Der Alte prüfte den riesengroßen Saphir eingehend. Dann ging er zur Bar und schenkte zwei Gläser ein.
„ Lassen sie uns auf den Abschluss des Handels anstoßen Mr. Gameni, ich denke sie werden noch lange an diesen Tag zurück denken." Er hob das Glas und reichte das zweite Glas dem Händler, der in großen Schlucken trank. Dann wurde ihm schlecht, er musste sich setzen und es wurde dunkel um ihn.

Vor dem Hotel rief ein junger schlanker Mann mit kurzen blonden Haaren und blauen Augen ein Taxi zum Flughafen. Dem Taxifahrer fiel auf, dass der junge Mann einen Spazierstock mit einen großen silbernem Griff trug, und nur einen kleinen Koffer, aber sonst kein Gepäck hatte.

Die Maschine nach Europa hob pünktlich um achtzehn Uhr ab.

Eine Stunde später öffnete der Service Boy die Tür zum Zimmer des Alten, um nachzufragen ob er das Abendessen im Zimmer einnehmen wolle. Im Bett lag ein alter Mann mit langen weißen Haaren und dichten weißen Bart, der das ganze Gesicht bedeckte. Der Boy zog sich leise zurück und hängte die Tafel „ Bitte nicht stören" wieder vor die Tür.

Die Maschine landete pünktlich um acht Uhr morgens in London. Die Männer der Zollabfertigung waren sehr gründlich und etwas misstrauisch, dass der junge Mann mit den blonden Haaren nur einen Koffer mit Dollar Noten und einen Spazierstock mit einem schweren Silberknauf auf den Tisch des Zolls legte. Man untersuchte ihn in einem Nebenzimmer sehr gründlich. Er hatte nicht einmal ein Feuerzeug in seinen Taschen, nur Taschentücher und einen Kamm. Mehr kam auch nicht zum Vorschein, als man ihn bis auf die Unterhose ausziehen ließ. Auch der Koffer wurde gründlich untersucht, kein doppelter Boden, nichts. Leise pfeifend zog sich der Blonde an, nahm seinen Koffer und seinen Stock und ging durch die Tür ins Freie zum Taxistand. „ Hotel Savoy" sein kurzer Auftrag an den Taxifahrer.

In Ceylon, im Hotel Mount Lavinia erwachte Mr.Gamene langsam aus seiner Betäubung. Er wankte ins Badezimmer und sah im Spiegel einen alten Mann mit langen weißen Haaren und weißem Vollbart, der sein ganzes Gesicht bedeckte. Voll böser Vorahnung riss er sich den falschen Bart und die weiße Perücke vom Kopf und lief zum Telefon.

In London, im Hotel Savoy telefonierte ein junger blonder Mann mit Mr. Seligmann, dem bekanntesten Edelsteinhändler der Stadt. Wenig später hielt eine silbergraue Limousine vor dem Hotel und brachte den Blonden in ein exklusives Juweliergeschäft im Zentrum von London.
„ Mein Name tut nichts zur Sache, Mr. Seligmann, aber ich denke so einen großen Saphir wie diesen haben sie noch nie gesehen." Er schraubte den Griff seines Stockes auf und ein riesengroßer königsblauer Saphir funkelte im Lichte der Tischlampe.
Mr. Seligmann legte den Stein in eine Schale mit einer farblosen Flüssigkeit und diese unter ein spezielles Mikroskops und schaltete die Beleuchtung ein.
„ Ja, es ist ein schöner Stein, aber leider kein Saphir. Es handelt sich um einen synthetischen Stein aus russischen Labors. Ich kenne den Stein, er befand sich im Besitz von Mr. Gamene in Ceylon. Ich werde ihn gleich anrufen." Er stand auf und griff zum Telefon.
Der blonde junge Mann hatte es plötzlich sehr eilig. Mit kurzem Gruß verließ er das Büro von Mr. Seligmann.

Der legte den Hörer auf die Gabel und lächelte. Sein Freund Gamene würde die Versicherungssumme kassieren und er hatte den größten Saphir der in den letzten zwanzig Jahren in Ceylon gefunden wurde, erhalten. Und das ohne einen einzigen Dollar dafür bezahlt zu haben.

NgoroGoro

Der Mann war Anfang Vierzig, ein typischer Engländer, zurückhaltend, reserviert und steif, saß er beim Tisch und bemühte sich, sein Gegenüber nicht zu lange anzustarren. Dabei war es absolut sehenswert, was die Dame so offerierte, wenn sie sich im Gespräch vertieft, vorbeugte. Die pralle Pracht ihrer Brüste drohte jeden Augenblick die schützende Hülle zu sprengen. Sie hatte gerade eine kleine Episode erzählt, offenbar eine Lustige, denn sie schüttelte sich vor Lachen und ihr Busen strebte ins Freie. Geoffrey Hurlington hatte nichts verstanden, er war zu abgelenkt von den optischen Eindrücken.

Sarah Brown hatte sehr wohl bemerkt, dass ihr Gegenüber im Begriff war, seine Fassung, ja seine Reserviertheit zu verlieren und sie war zufrieden.

Schon im Reisebüro war er ihr aufgefallen. Eine Safari in ein Gebiet wolle er machen, in dem man alle wilden Tiere Afrikas auf engen Raum sehen könne. Da käme nur das Tierreservat des NgoroGoro Kraters in Tansania in Frage. Er hatte gleich gebucht und sie auch, nachdem er außer Hörweite war.

Im Bus vom Flughafen zum Krater hatten sie sich angefreundet, rein zufällig saß sie neben ihm.

Jetzt saßen sie in der Lodge, die oben am Kraterrand, förmlich an die Steilwand geklebt, einen herrlichen Blick über den tiefer liegenden Kraterboden bot.

Sie hatten gut gegessen, danach eine Flasche Wein geleert und nun waren sie in guter Stimmung. Sarah Brown hatte sich neben Geoffrey gesetzt und ihre Hand auf seinen Arm gelegt. Der war etwas verwirrt, aber sehr angenehm überrascht.
Trotzdem war er über sich selbst erstaunt, dass er es wagte sie zu küssen und dann auch ihren Busen zu streicheln.
Jedenfalls verabredeten sie sich zu einer gemeinsamen Fahrt in den Krater für den nächsten Tag.
Und als er aufstand und auf sein Zimmer ging, folgte sie ihm.
Diese Zaubernacht würde er nie vergessen. Niemals, bis ans Ende seiner Tage.
In all den Jahren davor, hatte er wohl einige Liebesbeziehungen gehabt, aber niemals diese Intensität der Lust erlebt. Wenn das logische Denken aussetzt und der Körper mit jeder Faser vibriert.
Die heiße Helligkeit des Höhepunktes verzauberte die Dunkelheit.
In dieser Nacht verliebte er sich in Sarah.

Der Fahrer wartete schon vor Ihrer Lodge und während der Land Rover die steile Piste zum Talboden im langsamen Geländegang überwand, erzählte der Fahrer über die

Verhaltensregeln im Umgang mit den Wildtieren, die sie nun sehen werden.

Die wichtigste Regel, die in jedem Fall eingehalten werden muss, ist: Niemals aus dem Auto aussteigen. Dazu erzählte er von einem tragischen Vorfall, bei dem ein Mann ausgestiegen war um näher an eine Löwengruppe zu gehen. Er wollte Fotos schießen und dachte, der Abstand zu den Löwen sei noch groß genug. Mit einigen Schritten wäre er wohl zurück im schützenden Auto. Aber er hatte die Schnelligkeit der Raubtiere unterschätzt. Mit zwei fünf Meter Sprüngen war eine Löwin bei ihm und zerrte den Unglücklichen zur Gruppe der Löwen, die den Mann sofort in Stücke rissen.

Die beiden waren beeindruckt und gelobten unter keinen Umständen das Auto zu verlassen.

Am Ende des Tages, nachdem sie Löwen, Wasserbüffel, Nashörner und Elefanten gesehen hatten, waren sie bereits auf dem Rückweg, als der Motor ihres Autos einige krachende Fehlzündungen von sich gab, bevor er stehen blieb.

Der Fahrer stieg aus, öffnete die Motorhaube und sah sofort, dass er keine Chance hatte, den Schaden zu reparieren. Sie brauchten Hilfe. Der Wagen musste abgeschleppt werden.

Im Talkessel des Kraters gab es keine Verbindung für Funk und Mobiltelefon, sodass sie keine Möglichkeit hatten, Hilfe herbei zu holen.

Unter dem heißen Blechdach des Land Rovers war die Hitze des Tages unerträglich geworden. Draußen tobte die Sonne über dem vertrockneten, verdorrten, versengten Land.
Sarah begann zu schimpfen. „Hallo, Fahrer, was gedenken sie jetzt zu unternehmen? Ich habe Durst, die kleine Flasche die sie mir mitgegeben haben, ist leer."
„ Sarah, meine Wasserflasche ist noch halb voll, wenn du möchtest, dann teile ich den Rest des Wassers mit dir." Geoffrey reichte ihr seine Flasche, die sie mit gierigen Schlucken leerte. Auf ihn hatte sie offenbar vergessen.

Als die Sonne über dem Kraterrand unterging, wurde es schnell dunkel. Der Fahrer schaltete die Scheinwerfer ein und morste mit dreimal kurz und dreimal lang das bekannte SOS. Nach kurzer Zeit kam ein Abschleppwagen, der den Land Rover im Kriechgang die steile Straße den Kraterrand hinauf schleppte.
Sie kamen noch rechtzeitig zum Dinner und Sarah beruhigte sich langsam.

„ Ab morgen müssen wir so tun, als ob wir uns nicht kennen würden." Sarah sah Geoffrey an. Der war verblüfft. „ Ich verstehe nicht, was meinst du damit?"
„ Na morgen kommt mein Mann an. Er hatte noch in London zu tun, deshalb bin ich voraus geflogen." Sarah wich Geoffreys Blick aus. „ Das wirst du doch verstehen?"
„ Ja, ich verstehe und es tut mir aufrichtig leid, dass ich dich davon abgehalten habe, dich am Flussufer auf diesen großen

Baumstamm zu setzen. Der grüne mit dem langen gezackten Schwanz und den gelben Zähnen."
Sarah lachte und als sie sich vor beugte, sah es so aus als ob die beiden runden festen Brüste ihre Verpackung sprengen würden. Aber Geoffrey sah nicht hin.

Don Pedros Hazienda

Die Hazienda war nicht besonders groß, aber man könnte sagen, sie war in einem sehr gepflegten, ja ausgezeichneten Zustand. Don Pedro könnte also sehr zufrieden auf der Veranda vor seinem Haus beim Mittagessen sitzen.
 Elvira, das junge Mädchen, das in der Küche aushalf, servierte das Essen für den Padrone und dessen Sohn Alonso. Der war völlig fasziniert vom Anblick des sich beim Servieren vorbeugenden Mädchens. Im Besonderen natürlich von dem Anblick der prallen Brüste, die sich ihm in aller Pracht zeigten.
Don Pedro hatte natürlich den unverschämten Blick seines Sohnes bemerkt. „ Du bist schlimmer als Don Juan und Casanova zusammen. Du bist hinter jedem Rock her. Mit allen jungen Frauen meiner Hazienda und den Frauen der umliegenden wohl auch, warst du schon im Bett. Man muss sich genieren."
„ Aber verehrter Vater, was mir die älteren Männer so erzählt haben, warst du in deiner Jugend auch ein eifriger Liebhaber der schönen Mädchen."
Alonso grinste seinen Vater streitlustig an.
„ Das war etwas ganz anderes, das war mein heißes spanisches Blut, dafür kann man nichts, aber bei dir sind es die Hormone, wie mir Dr. Herrero gesagt hat. Und das ist etwas ganz schlimmes. " Don Pedro rang die Hände und sah nach oben, wo er himmlische Hilfe vermutete.

Alonso stand auf, küsste seinen Vater auf die Stirn und verschwand in Richtung der Pferdekoppel.

„He, Alonso, hast du Lust auf einen Boxkampf gegen einen Champion?" Der zehnjährige Sohn des Vorarbeiters sprang von der Umzäunung der Koppel und ging in Boxstellung.

Alonso ging sofort in Abwehrstellung und gab den Knaben einen leichten Klaps gegen die Brust. Der fiel sofort mit einem Schrei zu Boden und wand sich offenbar unter fürchterlichen Schmerzen im Staub. „ Du hast gerade ein unschuldiges Kind fast zu Tode geprügelt. Nun liege ich hier in meinem Blut und wahrscheinlich bin ich für den Rest meines Lebens arbeitsunfähig. Ich werde morgen zur Gewerkschaft nach Governador Valadares fahren. Die werden dich verklagen und mit dem Schmerzensgeld werde ich deine verwahrloste Hazienda kaufen."

„ Du bist ein begnadeter Schauspieler, du solltest in Governador Valadares beim Direktor des Theaters vorsprechen, der nimmt dich sofort." Alonso kannte schon die theatralischen Schauspielkünste des Knaben. Aber er war immer wieder von der Perfektion überrascht.

„ Aber ein Glas Coca Cola wirst du mir als Wiedergutmachung für deine brutale Art sicher spendieren?" Der Knabe grinste freundlich, und leise fügte er hinzu: „Dafür sage ich deinem Vater auch nicht wo du heute Nacht warst."

Ein Brummen über den Hügeln wurde immer lauter und dann erschien ein kleines Flugzeug knapp über den Wipfeln der Urwaldriesen.

„ Das ist Onkel Jason, er hat diesmal unsere Hazienda gefunden. Meistens landet er beim Nachbarn, weil dieser, wie er sagt, eine bessere Landepiste hat. Aber wie alle wissen, pflegt er seinen Revolver neben den Kompass zu legen und durch die Fehlanzeige kommt er immer zu Maranello, unserem Nachbarn."

Alles rannte hinter das Farm Haus, wo die betagte Cessna von Jason, dem älteren Bruder von Don Petro eben zur Landung ansetzte. Als sie näher kamen sahen sie zu ihrem Erstaunen niemanden im Cockpit. Erst als Alonso die Seitentür öffnete, sah er seinen Onkel auf dem Boden knien und fluchend alle Utensilien aufsammeln, die bei der Landung auf den Boden gefallen waren.

„ Alonso, sag deinem Vater er soll die Landepiste einebnen lassen, sonst seht ihr mich hier nie wieder. Eine Landung bei euch ist ja lebensgefährlich. Nur ein so hervorragender Pilot wie ich kann es wagen auf eurer Rumpelpiste zu landen."
Jason grinste freundlich und umarmte seinen Neffen.
„ Und sag, gibt es noch ein Mädchen im Umkreis von hundert Meilen, das du noch nicht geschwängert hast?"
„ Bisher warst du mein Lieblingsonkel, aber mit diesen böswilligen Unterstellungen werde ich dich zurückstufen auf einen entfernten Verwandten."

Fröhlich gingen sie zurück zum Farm Haus, wo Don Pedro auf der Veranda saß und sofort ein Glas für seinen Bruder einschenkte.

Sie unterhielten sich angeregt, tauschten Neuigkeiten aus und rauchten die dicken Zigarillos, die Alonso so verabscheute.

Der Sohn des Verwalters ging vorbei, grüßte freundlich und verschwand im Schuppen neben der großen Lagerhalle, wo er an einem alten Motorrad, das ihn sein Freund Alonso geschenkt hatte, herumschraubte. In der Hoffnung, dass es irgendwann wieder fahren würde.

Gerade als Elvira den Tee servierte, hörten sie einen lauten Schrei und der Sohn des Vorarbeiters stürzte aus der Tür des Schuppens und fiel schreiend auf den Boden.

„ Keine Sorge, er spielt nur Theater, seine große Szene des tödlich Verwundeten. Er wird einmal ein guter Schauspieler." Don Pedro wischte mit der Hand über den Tisch.

Alle lachten, nur Alonso stand auf und ging zu dem Knaben der still auf dem Boden lag. Er sah sofort die schwarze Schlange, die sich davon wand und die blaurote Bisswunde am Schenkel des Kindes.

Vorsichtig hob er den Knaben auf und trug ihn auf die Veranda.

„ Wir müssen den Fuß oberhalb des Bisses abbinden. Vater, bitte hole das Serum aus dem Kühlschrank und noch dazu ein Kreislaufmittel. Er ist schon bewusstlos. Das sieht nicht gut aus."

Sie standen um den schwer atmenden Knaben. Alle waren sehr besorgt. Und als der Vater des Kleinen kam, kniete er nieder und betete. Und als er hörte, dass es eine ausgewachsene hochgiftige Kobra war, die seinen Sohn gebissen hatte, ging er hinaus. Niemand sollte ihn weinen sehen.
Alonso hob den kleinen Körper vorsichtig auf.
„Onkel, komm, wir müssen ihn nach Governador Valadares, ins Spital fliegen. Du musst direkt vor dem Spital landen. Vielleicht hat er dann noch eine Chance."
„ Ich werde per Funk alles veranlassen. Die müssen die Straße absperren. Sonst rammt mein Bruder noch jemand bei seiner Landung." Don Pedro ging zum Funkgerät.
Während des Fluges hielt Alonso seinen kleinen Freund auf seinen Knien. In kurzen Abständen fühlte er den Puls der immer schwächer wurde.
Endlich landeten sie vor dem breiten Eingang des Spitals. Ärzte stürzten sich auf den Kleinen und verschwanden mit ihm in der Eingangshalle.
„ Lass den Flieger stehen, wo er ist. Den stiehlt dir niemand. Wir müssen bei dem Jungen bleiben." Alonso nahm seinen Onkel bei der Hand und zog den widerstrebenden in das Spital.
„ Du bist dir aber schon bewusst was du mir zumutest. Diese Hitze in den Gängen, der Geruch, um nicht zu sagen der Gestank. Das wird mich umbringen. Und sollte ich es doch überleben, werde ich auch in so einem weißen Bett aufwachen und eine dicke alte Krankenschwester wird sich

über mich beugen und mich fragen: „Na, wie geht es uns?" So als ob sie mit mir in einem Bett liegen würde. Ein schrecklicher Gedanke. Das wird mich dann endgültig umbringen, du wirst schon sehen."

„ Komm, hör auf zu jammern, es gibt auch junge süße Krankenschwestern." Alonso musste trotz der schlimmen Situation und der Sorge um seinen Freund lachen.

„ Ja, die jungen süßen Krankenschwestern kommen aber alle zu deinem Bett. Und die alten hässlichen kommen zu mir."

Jetzt musste auch der Onkel grinsen.

Und dann wurden sie in die Intensivstation geführt.

Der kleine Körper verschwand fast unter einer Unzahl von Schläuchen und Kabeln. Ringsum blinkten kleine Lampen auf großen Geräten.

Alonso nahm die kleine Hand und spürte ganz deutlich, wie das Blut in den Adern pulsierte. Und dann ein leichter Gegendruck. Oder täuschte er sich?

Die Ärzte wollten keine Diagnose abgeben, ob der Junge überleben würde oder nicht. Jedenfalls sei es sehr ernst, meinte der Oberarzt. Nur wenn er die kommende Nacht überlebt, hätte er eine Chance.

Während die Polizei mit Hilfe der Feuerwehr Onkel Jasons Flugzeug von der Straße entfernte, saßen die beiden am Bett des mühsam atmenden Jungen und Alonso hielt die kleine Hand.

Am nächsten Morgen, gerade als eine dicke schwitzende Krankenschwester das Frühstück für Alonso und den mürrisch dreinblickenden Onkel Jason brachte, öffnete der Kleine die Augen und grinste die beiden an.

„ He, Alonso hast du Lust auf einen Boxkampf gegen einen Champion?"

Rondonia

Der schwere Tropenregen dauerte nun schon drei Monate und es schien als ob nie ein Ende zu erwarten sei. Die Hütte war alt und morsch, das Wasser hatte sich unzählige Wege durch das Dach gesucht und tropfte auf den Boden, wo sich große Lachen bildeten. Sergio Menotti, der Besitzer war damit beschäftigt, mit Kübeln und Kannen die stärksten Wassereinbrüche aufzufangen. Und zwischendurch ging er in den Regenpausen zum nahen Rio Jaciparana, wo die Wassermassen immer höher stiegen. Noch zwei Meter und seine Hütte war in Gefahr weggeschwemmt zu werden.

Wie lange hatte er in dieser Hütte schon gelebt? Allen die ihn fragten und allen die ihn nicht fragten, erzählte er, er sei siebzig Jahre alt. Somit im besten Mannesalter. Aber so sah er nicht aus, mit den langen weißen Haaren und dem weißen Vollbart, der nur die Nase und die freundlichen blauen Augen frei ließ. Ältere, die ihn schon lange kannten, schworen darauf, dass er schon seit mindestens fünfzehn Jahren im besten Mannesalter von siebzig sei.

Hier in dieser Hütte hatte er schöne Jahre mit seiner Frau verlebt, hier hatten sie einen Sohn bekommen, ihn großgezogen und hier war seine Frau an Malaria gestorben. Danach war ihr Sohn mit seiner Frau eingezogen und Sergio war glücklich und stolz gewesen als die beiden ebenfalls einen Sohn bekamen. Bis eines Tages das Schicksal es wollte,

dass sein Sohn und dessen Frau im Hochwasser des Rio Jaciparana ertranken. Seitdem kümmerte er sich liebevoll um seinen Enkelsohn Tim, der in den Jahren zu einem stattlichen Jungen Mann herangewachsen war.
Und jetzt sah es danach aus, dass der Fluss ihnen auch die Hütte wegnehmen würde.
Aber in der Nacht hörte der Regen auf und am nächsten Morgen saßen die beiden vor der Hütte und tranken ihren Kaffee. Der alte müde Mann und der kraftstrotzende Junge an der Schwelle zum Mann.
Vor ihnen dampfte der Dschungel, grauweiße Dunstschleier lagen in flachen Schichten über dem Wasser. Nach der langen Zeit des Regens schienen die Tiere des Waldes zu neuem Leben zu erwachen. Die Vögel bauten Nester und sangen um einen Partner anzulocken, die Nasenaffen riefen in hohen Tönen aus den Ästen der Bäume und andauernd grunzte, zischte, fauchte ein unsichtbares Tier in dem Dickicht unter den Urwaldriesen.
Die Orchideen in den Astgabeln verströmten einen schweren süßen Duft, der Schwärme von bunten Schmetterlingen anlockte und zwischendurch drängte sich ein Kolibri vor eine blutrote riesige Blüte. Zitternd stand er in der Luft vor der Blüte und senkte seinen langen spitzen Schnabel in die Tiefe der Blume.
Diese Zauberstunde am Beginn des Tages liebten die beiden über alles. Kurze Zeit danach, wenn die Sonne ihre Gluthitze auf die Erde schickte, erlahmten alle Aktivitäten und die Tiere suchten die Kühle des Waldes. Die Jäger dösten in

ihren Höhlen oder im Schatten unter den Bäumen und träumten von der kommenden Nacht, wenn sie wieder auf die Jagd gehen würden.

In der Ferne klang das Knattern eines Bootsmotors und kam näher.

Langsam kam ein Boot den Fluss stromaufwärts. Tim ging hinunter zum Steg und half beim Anlegen.

Ein hochgewachsener Mann von etwa vierzig kletterte heraus und schüttelte Tim die Hand. „ Du bist sicher Tim, der mir geschrieben hat? Ich bin Serge Luna, der Regisseur. Das restliche Filmteam kommt morgen, aber keine Angst, wir haben alles mit, auch die Zelte, in denen wir wohnen werden." Er lächelte etwas überheblich, als er zu der baufälligen Hütte hinübersah.

„ In unserer Hütte hätten sie auch keinen Platz." Tim hatte den Blick des Mannes wohl bemerkt und war erleichtert.

Die Männer, die mit dem Regisseur gekommen waren, trugen Packen und Zeltplanen auf die Lichtung vor der Anlegestelle und bauten geschäftig Klapptische und Zelte auf.

Am nächsten Morgen kamen mehrere Boote und es wimmelte bald von emsig herum laufenden Gestalten auf der Lichtung.

Dann kam sie.

Eine junge Frau mit ewig langen Beinen und einem zauberhaft schönem Gesicht. Die kastanienbraunen Haare hatte sie hochgesteckt, der leicht schräge Schnitt ihrer grünen Augen, der volle rote Mund, und ihre weiblichen

Rundungen an den richtigen Stellen, alles war einfach perfekt.

Tim, der bisher mäßig interessiert dem Treiben zugesehen hatte, war fasziniert vom Anblick der Schönen.

„ Das ist Aglaia, unsere weibliche Hauptdarstellerin und deine Partnerin in dem kleinen Dokumentarfilm, den wir hier drehen." Der Regisseur amüsierte sich grinsend über Tim, der sichtlich beeindruckt Aglaia die Hand gab.

Mit Aglaia waren auch noch die Maskenbildnerin und die Köchin angekommen. Sonst waren nur Männer in dem Filmteam.

„ Wir drehen immer am Morgen und am späten Nachmittag, da ist das Licht sehr gut. Wir beginnen in zwei Stunden mit der Totale, die Hütte und den Großvater davor." Der Regisseur gab Anweisungen und die Männer schleppten alle Geräte zur Hütte.

„ Mein Gott, wie soll ich den Alten herrichten, dass man auch von seinem Gesicht mehr sieht als nur Barthaare?" Die Maskenbildnerin rang verzweifelt die Hände.

Die typische Hektik eines Filmbetriebes setzte ein und bestimmte den Zeitablauf in den folgenden Tagen.

Es wurde von Tag zu Tag immer heißer, über die Mittagszeit verkrochen sich alle in den Schatten der Zelte. Nur Aglaia wollte sich die Umgebung ansehen und Tim war nur zu gerne bereit sie zu führen.

Hinter der Hütte begann ein schmaler Weg, eigentlich kaum sichtbar, nur Tim kannte jede Stelle. Da wo im oberen Stamm des uralten Affenbrotbaumes ein riesiges Bienennest

hing – die Bienen waren nicht immer friedlich – war es ratsam, einen größeren Abstand einzuhalten. Oder bei der Wasserstelle der Wildschweine, die aggressiv waren, wenn Junge dabei waren. Er kannte alle Gefahrenstellen, und Aglaia folgte ihm voll Vertrauen bis sie zu einem kleinen Wasserfall kamen, der in einem runden Becken mit glasklarem Wasser mündete.
Hier konnte man gefahrlos baden.
Während Tim zögerte, zog sich Aglaia nackt aus und sprang mit einem Jubelschrei in das Wasser.
„ Los, komm herein, es ist wunderbar!" Sie bog lachend den Kopf zurück und sah zu Tim, der sich blitzschnell auszog und dabei versuchte, seine Erregung zu verbergen. Sie sah es trotzdem und lachte.
Die fröhliche Balgerei endete so wie es zu erwarten war: Schon im Wasser kam es zu erotischen Spielchen und als sie lachend ans Ufer kroch, war er schon über ihr. Sie schrie leise, als er in sie eindrang und laut, als sie den Gipfel der Lust erreichte. Und Tim schenkte ihr pulsierend seine jugendliche Kraft.

An den folgenden Tagen schlichen sie sofort nach Drehschluss zum kleinen Wasserfall und waren so mit sich beschäftigt, dass sie völlig überrascht wurden, als der Regisseur das Ende des Drehs verkündete.
So schnell wie der Aufbau, geschah auch der Abbau der Zelte und Tische. Im Nu war alles in den bereitstehenden Booten verstaut. Ein kurzer Abschied und mit dem Tuckern der

Bootsmotoren verschwanden die Filmleute um die nächste Biegung des Flusses. Aglaia hatte sich etwas Zeit gelassen und war nun die Letzte mit der Köchin und dem Fahrer des Bootes.

„ Du kannst mich gerne in Porto Velho besuchen, meine genaue Adresse habe ich dir ja gegeben. Ich würde mich sehr freuen." Sie umarmte Tim noch einmal und stieg schnell ins Boot. Während sie flussabwärts fuhren, versuchte sie sich über ihre Gefühle für Tim ins Klare zu kommen.

Und Tim saß mit seinem Großvater vor der Hütte und war sicher, dass die Welt gleich untergehen würde, oder mindestens die Sonne, die gerade hinter den Baumwipfeln blutrot unterging, nie mehr über diesen aufgehen würde.
Sein Großvater versuchte ihn zu trösten, sprach vom Unterschied ihrer Welten, ihrer Lebensgewohnheiten. Aber Tim versank in Liebesschmerz und Trübsal.
Am nächsten Morgen ging er zu dem kleinen Wasserfall und träumte mit offenen Augen von der wunderschönen jungen Frau, die er in den Armen gehalten hatte.
Und nach einer Woche machte er das kleine Boot fertig, mit dem er so oft fischen war und fuhr los.
Eine gute Woche würde er unterwegs sein bis Porto Velho.
Die Hauptstadt von Rondonia, der nördlichen Provinz von Brasilien empfing Tim mit dem Charme einer hitzeglühenden staubigen Kleinstadt mit einer Unzahl von stickigen Bars, drei verfallenden Kirchen und einem

Krankenhaus aus der Zeit der portugiesischen Kolonialherrschaft.

Tim fand nach einigem Suchen das kleine Hotel, in dem Aglaia wohnte. Er ging durch die offene Tür, niemand war zu sehen. Offenbar gab es keinen Portier.

Im Inneren war es etwas kühler, langsam stieg er die Treppe hoch ins Obergeschoß. Und als er Stimmen aus einem Zimmer nach dem Flur hörte, ging er weiter. Ohne Zweifel, es war die Stimme von Aglaia.

Voll Freude riss er die Tür auf und erstarrte.

Im breiten Bett lag Aglaia und neben ihr der Regisseur.

Vor Tims Augen senkte sich ein blutrotes Tuch und mit dem Schrei des Jaguars, der sein Revier und sein Weibchen gegen einen fremden Eindringling verteidigt, stürzte er sich auf den überraschten Regisseur.

Gegen den stärkeren und muskelstrotzenden Älteren hatte Tim keine Chance. Die schweren Schläge gegen Kopf und Körper zeigten Wirkung und Tim ging zu Boden. Aber der Gegner schlug und trat weiter auf den Wehrlosen ein, bis dieser blutüberströmt und reglos auf den Boden lag. Jetzt zerrte er den leblosen Körper zur Treppe und stieß ihn hinunter.

Aglaia hatte wie erstarrt den Kampf verfolgt, nun schrie sie so lange bis die Sanitäter den blutigen Körper des Jungen wegbrachten.

Das Spital war zwar sehr alt, aber es hatte einen sehr guten deutschen Arzt und war auch mit den notwendigen Geräten gut versorgt.
Aber alles hatte nichts genützt. Als der Großvater an Tims Bett trat, hatte der die Augen offen, aber sein Blick war leer. Er erkannte nichts und niemanden, auch Aglaia erkannte er nicht. Der Arzt erklärte dem Großvater, dass Tim in einem Wachkoma liege, aus dem er nie mehr erwachen würde.

Für den Regisseur hatte der Vorfall keine Konsequenzen. Er hatte dem ermittelnden Kommissar erklärt, dass er von Tim angegriffen worden sei und sich nur verteidigt habe. Ohne sein Zutun sei der Angreifer dann die Treppe hinabgestürzt. Niemand, auch Aglaia nicht, hatte das gesehen und somit konnte sie nicht das Gegenteil bezeugen.

Eine Woche später wurde der Film vorgestellt, es gab ein Fest und dabei wurde der Erfolg gefeiert.
Es war schon sehr spät am Abend, die Sonne war schon lange untergegangen als der Regisseur das Lokal verließ. Er kramte in seiner Tasche nach den Autoschlüsseln, als noch ein später Gratulant auf ihn zutrat. Ein alter Mann mit dichtem weißen Bart, der nur die blauen Augen und die Nase frei ließ, umarmte den hochgewachsenen Regisseur und als dieser den glühenden Stich im Rücken, zwischen den Knorpeln der Halswirbelsäule spürte, war es bereits zu spät.

Man fand den Regisseur am nächsten Morgen und brachte ihn ins Spital, wo man nur eine umfangreiche Lähmung, infolge einer Verletzung des Rückenmarks und der Nervenstränge feststellen konnte. Besonders schlimm war nur, dass er auch das Sprachvermögen verloren hatte.
Man legte ihn ins Zimmer der Unheilbaren neben Tims Bett.

Tims Großvater kam jeden Tag und saß still neben Tim. Hin und wieder warf er einen kurzen Blick ins Nachbarbett und verzog zufrieden sein Gesicht. Aber unter dem dichten Bart konnte das niemand sehen.
Aglaia kam, so oft sie konnte. Sie arbeitete jetzt in der Küche des kleinen Restaurants neben dem Spital. Von der Schauspielerei und von Filmen hatte sie offenbar genug.

Lange Wochen danach, Aglaia streichelte gerade Tims Hand und Großvater sprach mit dem Arzt, öffnete Tim die Augen und sagte klar und deutlich: „ He, was ist geschehen, was mache ich hier, ich kann mich nicht erinnern, wie ich hier her gekommen bin."

 Es war wie ein Wunder. Wie ein Lauffeuer verbreitete sich die wunderbare Neuigkeit. Alle drängten sich in das Zimmer der Unheilbaren. Tims Großvater sank in die Knie und sah hinauf in die Zimmerecke, dort wo das Kreuz mit Jesus hing.

Einige Monate später.

Tim saß mit seinem Großvater vor der Hütte. Es war diese mystische Stunde zwischen Nacht und beginnenden Tag. Die rote Scheibe der Sonne stand knapp über den Wipfeln der Urwaldriesen, Dunstschwaden lagen über dem Rio Jaciparana. Die Vögel begannen zaghaft zu singen und dann setzten mit Macht die Stimmen des Waldes ein. Die Brüllaffen übertönten das Grunzen der Wildschweine, das Quaken der Ochsenfrösche, die Schreie der Gibbons und die anderen mannigfachen Geräusche der Tiere. Das herrliche, pulsierende Leben des Dschungels begrüßte den Tag.
Aglaia kam aus der Hütte und setzte sich zu den beiden Männern.
„ Du hast mir noch nicht gesagt, was der Arzt im Spital als abschließende Diagnose zur Genesung von Tim gesagt hat?"
Der Großvater drehte sich zu Aglaia um.
Aglaia lächelte. „Er hat gesagt, dass Tim keine bleibenden Schäden davon getragen hat und dass du Urgroßvater wirst."
„ Dann wird es aber Zeit, dass Tim aufs Dach steigt und die verdammten Löcher abdichtet." Der Großvater, ein Mann im besten Mannesalter, grinste zufrieden. Aber durch den dichten weißen Bart konnte das niemand sehen.

Ron aus Tansania

So alt wie er aussah war er nicht. Ron Denis war fünfunddreißig, keinen Tag älter. Ein hochgewachsener Weißer mit wirren blonden Haaren und eisgrauen Augen. Trotz des zerrissenen Leibchens und der verwaschenen Jeans wirkte er nicht wie ein Landstreicher oder ein armer Mann. Er strahlte etwas Archaisches, Kraftvolles aus. Dazu passte sein Gesicht. Zerknautscht, voll tiefer Falten und Narben von zahllosen Raufereien und verbrannt von der Glut der Tropensonne.

Mit verschiedenen Gelegenheitsarbeiten hatte er sich bisher durchgeschlagen, zuletzt hatte er in den Rubinminen von Moro Goro als Aufseher gearbeitet. Jetzt hatte er sich in einem billigen Hotel in Dar es Salam ein Zimmer genommen. Nicht gerade das Ritz, und es störte ihn auch nicht, dass im Erdgeschoß ein Bordell untergebracht war. Nur zum Wochenende ging es laut zu und die Polizei war oft zu Gast, natürlich in offizieller Mission. Manchmal aber auch privat.

Die letzten fünf Tage war Ron auf seinem Zimmer gewesen, ein schlimmer Malaria Anfall hatte ihn ans Bett gefesselt. Nun hatte er Hunger und beschloss in das kleine Imbisslokal an der nächsten Ecke neben der kleinen Kirche zu gehen. Die Kirche war etwas verfallen, eigentlich schon eine Ruine.

Die große Kirchturmuhr war um fünf vor Zwölf stehen geblieben. Ein Zeichen der Zeit?

Er fühlte sich noch etwas schwach und daher war es nicht verwunderlich, dass er leicht schwankend und sichtlich unsicher an der Front der Häuser entlang ging. Er war froh, als er das Imbisslokal erreichte. Mit sichtlicher Erleichterung setzte er sich an den Tisch neben der Tür. Ein großgewachsener Schwarzafrikaner mit dem Bild eines Löwen auf seinem T-Shirt war ihm gefolgt und setzte sich an den Nebentisch. Ron bestellte ein großes Stück Fleisch mit Reis und dazu eine Flasche Bier. Dann bezahlte er und machte sich auf den Weg zurück in sein Hotel.

Auf halben Weg kam er an der Kirche vorbei.

Aus der finsteren Tür der Kirche trat der Schwarzafrikaner mit dem Löwenkopf auf seinem T-Shirt hervor und zischte leise: „ Los, gib mir dein Geld, oder ich schlag dir den Schädel ein!"

Ron war nicht bereit, so ohne weiteres sein Geld dem Räuber zu geben und versuchte einen Schlag gegen den Kopf des Gegners, aber im folgenden Schlagabtausch hatte er keine Chance gegen den kräftigen Räuber. Er war noch zu schwach nach der überstandenen Malaria. Er ging zu Boden und musste hilflos akzeptieren, dass der Schwarze die Brieftasche aus seiner Hosentasche riss. Offenbar hatte der seinen geschwächten Zustand erkannt und so ohne großes Risiko den Raubüberfall geplant.

Mit blutender Nase und brummendem Schädel schlich Ron zurück ins Hotel.

Nach einigen Tagen hatte Ron sich von den Nachwirkungen der Malaria erholt und war wieder im Vollbesitz seiner Kräfte. Er war ja noch jung und in guter, ja man könnte sagen, sogar in ausgezeichneter körperlicher Verfassung.
Den Vorfall mit dem Überfall hatte er schon fast vergessen, als er die Tür zur Bar im vorderen Teil seines Hotels öffnete. Er wollte noch einen Drink nehmen, bevor er in den rückwärtigen Teil des Hauses zu seinem Zimmer gehen würde.
Die Luft im großen Raum der Bar bestand scheinbar nur aus blauem Rauch von unzähligen Zigarillos. Die Männer saßen an klobigen Holztischen oder standen an der Theke. Ron stellte sich an eine freie Stelle zwischen zwei Schwarzafrikaner und bestellte ein Bier. Als der Schankgehilfe die Bierflasche vor Ron auf die Theke stellte, drehte sich der Schwarze neben Ron um. Ohne Zweifel, es war derselbe der ihn vor einigen Tagen überfallen und ausgeraubt hatte.
„ He, du Bandit, du hast mir meine Brieftasche und mein Geld geraubt! Gib es sofort heraus oder ich schlag dir den Schädel ein!" Ron packte sein Gegenüber am Hemd. Ohne ein weiteres Wort holte der aber aus und versuchte einen Schlag zu landen. Beide gingen in Boxstellung und die Umstehenden wichen auf eine Sicherheitsdistanz zurück. Der folgende Kampf schien lange Zeit unentschieden, beide waren erfahrene Kämpfer und keiner konnte entscheidende Treffer landen. Aber schließlich kam Ron mit einer harten

Rechten durch. Der Gegner taumelte und mit blitzschnellen wuchtigen Schlägen traf Ron den Kopf des Schwarzen. Das war das Ende des Kampfes.

Ron kniete sich zu dem am Boden liegenden, öffnete dessen Hosentasche und entnahm ihr seine Brieftasche. Das Geld war noch vollzählig vorhanden.

Als er sich aufrichtete, sah er in die Mündung eines Revolvers.

„ Ich war soeben Zeuge wie du den armen Schwarzen niedergeschlagen hast und ihm dann seine Brieftasche geraubt hast." Der schwarze Polizist sah grimmig drein und schien nur darauf zu warten, dass Ron eine falsche Bewegung machen würde. Dann würde er - selbstverständlich in Notwehr - sofort schießen.

Ron überlegte fieberhaft. So wie es aussah, hatte es keinen Sinn, zu versuchen die Situation dem Polizisten zu erklären.

„ Ich habe gesehen, wie der am Boden liegende Mann den Weißen überfallen hat und dessen Brieftasche mit dem Geld geraubt hat." Ein etwa zehnjähriger Junge hatte sich durch die Umstehenden gedrängt und stand nun vor dem Polizisten. „Der Weiße hat sich nur zurückgeholt, was der andere ihm geraubt hat!"

Der Polizist steckte seinen Revolver in das Holster und drehte sich zu Ron. „Entschuldigen sie Mister, aber es sah für mich anders aus. Nichts für ungut, schönen Tag noch."

Ron wendete sich zu dem Jungen. „ Ich danke dir. Wie heißt du?"

„ Ich bin Jim, meine Schwester arbeitet hier." Er machte eine umfassende, unbestimmte Handbewegung.
„ Sag mal, was kann ich für dich tun, möchtest du eine Pizza mit mir essen gehen? Wenn du mit mir gehst, dann bin ich ja sicher und niemand wird mich überfallen." Ron grinste den Jungen freundlich an.
„ Du bist ein super Boxer, ein guter Kämpfer. Ich gehe gern mit dir. Nimmst du auch meine Schwester mit?" Der Kleine wartete die Antwort nicht ab und wieselte davon.
Er kam zurück in Begleitung eines jungen Mädchens. Sie mochte etwa achtzehn sein und sah umwerfend aus. Blauschwarze, schulterlange Haare umrahmten ein liebliches Gesicht mit schwarzen Augen. Schräg geschnittene zauberhafte Augen, ohne Zweifel war asiatisches Blut in ihren Adern. Und der Mund, ein kleines flammend rotes Mal. Auch die Figur passte zum Gesamteindruck einer ungemein erotischen jungen Frau.
Ron war beeindruckt und auch sofort angezogen von der Ausstrahlung dieser jungen Frau.
Beim Essen erzählte Dominique Ming, so hieß die Schöne, von ihren Eltern, die vor zwei Jahren bei einem Autounfall ums Leben gekommen waren. Seitdem sorgte sie allein für sich und ihren kleinen Bruder. Sie war die Tochter eines chinesischen Mitarbeiters des Botschafters, der in Dar es Salam lebte, Ihre Mutter war eine Schauspielerin aus Lion. Dort hatten sich ihre Eltern auch kennen gelernt.
Während sie erzählte, betrachtete Ron das Mädchen. Er versuchte, für sie die passende Beschreibung zu finden: Süß,

liebreizend, sehr erotisch, faszinierend. Wie auch immer, alles war richtig, aber es beschrieb nur unvollständig dieses Mädchen. Es war vor allem auch ihre Ausstrahlung, die ihn faszinierte. Und er war überzeugt, nicht nur ihn.
Als sie schließlich aufbrachen, musste er sich eingestehen: Er war verliebt.

Es war schon spät, als sie bei der Bar ankamen, in der Ron und das Mädchen mit ihrem Bruder wohnten. Zum Abschied gab sie ihm einen Kuss, dann brachte sie ihren Bruder zu Bett. Wenig später kam sie in Rons Zimmer.
Es wurde die schönste Nacht, die Ron je erlebt hatte. Bis ans Ende seiner Tage würde er sich an diese Nacht erinnern und immer wenn er die Augen schloss, hatte er das Bild dieser jungen Frau vor seinem geistigen Auge. Sie war für Ron Aphrodite, die vom Olymp herabgestiegene Göttin der Liebe, der Schönheit und der sinnlichen Begierde. Nach dieser Nacht war er ihr verfallen. Es gab keine andere Frau auf der Welt für ihn.
Sie nahm sich Urlaub und dann fuhren sie für zwei unglaubliche Wochen ans Meer. Ron hatte eine Hütte direkt am Strand gemietet. Sie hatten für kurze Zeit das Paradies gefunden. Hand in Hand wanderten sie den Strand entlang, um sich nach wenigen Metern in die Arme zu fallen und innig zu küssen.
In den Nächten zelebrierten sie die Liebe zwischen Mann und Frau in Vollendung und genossen die Höhepunkte, wo das Leben aussetzt und der Körper ins Universum fliegt. Sie

hatten die Erfüllung all ihrer Wünsche und Träume gefunden. Sie hatten die restliche Welt ausgeschlossen, es gab nur den Anderen, es gab kein Meer, keine Palmen, keinen Sandstrand. Die strahlende Sonne und den blauen Himmel fand er in ihren Augen. Für sie war er Apollo, der Gott der nur für sie auf die Erde, zu den Sterblichen herabgestiegen war.

Dann waren die zwei Wochen zu Ende und sie musste zurück, zu ihrer Arbeit und zu ihrem Bruder, den sie in der Unterkunft der Bar zurückgelassen hatte.
Schweren Herzens fuhren sie zurück.
In der Stadt empfing sie der übliche Trubel, der dichte Straßenverkehr mit grauschwarzen Auspuffgasen, dem Gestank aus vielen Abfallhaufen und der permanente Lärm. Die Hitze der senkrecht am Himmel stehenden Sonne brannte sich in die Körper und Köpfe der Menschen, die scheinbar ziellos durch die verwinkelten Gassen und Straßen hasteten.
Das Mädchen Dominique verschwand in der Küche an der Hinterfront der Bar und Ron sperrte sein Zimmer auf. Alles erschien ihm leer und trostlos ohne Dominique. Er hielt es nicht länger aus, er musste unter Menschen sein. Sehr selten, eigentlich fast nie, setzte er sich in die Bar, aber diesmal suchte er den Kontakt zu anderen Männern, um sich bei einem Gespräch etwas abzulenken.

Zwei ältere Männer mit dichten Bart, verschlissenen Jeans und karierten Hemden waren in ein angeregtes Gespräch vertieft. Nach seiner höflichen Frage deuteten sie auf den leeren Sitz und Ron setzte sich zu ihnen. Sie waren Arbeiter in der Rubinmine im Norden Tansanias, an der Grenze zu Kenia. Ron, der in einer Rubinmine in der Nähe von Dar es Salam gearbeitet hatte, war interessiert und wollte alles über diese ihm unbekannte Mine wissen.

Es entwickelte sich bald ein nettes Gespräch, bis die beiden Bärtigen auf das Bordell im rückwärtigen Teil der Bar zu sprechen kamen. Die Mädchen seien jung und sehr erfahren, ja manche sei eine Künstlerin in Sachen der Liebe. Die Rothaarige ist ja besonders zärtlich und die Blonde sehr ausdauernd und mache alles. Die Mischlingsfrauen sind die billigsten und die teuerste ist die kleine Chinesin. Die ist der Star unter den Mädchen aber sie ist sehr wählerisch. Eigentlich nimmt sie nur die Herren der oberen Schicht, den Bürgermeister oder den dicken Polizeichef der Stadt. Ja, die Dominique ist auch sehr schön und kann es sich leisten.

Beim Namen „Dominique" sprang Ron auf, sein Sessel stürzte zu Boden und die beiden Bärtigen fuhren erschrocken zurück.

Ron durchquerte den Raum, riss die Tür zu den rückwärtigen Räumen auf und stürzte an der aufgeregt schimpfenden Frau, die den Eingang bewachte, vorbei.

Eine Anzahl leicht bekleideter Frauen saßen an den Tischen und tranken und lachten mit gut gelaunten Männern.

Auf den ersten Blick konnte er „ seine" Dominique nicht sehen.
Die Aufpasserin hatte ihren Platz an der Tür verlassen und war Ron nachgekommen. „ Was wollen sie. Wen suchen sie?" Sie war sehr ärgerlich.
„ Ich suche Dominique" Ron konnte kaum sprechen vor Angst. Hoffentlich war alles nur ein Irrtum, eine Namensgleichheit, hoffte er.
„ Sie ist auf Zimmer fünf, aber sie können nicht hinein, sie hat gerade einen Kunden." Die Alte kreischte auf, als Ron zur Tür stürzte und diese aufriss.
Dominique lag auf einem breiten weißen Bett und auf ihr ein dicker, schwitzender älterer Mann mit grauen langen Haaren. Der Bürgermeister.

In Rons Brust breitete sich unendliche Traurigkeit und ein unvorstellbarer Schmerz aus, und lähmte seine Gedanken. Sein Schrei aus weidwunder Brust brach sich an den Wänden des Raumes, raste in das große Zimmer nebenan und ließ die Menschen darin erstarren.

Er kam erst wieder zu Sinnen, als er am Schalter des Flughafens ein Ticket löste.
Die nächsten Jahre arbeitete er in der Rubinmine im Norden Tansanias, an der Grenze zu Kenia. Seine Arbeiter fürchteten ihn, es waren seine Augen, eisgrau und tot.

Der Rote aus Malaysia

Das Südchinesische Meer trennt die malaysische Halbinsel von Borneo im Osten. Der verfallene Seehafen Tanjong an der Küste Malaysias ist ein Schmelztiegel asiatischer Kulturen. Die Seeleute aus allen Ländern Asiens, die hier anlegen wollen nach langer Zeit auf See nur eins: Die nächste Kneipe.

Die ist gleich nach dem Ende der Landungsbrücke, kaum hundert Meter nach dem Zollgebäude und der Polizeistation. Der Besitzer ist ein Franzose unbestimmten Alters mit einem vom Leben abgewirtschafteten Gesicht. Unter dem schütteren Rest Haar dominiert eine dicke, fleischige riesige Nase. Nur die Augen stechen aus dem Wirrwarr der Runzeln und Falten hervor. Die Augen eines Raubvogels.

Der große Raum der Kneipe ist vollgestopft mit allerlei mediterranem Gerümpel, wie alten Schiffsglocken, Steuerrädern, Galionsfiguren, an denen die Farbe abgeblättert ist und alten Sextanten aus blankem, glänzendem Messing und wurmstichigen Seemannskisten mit rostigen Schlössern.

Die Theke aus blank poliertem Teakholz, vom Qualm unzähliger Zigaretten und Strömen verschütteten Biers gebeizt, nimmt die ganze Breite des Schankraums ein.

Davor stehen in langen Reihen klobige Tische mit Holzstühlen.

Normaler Weise waren diese Tische immer voll besetzt, nur an diesem Tag waren wohl nur wenige durstig.

Am Pier hatte ein rostiger Kahn angelegt. Die letzten Monate hatte er die Inseln des südchinesischen Meeres besucht, um Kopra und andere Waren einzukaufen, auf die in Kuala Lumpur ein Händler wartete.
Aber jetzt musste der Motor in der Werft von Tanjong überholt werden. Der Kapitän war an Bord geblieben, um die Arbeiten zu überwachen. Seine Matrosen hatten Landurlaub, auch sein Steuermann. Der junge Ire, Sam MacIntosh war ein Hüne von Gestalt, mit wirren roten Haaren und breiten Schultern. Die Muskeln seiner Arme hoben sich hart und wie dicke Seile unter seinem Hemd ab.
Jetzt ging er zielstrebig auf die Kneipe zu.
Die Seeleute im Schankraum hoben die Augen, als er die Tür öffnete, um sich sofort wieder ihrem Bier zu widmen. Nur der schwarzhaarige Riese an der Theke sah den rothaarigen Ankömmling scharf an. Er war es gewohnt, als Nummer eins, als stärkster unter den Männern anerkannt und vor allem gefürchtet zu werden.
Und dieser junge Mann, der da breit und selbstsicher in der Tür stand, war vielleicht ein ebenbürtiger Gegner, könnte ihm den Rang streitig machen. Er beschloss, dass er dies mit allen Mitteln verhindern werde. Die Gelegenheit würde sich schon noch bieten. Jetzt widmete er sich der schönen Selena, der Tochter des Wirtes. Die Schöne war noch sehr

jung, knapp siebzehn und wurde von ihrem Vater eifersüchtig behütet, ja bewacht.
Sam MacIntosch ging zielstrebig auf die Theke zu und bestellte sich ein Bier. Die schöne Selena sah ihm tief in die Augen als sie das Glas vor Sam auf die Theke stellte. Es war offensichtlich, dass ihr der Seemann gefiel. Und auch Sam war von der Schönen beeindruckt. Sehr zum Missfallen von Bruce Sander, dem schwarzhaarigen Riesen. Er nahm Sams Glas von der Theke und sah den neben ihn stehenden höhnisch an: „Der Kleine darf noch kein Bier trinken!" In hohem Bogen leerte er das Glas und hob die Fäuste zum Kampf. Sam drehte sich blitzschnell zur Seite, dabei traf sein Ellbogen mit Schwung den Magen des überraschten Bruce Sander. Der ging stöhnend in die Knie und jetzt traf ein wuchtiger Hacken seine Nase und eine harte Gerade seinen Mund. Während Bruce das Blut aus Nase und Mund rann, riss ihn ein rammender Schlag gegen das Kinn von den Beinen. Er saß benommen auf dem öligen Boden und hatte ganz offensichtlich die Orientierung verloren. Vergebens versuchte er wieder auf die Beine zu kommen.
Vom Nachbartisch erhoben sich vier Männer, offenbar seine Freunde und schleppten ihn zur Tür.
„ Wenn Bruce wieder am Damm ist, wird er dich erschlagen. Du bist so gut wie tot, Seemann!"
Selena war beeindruckt und brachte ein neues Glas Bier.
„Wo hast du gerlernt so zu kämpfen? Deine Bewegungen waren so schnell, dass man sie kaum wahrnehmen konnte."

Sam sah die Kleine an und lächelte: „ In den Slums von Rio. Da hast du nicht viel Zeit zum Überlegen. Und es ist immer besser, wenn du einem zu erwarteten Angriff zuvor kommst. Aber du könntest mir helfen: Ich bin fremd hier und suche ein billiges Zimmer für zwei bis drei Wochen."
„ Du hast schon eins gefunden. Im rückwärtigen Teil des Hauses, hinter dem Schankraum haben wir einige Zimmer, die wir vermieten."
Selenas Lächeln war zauberhaft und Sam versuchte einen dankbaren Ausdruck in sein Gesicht zu legen, aber es wurde nur ein verzogenes Grinsen. Irgendwie fand er dieses Mädchen besonders anziehend.
Im Schankraum hatte man die kurze einseitige Rauferei mit Erstaunen und Bewunderung für Sam registriert, aber dann dominierte wieder ein anderes Thema. Lautstark und mit Begeisterung erzählten einige von riesigen Goldfunden im Inneren der Insel, da wo es nur Hügel und Berge gibt.
„ Kaum hast du einen der steilen Berge erklommen, geht es wieder hinab ins Tal und du stehst vor dem nächsten Berg. Immer so weiter, ohne Ende. Ein Berg nach dem anderen. Und dazu kommen diese feuchte Hitze und die Moskitos im Tal. Aber in den Bächen und Flüssen findet man Gold. Mit etwas Glück bist du ein reicher Mann." Der Alte am Nebentisch sah Sam erwartungsvoll an.
Der kannte die Geschichten schon. Bei seinem letzten Landgang in Borneo hatte er davon gehört.

In der Hafenbar in Kota Kinabalu hatte er den alten Santo Esteban getroffen. Der hatte ihm bei einigen Flaschen Bier seine Geschichte erzählt:

„ Noch oft denke ich an meinen Freund Manuel. Wir sind mit meinem Boot ins Innere der Insel gefahren um Gold zu suchen. Am Oberlauf des Abanami Flusses haben wir am Ufer eines Nebenarmes unser Lager aufgeschlagen. Ich habe unser Zelt aufgebaut, eine Feuerstelle mit Steinen ausgelegt und das Boot entladen. Manuel ist sofort los gezogen um die Gegend zu erkunden und nach Anzeichen von Gold zu suchen. Er hat gegraben, geschürft und geklopft, bis er am Abend hoffnungsfroh ins Lager zurückkam. Er war sicher an der richtigen Stelle zu suchen. Die Ibans im nächsten Dorf hatten uns natürlich sofort entdeckt und misstrauisch sein Tun verfolgt. Das sollte ich aber leider erst zu spät erfahren.
Ich dachte, es wäre erfolgversprechender, den Sand des Flusses mit einer mitgebrachten kleinen Waschvorrichtung zu sieben. Und tatsächlich hatte ich nach einigen Tagen eine ansehnliche Menge Gold in meiner Schüssel.
So vergingen einige Wochen.
Dann geschah es:
Manuel stemmte eine große Steinplatte aus der Wand, die krachend zu Boden fiel. Die Ibans sahen zu, dann kamen sie aus dem Wald und schlugen Manuel den Kopf von den Schultern.

Ich fand ihn Stunden später, das heißt ich fand nur seinen Körper, der Kopf war verschwunden. Der Rumpf lag neben einer fingerdicken Goldader im Gestein.
So gut es ging bedeckte ich seinen Körper mit Steinen. Ein Grab auszuheben war auf Grund des steinigen Bodens nicht möglich.
Und, Seemann du wirst es nicht glauben, ich hatte nicht den Mut, die Goldader aus der Wand heraus zu stemmen. Ich spürte förmlich die Augen der Ibans im nahen Dschungel, wie sie mich beobachteten.
So schnell ich konnte, verstaute ich alles in meinem Boot und ebenso schnell fuhr ich zurück zum Fluss und stromabwärts. In der Polizeistation, die ich am Abend erreichte, erzählte mir der Offizier, dass die Ibans an verschiedene Geister glauben, so auch an den Erdgeist. Den zu erzürnen bringt Unglück über den Stamm. Und dass mein Freund Manuel mit seinen Schlägen gegen die Felsen den Erdgeist erzürnt hat. Sie waren förmlich verpflichtet diesen Frevel zu ahnden.

Der alte Santo Esteban wischte sich über die Augen und trank sein Bier aus. Dann verabschiedete er sich und ging.

Man kann über Sam sagen was immer man möchte, aber nicht, dass er feige sei. Nein feige ist er nicht. Aber dass man ihn den Kopf abschlägt, das erfüllte ihn mit Grauen. Er würde nicht in den Dschungel fahren um nach Gold zu suchen. Das stand fest. Einer der Gründe warum er nicht fahren würde hieß Selena. Er musste sich eingestehen, er hatte sich in das

bezaubernde Mädchen verliebt. Und sie schien ähnliche Gefühle auch für ihn zu empfinden. So wie sie ihn ansah.
Sams Gedanken kehrten langsam zurück in die Gegenwart. Der Alte am Nebentisch erzählte immer noch seine Geschichten über die Goldfunde in den Bergen im Landesinneren. Faustgroße Goldnuggets liegen nur so herum, man braucht sie bloß aufzuheben und kommt als reicher Mann zurück. Autos, Häuser und die schönsten Frauen kann man sich dann leisten. Ein Leben in der Stadt, im Luxus bis zum Ende der Tage warten auf den Glücklichen.
Die Gäste der Bar hatten sich um den Alten geschart.
Die Fischer mit den von der Sonne und dem Meer zerfurchten Gesichtern, der Tischler mit dem krausen Vollbart, in dem die hellen Punkte der Sägespäne im Schwarz der verfilzten Haare hervorstachen, der Totengräber, der unaufhörlich hustete und dicken Schleim auf den Boden spuckte, der Tuchhändler, der auf allen Fingern schmale silberne Ringe trug, die beiden Malaien, von denen man sagte sie seien Schmuggler, die Reisbauern von Siano, die immer am Sonntag kamen, und nach ihrem Besuch der Kirche in das Bordell von Madam Jolante gingen, alle lauschten mit offenem Mund und glänzenden Augen dem Alten.
Es herrschte eine mystische Stimmung im Raum, die Gier der Männer war fast greifbar. Ein einziges Wort hatte genügt um alle verrückt zu machen: Gold.
Am nächsten Tag zogen sie los.

Ein Dutzend Walfangboote, beladen mit Proviant, Schüsseln, Sieben, Schaufeln und johlenden Männern steuerte die Küste entlang, bis zur Stelle wo der Fluss Aracataca aus dem Landesinneren kommend, ins Meer strömt. Niemand wusste so recht, wo sie der träge fließende Fluss hinbringen würde, aber am Oberlauf würden sie an Land gehen und Gold finden. Da waren sie ganz sicher.

Sam hatte nun für einige Tage die Bar für sich alleine und vor allem die reizende Selena. Sie machten Ausflüge zu einsamen Buchten entlang der Küste, im Norden der Stadt, wo das Meer an weiße Sandstrände rollte. Und sie kamen sich näher, sehr nahe.

Dann kamen die ersten Walfangboote zurück. Die Männer erzählten von den Kämpfen mit den Waldbewohnern. Jede Nacht verschwand ein Mann. Lautlos und unsichtbar holten sie sich einen der Männer. Am nächsten Morgen fanden sie die Körper, ohne Kopf. Sie stellten Wachen auf, ohne Erfolg. Wie graue Geister kamen sie lautlos und lautlos schlugen sie dem Unglücklichen den Kopf ab. Der Wächter am Eingang des Zeltes hörte nicht, dass am rückwärtigen Ende des Zeltes ein Schlafender starb. Lautlos zogen sie den Körper ins Freie und am nächsten Morgen erst bemerkte man den Toten hinter dem Zelt, ohne Kopf.

In ihrer verzweifelten Wut schossen sie blindlings in die Sträucher des sie umgebenden Waldes, aber die grauen Geister der Nacht waren nicht zu töten.

So beschlossen einige, sofort die Rückreise anzutreten. Von den Männern, die im Urwald geblieben waren, hörte man nie mehr.

Eines Tages war die Reparatur an Sams Schiff abgeschlossen und der Kapitän holte seinen Steuermann zurück aufs Schiff. Sam musste seinen Heuervertrag erfüllen, so schwer ihm auch der Abschied von Selena fiel. Beim Abschied versprach Sam, dass er nach dem Ende seiner Reise zurückkommen und Selena heiraten würde. Und Selena schwor, dass sie auf ihn warten würde.

Die Fahrt zu allen Inseln des Archipels, wo sie anlegten und Waren luden, dauerte mehr als ein Jahr.
In der Zeit legten viele Schiffe an und viele Matrosen kamen in die Kneipe von Selena und ihrem Vater.
Sam war nicht dabei.
Aber Selena war felsenfest davon überzeugt, dass Sam eines Tages kommen würde.

Es war heiß und schwül, nach dem Regen der Nacht. Er kam über die Gangway des Schiffes, schwer bepackt mit einem ausgebleichten Seesack und einer Kiste und überquerte den freien Platz vor der Polizeistation. Schon von weitem sah er Selena mit einem Kind auf dem Arm. Den Schmerz fühlte er fast körperlich. Sie hatte nicht auf ihn gewartet und augenscheinlich ein Kind von einem anderen Mann. Sam blieb stehen, stellte die Kiste und den Seesack auf den

Boden und lehnte sich gegen die Wand des Holzschuppens in dem die Fischer ihre Seile und Netze lagern. Hinter Ihm öffnete sich knarrend eine Tür. Für eine Sekunde spülte die Luft den Geruch von Fisch und Salz über ihn, dann traf ihn ein wuchtiger Schlag und warf ihn zu Boden. Benommen spürte er, wie ein zentnerschweres Gewicht auf seinem Rücken ihn zu Boden presste und zwei kräftige Hände sich um seinen Hals legten. Rote Nebel tanzten vor seinen Augen und er fühlte, dass er keine Zeit mehr hatte, dass nur mehr Sekunden ihn vor dem Ersticken trennen würden. Doch Sam war ein Kämpfer. So schnell gab er nicht auf. Mit einer Hand fasste er die Hand des Angreifers und brach ihn mit einem schnellen Ruck einen Finger. Der heulte auf und für einen Moment lösten sich die Hände, die seinen Hals umklammert hielten. Mit aller Kraft bäumte sich Sam auf und warf den schweren Körper von seinen Schultern. Er rollte sich ab und sprang auf. Jetzt erkannte er auch den Angreifer. Es war Bruce Sander. Die Wut über den feigen Angriff vertrieb die letzten roten Nebel aus Sams Augen. Er holte weit aus und der wuchtige Schwinger ließ Bruce Sander nach rückwärts taumeln. Aber auch er gab nicht so schnell auf und erst als sein Gesicht unter dem Trommelfeuer von Sams Schlägen sein menschliches Aussehen verloren hatte, ließ er die Arme sinken und war nicht mehr fähig die letzten Schläge zu parieren, die ihn zu Boden warfen.

Sam leckte seine blutig geschlagenen Knöchel und setzte sich auf seine Kiste. Als er die Augen hob, Sah er in

SelenasGesicht. Sie lächelte ihn zärtlich an und setzte einen kleinen rothaarigen Jungen auf Sams Schoß.

„ Sie nur, dein Sohn hat die gleichen roten Haare wie du und er ist auch ein schlimmer Raufbold, wie sein Vater." Sie zog ein weißes Taschentuch aus ihrem Rock und wischte sanft das Blut von Sams Kopf.

Neben ihr stand ihr Vater. Er hielt in seiner linken Hand ein riesiges altertümliches Gewehr. „ Jetzt wirst du dein Versprechen einlösen und meine kleine Tochter heiraten. Und wenn du nochmals auf den Gedanken kommen solltest abzuhauen, bin ich leider gezwungen dir eine Ladung Blei in den Bauch zu schießen." Und dabei lächelte er sein berühmtes Raubvogellächeln.

Der Buschpilot

Elliots Pilotenlizenz hatte ihm ein humorloser Beamter in Wien abgenommen. Streng nach dem Buchstaben des Gesetzes war es wohl verboten gewesen bei der Flugschau am Flugplatz Aspern unter der Tribüne durchzufliegen auf der die erstarrten Spitzen der Stadt gerade ihren Sekt tranken. Obwohl die Zuseher neben der Tribüne vor Begeisterung johlten, fanden die Herren auf der Tribüne es wenig lustig und veranlassten eine strenge Bestrafung.
Das war der Grund für die Verlegung der fliegerischen Aktivitäten von Elliot Hofer nach Afrika. Im Kongo fragte niemand nach Pilotenlizenzen und wenn es doch einmal vorkam, so zeigte Elliot das Schreiben der Luftfahrtbehörde, in der diese den Entzug seiner Lizenz bekanntgab. Ein beeindruckendes Schreiben mit vielen Stempeln und dem Bundesadler auf dem Briefkopf. Natürlich war das Schreiben in deutscher Sprache und in einer für normale Übersetzer unverständlichen Beamtensprache, die auch ein Deutscher mit normaler Schulausbildung nicht verstehen würde.
Dort wo ein verantwortungsvoller Pilot nie fliegen würde, es sei denn er wäre lebensmüde, war Elliot zu Hause.
Und er hatte Glück. Er hatte die Gabe im richtigen Augenblick die richtige Entscheidung zu treffen. Oft in Sekundenbruchteilen. Im Laufe der Zeit wurde er zu einer

Legende. Er überlebte Situationen, in denen viele kaum eine Chance gehabt hätten.

Mit seinem Flugzeug transportierte er alles, was in seinem Flieger Platz hatte.

Am Anfang waren es Geschäftsleute, die er von Brazzaville in den Osten in das Gebiet von Kananga brachte. Hier waren die Minen, in denen man nach Gold und Diamanten schürfte. Später, als die Metalle der „ Seltenen Erden" entdeckt wurden, die für die Mobiltelefone und Fernseher so dringend gebraucht wurden, schickten die Konzerne ihre Aufkäufer mit den Sicherheitsleuten in den Kongo. Für Elliot eine Quelle nie versiegender Aufträge.

Eines Tages erreichte ihn ein Hilferuf aus einer Diamantenmine. Ein Geologe aus Belgien war bei einem Überfall eines Trupps von herumstreunenden Söldnern angeschossen worden und Elliot sollte ihn so schnell als möglich in das Spital in der Hauptstadt fliegen. Diese Söldner waren eine permanente Gefahr im Kongo. Sie kämpften für irgendeine Seite, für einen Warlord, so lange dieser gut bezahlte. Wenn dem aber das Geld ausging, so zogen sie schwer bewaffnet durchs Land und raubten und plünderten, wo immer etwas zu holen war. Natürlich war eine Diamant- oder Goldmine ein verlockendes Ziel.

Elliot landete auf der schmalen Piste neben der Mine und die Wachmannschaft, ebenfalls schwer bewaffnet, brachte den verletzten Belgier zum Flugzeug. Der stöhnte und verfluchte den Tag an dem er dieses Land betreten hatte.

In dem Augenblick eröffneten die Söldner erneut das Feuer und ein Kugelhagel schlug auch in Elliots Flugzeug ein. Um das Flugzeug zu schützen, zündeten die Verteidiger einige Rauchbomben. Elliot gab Gas und startete in die dichte weiße Wolke, die ihm jede Sicht nahm. Irgendwie schaffte er es, keinen der Bäume am Pistenrand zu rammen. Wahrlich ein kleines Wunder, denn die freie Fläche der Startbahn war sehr schmal.
Der Verwundete stöhnte und Elliot reichte ihm schweren Herzens seine Flasche mit Whiskey. Mehr konnte er nicht tun.
 Gerade als sie eine größere gerodete Fläche Waldes überflogen, schlug eine Stichflamme aus dem Motor und einige Blechteile der Motorverkleidung schlugen gegen die Frontscheibe. Elliot flog eine scharfe Kurve und gerade als die Flammen den ganzen Motor einhüllten, sah er voraus die eben überflogene kahle Fläche im dichten Meer der Urwaldbäume.
Nur kurz kam ihn der Gedanke, mit dem Fallschirm abzuspringen und so sein eigenes Leben zu retten. Aber damit würde er seinen Passagier im Stich lassen was dessen sicheren Tot bedeutet hätte. Das würde er nie tun und daher ließ er diesen Gedanken schnell fallen. Aber jetzt wurde es knapp, das Feuer hatte sich ausgebreitet, im Cockpit wurde es glühend heiß. Knapp nach den letzten Bäumen drückte er das Flugzeug zu Boden und nach einer harten Landung riss er den Feuerlöscher neben seinem Sitz aus der Verankerung

und mit dem letzten Rest Schaum aus dem Feuerlöscher verlöschten die Flammen.

Während der Passagier laut über die schlechte Landung und die Hitze im Cockpit schimpfte, besah sich Elliot den Schaden den das Feuer angerichtet hatte.

Eigentlich nicht so schlimm. Ein Streifschuss hatte die Benzinleitung beschädigt und das Benzin war auf den heißen Auspuff getropft und hatte sich dabei entzündet. Der Schaden ließ sich leicht mit den Bordmitteln reparieren.

Die Verkleidung des Motors war nicht mehr vorhanden, war aber auch für den Flug nicht absolut notwendig. Die Reparatur war schnell erledigt und nachdem Elliot die Fläche vor dem Flugzeug von allen Hindernissen geräumt hatte, startete er mit Vollgas und zog die Maschine über die Baumwipfel am Rande der Lichtung steil nach oben.

Am Flugplatz von Brazzaville wartete bereits die Ambulanz und brachte den Belgier ins Spital.

Ohne Bedenken flog Elliot auch Kisten mit Dynamit in die Gold- und Diamantenminen im Norden und von diesen Minen Säcke mit Gold und die versiegelten Blechdosen mit Diamanten zurück in die Hauptstadt.

Man kannte ihn seit langer Zeit und man vertraute ihm.

Nach einer langen Regenzeit wütete die Malaria in ihrer schlimmsten Form. In Brazzaville kam der Totengräber mit dem Ausheben der Gräber nicht nach. Auch der Mechaniker, der Elliots Flugzeug immer bestens gewartet hatte, war unter den Opfern der Seuche. Für Elliot ein schwerer Schlag, denn er verlor nicht nur einen Mann auf dessen Arbeit er sich verlassen konnte, sondern auch einen Freund.

Einen qualifizierten, verlässlichen Mechaniker als Ersatz für seinen toten Freund fand Elliot nicht. So war er gezwungen einen Schwarzafrikaner, der bisher als Automechaniker gearbeitet hatte, anzustellen. Gemeinsam mit diesem machte er das nächste Service an seinem Flugzeug und flog zu seinem nächsten Einsatz. Am Funk hatte man ersucht dringend einen Verletzten von einer Edelsteinmine in den Bergen in das Spital in der Hauptstadt zu fliegen.

Als Elliot bei der angegebenen Stelle ankam, sah er sofort, dass es fast unmöglich war bei der Mine zu landen. Eine schräg nach oben verlaufende Felsplatte endete vor einer senkrechten Steinwand in deren Mitte eine Höhle, der Eingang zur Mine war. Die Felsplatte war zwar eben, aber wahrscheinlich zu kurz um darauf das Flugzeug zum Stehen zu bringen. Wenn er etwas zu hoch beim Landeanflug war, würde er in die senkrechte Wand rasen, am Ende der „Landebahn". Wäre er dagegen etwas zu nieder, würde er gegen die Felskante knallen. Beides wäre der sichere Tod. Er überlegte noch, da brachten die Minenarbeiter eine blutige Gestalt aus der Höhle und einer der Männer funkte einen verzweifelten Hilferuf an Elliot.

Der überlegte kurz, dann stieß er ein inbrünstiges Stoßgebet an alle Heiligen aus, die ihm gerade einfielen und steuerte mit gedrosseltem Motor die Felskante an. Knapp davor zog er die Maschine etwas hoch und rumpelte mit rauchenden

Bremsen die ansteigende Steinplatte hinauf. Keinen Meter vor der Wand kam das Flugzeug zum Stehen und Elliot bedankte sich laut bei allen angerufenen Heiligen.
Die Männer verbargen ihr Erstaunen und luden den Verletzten vorsichtig ins Flugzeug.
Jetzt kam der nächste schwierige Teil. Die Männer mussten das Flugzeug umdrehen und dabei halten, dass es nicht über die abschüssige Platte ins Rollen kam.
Elliot stand mit beiden Füßen in den Bremspedalen, dann gab er Vollgas und ließ die Bremsen los. Das Flugzeug machte einen Satz nach vorne und schoss auf den Abgrund am Ende der Platte zu, sackte noch etwas durch und dann flog sie wieder. Elliot atmete tief durch und nahm einen großen Schluck aus seiner Whiskey-Flasche.
Noch vor Mittag landete er in Brazzaville.
Zwei Wochen später besuchte er das Unfallopfer im Spital. Ein bärtiger Mann mittleren Alters humpelte erfreut auf ihn zu und umarmte den überraschten Piloten. Er erzählte, dass er der Besitzer der Mine sei und zum Abschied drückte er Elliot ein Säckchen in die Hand. Als er dieses öffnete, fielen einige fingergroße Kristalle heraus und im Licht der Sonnenstrahlen schienen sie zu glühen in einem Rot, wie gefrorenes Blut. Rubine, von erlesener Schönheit, bestimmt ein Vermögen wert. Elliot, der überhaupt nicht mit einer Bezahlung gerechnet hatte, wollte die Steine gar nicht annehmen, aber der Minenbesitzer bestand darauf und so steckte Elliot die Steine ein. Natürlich wusste auch der Minenbesitzer, dass er Elliot sein Leben verdankte und dass

wohl niemand die lebensgefährliche Landung riskiert hätte, aber für Elliot war es selbstverständlich und er würde es unter den gleichen Umständen wieder tun.

Einige Wochen später hatte Elliot wieder einen Transport zu den Goldminen im Norden von Bukarna, im Shaba Gebiet. Sechs Kisten mit Dynamit.
 Am frühen Morgen flog er los und nach einiger Zeit teilte er dem Tower in Brazzaville per Funk mit, dass der Motor unrund lief. Er wolle aber noch versuchen die Mine zu erreichen. Als er bis zum Abend in der Mine nicht angekommen war starteten am nächsten Tag zwei Suchflugzeuge, aber in dem dichten Dschungel war keine Spur zu finden.
 Elliot war verschollen.

Der Mechaniker, den Elliot eingestellt hatte, fiel bald darauf durch seine verschwenderische Art auf. Er warf sein Geld mit beiden Händen hinaus, war täglich Gast in den Kneipen der Stadt und immer umgeben von den Mädchen aus dem Puff der Madame Lulu.

Im Rausch erzählte der Mechaniker einige Wochen später, dass er in Elliots Flugzeugmotor anstelle des teuren Spezialöls nur normales Motoröl, wie es für Autos verwendet wird, eingefüllt habe. Die Preisdifferenz würde er gerade versaufen.

Natürlich war das die Ursache für einen Motorschaden. Und mit einer Ladung Dynamit an Bord war an eine eventuelle Notlandung nicht zu denken.

Der Polizeichef von Brazzaville, ein Freund von Elliot ließ den Mann verhaften.

Bei dem Verhör gestand der, dass er Elliots Schreibtisch aufgebrochen habe und darin die Rubine gefunden habe. Da sei sein Plan gereift, anstelle des Spezialöls nur normales Motoröl in den Flugmotor einzufüllen. Wohl wissend, dass dadurch der Motor überhitzen und in Folge in Brand geraten würde. Durch das Feuer würde das Dynamit explodieren und alles in Stücke reißen. Elliot hätte keine Überlebenschance und der Diebstahl der Rubine käme nie ans Tageslicht. Die Rubine habe er um fünfhundert Dollar verkauft. Er habe zwar gehört, dass die Edelsteine über hunderttausend Dollar wert seien, aber er könne sich nicht vorstellen, dass jemand so viel Geld habe. Mit den fünfhundert Dollar, die er bekommen habe, habe er sich eine schöne Zeit gemacht.

Der Polizeichef machte eine kurze Gerichtsverhandlung und ließ den Mechaniker aufhängen. Gleich im Hof der Polizeistation.

Von Elliot hörte man nie mehr etwas, nur einen großen Fleck im Urwald nahe der Mine fand man später. Es sah aus wie ein Brandfleck nach einer Explosion.

Diamanten aus Namibia

Nicolas Vanderbild war ein Diamant- und Edelsteinhändler. Aber eigentlich war er ein Liebhaber der Edelsteine, war fasziniert von der Schönheit der Kristalle, die vor Jahrmillionen im glutflüssigen Leib des entstehenden Planeten, im Schoß unserer Erde geboren wurden. Dabei bedurfte es sehr komplexer Bedingungen, sehr seltenem Zusammentreffen der verschiedensten Elemente und chemischer Verbindungen, um einen Edelstein entstehen zu lassen. Nicolas Vanderbild wusste auch wie selten die Voraussetzungen dafür waren und umso begeisterter, ja euphorischer war er, wenn er einen makellosen Edelstein in seiner ursprünglichen, unbearbeiteten Form in Händen hielt. Natürlich konnte ein Meister der Edelsteinschleifer durch einen besonderen Schliff dem Stein mehr Brillanz geben, aber ein Kristall mit der von der Natur ihm gegebene Form der Kristallflächen, der leuchtenden Farbe und dem strahlendem Feuer aus dem Inneren war für Vanderbild jedes Mal ein Wunder der Natur.
In seiner Leidenschaft und Liebe zu den Edelsteinen war er eigentlich nicht geeignet für seinen Beruf. Dafür fehlte ihm die Härte und Skrupellosigkeit der Zunft.

Trotzdem war er einer der Erfolgreichsten und angesehensten Händler und bekannt für seine absolute Fairness beim Kauf der Rohsteine in den Minen.

Er war auf ewiger Wanderschaft, immer unterwegs, getrieben von unstillbarem Fernweh. Kaum hatte er ein Land bereist, plante er schon die nächste Reise. Und so hatte er diesmal ein für ihn fremdes Land ausgewählt: Namibia.
Das Land, das vor dem großen Krieg eine deutsche Kolonie war – Deutsch Südwest Afrika. Heute leben immer noch viele deutschstämmige Familien in Namibia und es kommen erstaunlicher Weise noch immer viele Auswanderer aus Deutschland und lassen sich in dem Land nieder. Man begegnet in den Städten auch noch vielen deutschen Namen. Straßennamen, Namen der verschiedenen Verkaufsläden, der Brauerei, und des Hotels in Windhuk.

Hier hatte sich Vanderbild einen geländegängigen Wagen gemietet und war bald darauf unterwegs ins Landesinnere, um Diamanten zu kaufen.

In dem kleinen Städtchen Oronga war er an der richtigen Adresse. Faszinierend die Ausstrahlung, man spürte förmlich den Hauch der Geschichte. Alte Häuser, aus der Kolonialzeit, erinnerungstrunken, aus der Zeit gefallen, kämpften darum nicht zur Gänze einzustürzen.

Mr. Omoruro, der in der offiziellen Liste eingetragene Händler des Städtchens, ein Schwarzafrikaner, erklärte ihm, er habe eine Diamantmine und die Staatliche Lizenz zum Verkauf der Diamanten. Das sei in Namibia wichtig, denn der Kauf bei Leuten ohne Lizenz sei strafbar und werde von der Regierung mit langjährigem Gefängnis bestraft. Und lange Jahre in einem Gefängnis in Namibia haben bisher nur wenige Weiße überlebt. Das Wasser aus dem Fluss ist voller Krankheitskeime und die Suppe, in der Käfer und ekelige Würmern schwimmen........

Er sah Vanderbild nachdenklich an und der war dankbar, dass er offenbar gleich an den richtigen Händler geraten war.

Mr.Umoruro breitete eine größere Anzahl sehr schöner Diamanten auf einem weißen Tuch aus, das er auf den klobigen Holztisch gelegt hatte.

Die Qualität und Größe der Steine war sehr gut und der Preis günstig. So wurden sie rasch handelseinig und Vanderbild verlangte eine saldierte Rechnung und eine Kopie der Staatlichen Lizenz. Beides wurde ihm bereitwillig gegeben und sehr zufrieden machte sich Vanderbild auf den Weg zurück nach Windhuk.

Es war inzwischen Mittag. Die Glut der Sonne des Äquators machte ihn zu schaffen, der staubige Weg und die endlose Steppe, die sich am Horizont verlor, alles war neu für Vanderbild und auch beängstigend. Was wäre, wenn er in dieser riesigen Einöde eine Autopanne hätte? Er nahm sich vor, das nächste Mal einen zweiten Wagen zu mieten mit einem der jungen Deutschen als Begleiter.

Das Geräusch eines Folgetonhornes riss ihn aus seinen Gedanken. Hinter ihm kam ein Polizeiauto rasch näher, überholte seinen Wagen und zwang ihn durch ein scharfes Bremsmanöver anzuhalten.
Einer der schwarzen Polizisten zog eine Pistole aus seinem Holster und der zweite zerrte ihn unsanft aus dem Auto.
Vanderbild protestierte heftig und erklärte, er wolle sofort mit dem Botschafter telefonieren.
Aber der ihm am nächsten stehende Polizist, riss ihm das Mobiltelefon aus der Hand und bedeutete ihm, die Hände auf das Autodach zu legen. Sie öffneten seinen Koffer, durchwühlten den Inhalt, dann untersuchten sie seine Taschen und zogen triumphierend den Beutel mit den Diamanten heraus.
In einem kaum verständlichen Englisch erklärten sie dann den Grund ihrer Handlungsweise:
Der Diamanthändler hätte zwar eine Lizenz der Regierung, aber die sei seit einigen Tagen abgelaufen. Somit habe Vanderbild die Diamanten ohne Berechtigung gekauft, und das sei strafbar. Zum Beweis zeigten sie auf das Datum der Lizenz. Dieses war tatsächlich seit einigen Tagen abgelaufen. Darauf hatte er nicht geachtet.
Die Diamanten müssen sie konfiszieren und Vanderbild könne froh sein wenn sie ihn laufen ließen. Zehn Jahre

Gefängnis seien ihm sicher. Aber sie hätten heute ihren großzügigen Tag.

Benommen von dem eben erlebten setzte Vanderbild seine Reise fort und erreichte am späten Abend sein Hotel in Windhuk.
Als er den Speisesaal betrat, sah er sich um. Neben dem Eingang saßen vier ältere Weiße an einem Tisch und begrüßten ihn mit einem Kopfnicken.
Er fragte höflich, ob er sich an ihren Tisch setzen dürfe und sank erschöpft in den angebotenen breiten Stuhl.
„ Offenbar haben sie Ärger, oder etwas Schlimmes erlebt?" Einer der Männer, ein hochgewachsener weißhaariger Herr in blütenweißer Uniform aber ohne Rangabzeichen wandte sich zu Vanderbild. Der strich sich über das schweißnasse Gesicht und erzählte sein Erlebnis.
Die Männer hörten aufmerksam zu, dann erhob sich der weißhaarige und reichte Vanderbild die Hand.
„ Ich bin der Polizeichef von Windhuk und ich denke, man hat versucht sie zu betrügen. Der Diamantenhändler und die beiden Polizisten stecken offenbar unter einer Decke. Kommen sie morgen um neun Uhr zu mir in mein Büro in der Polizeidirektion. Ich werde der Sache nachgehen." Er gab Vanderbild seine Karte und dann – während das Abendessen serviert wurde - erzählten die Männer eine Reihe von Geschichten über Diamanten und die Betrügereien im Zusammenhang mit den Edelsteinen, für die Namibia berühmt ist.

Am nächsten Morgen erschien Vanderbild pünktlich im Büro, wo er bereits von dem Polizeichef erwartet wurde.

„ Ich habe mir den Akt vom zuständigen Beamten im Minenministerium kommen lassen. Selbstverständlich hat sich der Diamantenhändler Umoruro noch vor Ablauf der Frist eine Verlängerung seiner Lizenz besorgt. Die abgelaufene Lizenz hat er nur dazu benutzt, um sie zu betrügen. Aber wir werden ihn noch heute besuchen. Kommen sie, wir fahren sofort." Der Polizeichef stand auf, winkte zwei Polizisten in Zivilanzügen und dann ging es in schneller Fahrt durch die glühend heiße Steppe Richtung Oronga.

Das Städtchen glühte unter der Sonne des Mittags, alle hatten sich in die Kühle der Häuser geflüchtet und hielten ihren Mittagsschlaf, oder dösten in Erwartung der kühleren Abendzeit.

Mr. Omoruro sah erstaunt auf, als Vanderbild die Tür zu seinem Büro öffnete. Er war gerade im Begriff gewesen, nach der Mittagszigarette ein wenig auf dem Sofa neben seinem Schreibtisch zu ruhen. Jetzt war er ärgerlich.

„ Ich habe jetzt meine wohlverdiente Mittagspause, kommen sie um fünf!" Als nun auch der ihm unbekannte Polizeichef eintrat, griff er zum Telefon und rief die beiden Polizisten zur Verstärkung. Die kamen rasch und als sie die Tür öffneten, klickten die Handschellen, so schnell, dass sie erst jetzt die beiden Polizisten wahrnahmen, die hinter der Tür auf sie gewartet hatten.

Mr. Omaroru protestierte lauthals, wurde aber schnell ruhig, als der Polizeichef die neue Lizenz auf den Tisch legte.

„ So, nun geben sie aber schnell alle Diamanten heraus, die sie von Mr.Vanderbild ergaunert haben!" Der scharfe Ton bewirkte, dass der betrügerische Händler in die Lade unter seinem Schreibtisch griff und eine Hand voll Steine auf den Tisch legte. Vanderbild Verglich die Anzahl und Größe der Steine mit denen auf der Rechnung und stellte fest, dass die größten fehlten.

Langsam verlor der Polizeichef die Geduld. Er ging zum Tresor an der Wand und öffnete die nur angelehnte Stahltür. Da lagen die fehlenden Diamanten und glitzerten in den Strahlen der Sonne, die schräg durch das Fenster in den Raum leuchteten.

Zum Beweis für die Richtigkeit seiner Ansprüche legte Vanderbild seine Rechnung auf den Tisch und verstaute die restlichen Diamanten in seinem Lederbeutel.

In der Zwischenzeit war noch ein weiteres Auto angekommen, mit vergitterten Fenstern und weiteren zwei Polizisten in Uniform.

Das dunkle Gesicht von Mr. Omoruro wurde grau, als er sah, wie der Polizeichef alle restlichen Diamanten in einer kleinen Tasche verstaute, die er anschließend versiegelte.

„ Der Richter in Windhuk soll entscheiden, was mit den Steinen geschehen soll. Die nächsten Jahre wird Omoruro keine Steine brauchen und auch keine Lizenz. Die wird er wahrscheinlich auch nie mehr bekommen." Der Polizeichef verschloss den leeren Tresor sorgfältig und sah

Mr.Omoruroscharf an. „Jedenfalls wird er keinen ehrlichen Händler mehr betrügen."

Am Abend kamen sie wieder in Windhuk an und mussten beim Abendessen der Gesprächsrunde vom Vortag genau erzählen, was sich ereignet hatte.

Einer der Männer lud Vanderbild auf seine Farm in der Nähe der Spitzkoppe - Berge ein. Der nahm erfreut an und am nächsten Tag fuhren sie los.
 Thomas Bernhard erzählte auf der Fahrt einige Schrullen und auch, dass auf seinem Farmgebiet schöne Diamanten vorkommen. Aber der Besitz von Rohdiamanten sei strafbar und daher habe er alle gefundenen Steine hinter seinem Haus vergraben. Seine beiden erwachsenen Söhne seien auch schon im Sperrgebiet in der Wüste Namib gewesen und …..aber das sollen sie ihm selbst erzählen.
Die beiden Söhne waren Anfang und Mitte zwanzig und von Diamanten fasziniert. Sie wollten unbedingt einen Weg finden, die Steine außer Landes zu bringen.
„ Es ist doch ein Jammer, dass nur die großen Syndikate, wie die De Beers Companie die Steine die man in Namibia findet, verkaufen dürfen. Diese Firma hat auch die Gesetze geschaffen, die es uns normalen Bürger verbietet Diamanten zu besitzen, oder zu verkaufen. Das ist doch nicht gerecht?"
Die beiden waren förmlich besessen von dem Gedanken, die Diamanten die sie offenbar besaßen, zu Geld zu machen.

Dann erzählten sie Vanderbild ihre Geschichte:

„Vor einigen Monaten sind wir in die Wüste Namib gefahren, bis an den Rand des Diamanten Sperrgebietes. Dort wo das Diamanten Syndikat den äußeren Ring des verbotenen Gebietes markiert hat. Wenn man dich dort aufgreift, gibt es massive Probleme mit der Sicherheitstruppe der Diamantenmine. Und die sind nicht zimperlich. Da kann es schon vorkommen, dass du ordentlich verprügelt wirst.
Wir kamen bei Dunkelheit an und haben sofort die Zeltplane als Sichtschutz über unser Auto gelegt. Der Wind überzieht das Zelt mit einer feinen Schicht Sand und macht es für die Patrouillen und Flugzeuge unsichtbar. Und dann zogen wir los. In den vom Wind freigelegten felsigen Querrinnen kann man manchmal Diamanten finden, förmlich in Nestern angereichert. So wie der längst ausgetrocknete Fluss sie vor Jahrmillionen in den Rinnen abgelagert hat. Nach zwei Wochen hatten wir genug von der Hitze am Tag unter dem Zelt und dem Sand, der in alle Poren deiner Haut kriecht und mit dem Schweiß eine juckende und entzündende Schicht bildet. Lange hält man das nicht aus.
In der Nacht fuhren wir zurück zur Hauptstraße und wechselten die Reifen unseres Autos gegen neue mitgebrachte Reifen mit einem anderen Profil. Die alten Reifen vergruben wir etwas abseits im Sand.
Es dauerte nicht lange, da kamen sie.

Gerade als wir uns Kaffee kochten, kamen zwei große schwarze Geländewagen und stellten sich vor und hinter unser Auto.

Sechs grimmige Gestalten sprangen heraus und begannen sofort mit ihrem Verhör. Sie hätten sofort nach Sonnenaufgang unsere Spuren im Sand entdeckt, vom Rand des Sperrgebietes bis zur Straße. Erst als sie das Profil unserer Reifen mit dem Gipsabdruck verglichen, den sie mitgebracht hatten, wurden sie unsicher. Es war keine Übereinstimmung feststellbar. Trotzdem begannen sie unser Auto zu untersuchen. Sie leerten den Treibstofftank und leuchteten in den leeren Tank. Nichts. Sie demontierten die Türverkleidungen, zogen die Reifen von den Felgen, leuchteten in jede mögliche Öffnung, in jedes offene Rohr unseres Geländewagens, sie demontierten die Filter, nichts.

Dann nahmen sie uns mit in die Kernzone der Mine und stellten uns unter ein Röntgengerät. Sie fanden nicht einmal die Spur eines Diamanten.

Dann brachten sie uns zurück zu unserem Auto. Die zurück gebliebenen Männer hatten in der Zwischenzeit alle demontierten Teile wieder befestigt.

Sie waren sichtlich verärgert und noch immer misstrauisch und überzeugt, dass wir Diamanten geschürft hatten, in ihrem verbotenen Gebiet. Aber sie hatten trotz aller Erfahrung mit möglichen Verstecken keinen Erfolg gehabt und das machte sie wütend.

Zum wiederholten Male wollten sie wissen, was wir hier gemacht hätten. Und zum wiederholten Male erklärten wir,

dass wir Giftschlangen fangen um ihr Gift für das Serum zu verarbeiten, das Leuten wie ihnen das Leben rettet. Und zum Beweis zeigten wir auf den Käfig im Fond unseres Autos, in dem sich die giftigsten Schlangen wanden, die es in Namibia gab. Und das sind Schlangen, die so giftig sind, dass man nach einem Biss nur mehr Minuten Zeit hat, ein Serum zu spritzen.
Vorsichtig kontrollierten sie den Käfig, aber es gab keinen doppelten Boden. Nur ein dünnes Blech bildete den Boden.
Widerwillig und noch immer misstrauisch gaben sie den Weg frei, aber sie eskortierten uns eine lange Strecke und zum Abschied warnten sie uns nochmals in die Nähe ihres Sperrgebietes zu kommen.
Auf der letzten Strecke zur Farm fiel die Spannung langsam von uns ab und wir machten unsere Witze. Mein Bruder meinte, dass seine größte Sorge gewesen sei, dass eine der Schlangen einen Diamanten mit dem Kot ausscheidet. Meine Sorge war dagegen, dass den Männern der dicke Bauch der Schlangen auffallen würde.
Immerhin hatten sie in ihren Bäuchen Diamanten im Wert einer großen Farm.

Vanderbild war fasziniert von der Erzählung der beiden Brüder. Aber das große Problem war noch zu lösen: Wie kann man die Steine außer Landes bringen?
Bei den scharfen Kontrollen der erfahrenen Spezialisten des Zolls, eine unlösbare Aufgabe.

Nach langen Gesprächen und nach dem die Brüder oder Vanderbild viele Vorschläge als zu gefährlich verworfen hatten, zeichnete sich doch eine ziemlich sichere und gangbare Lösung ab.

Von den Diamanten, die Vanderbild bei dem betrügerischen Omoruro gekauft hatte, sortierten sie die kleinen Steine aus und tauschten sie mit den größten und schönsten Steinen der Brüder.

Dazu musste nur das Gewicht auf der Rechnung geändert werden. Das war aber leicht machbar, da Omoruro das Gewicht der Steine mit Tinte auf der Rechnung eingetragen hatte. Somit eine leichte Übung, wenn man als Schüler den Stift „Tintentod" für die Korrektur kennengelernt hatte. Und die Brüder hatten großen Bedarf an diesem Hilfsmittel gehabt.

Sie übergaben Vanderbild einen Zettel mit der Kontonummer und den Daten ihrer Bank in Antwerpen, auf die Vanderbild den vereinbarten Betrag einzahlen wird. Dann brachten sie ihn zurück nach Windhuk.

Am Abend des folgenden Tages traf sich wieder die Runde der älteren Herren zum Abendessen im Hotel in Windhuk. Der Polizeichef erklärte sich sofort bereit Vanderbild am nächsten Tag zum Flughafen und durch den Zoll zu bringen. Es habe ja alles seine Ordnung und Richtigkeit und er könne bestätigen, dass Vanderbild die Diamanten ordnungsgemäß bei dem betrügerischen Händler Omoruro gekauft habe. Das sei vielleicht hilfreich und beschleunige den Zollablauf.

Aber die Beamten des Zolls und die Geheimpolizisten des Diamantensyndikates unterstünden ihm nicht.

Die waren grundsätzlich misstrauisch und kontrollierten sehr genau. Dann winkten sie aber doch Vanderbild durch und der verabschiedete sich herzlich vom Polizeichef und bestieg erleichtert das Flugzeug. Er nahm sich vor bald wieder zu kommen um die restlichen Steine zu holen, denn nun wusste er wie man es richtig macht.

Am Amazonas Strom

Die Passagiere des Fluss Schiffes waren unterschiedlichen Standes. In der ersten Klasse fuhren die reichen Haziendeiros, die Herren der großen Besitzungen im Landesinneren. Meist ältere Männer oder Männer im mittleren Alter, mit den schweren goldenen Uhrketten quer über den dicken Bauch, die nach Manaus fahren wollten. Die Stadt mitten im Dschungel, die man nur über den großen Fluss erreichen konnte. Die Stadt in der die schönsten Mädchen Brasiliens in den zahlreichen Bars nur auf die reichen Herren warteten.
In der zweiten Klasse fuhren Geschäftsleute, die in Manaus Kautschuk oder Holz einkaufen wollten. Und Gouvernanten und Hauslehrer, die in der Stadt oder in den umliegenden Haziendas eine Anstellung antraten. Hin und wieder auch eine Frau, die auf Grund einer Annonce von einem einsamen Mann auf einer einsamen Hazienda eingeladen wurde, in der Hoffnung sie würde an dem abgeschiedenen Leben und auch an ihm Gefallen finden.
In der dritten Klasse waren die interessanten Leute: Abenteurer, Glücksritter und Männer, die jedes Risiko eingingen um an das große Geld zu kommen.
Männer, die keine Gefahr scheuten und jede Herausforderung annahmen. Manchmal war auch ein Mann dabei, der in Rio oder sonst wo von der Polizei gesucht wurde.

Sie wollten Gold und Diamanten suchen und manchmal hatte einer auch Glück und kam als reicher Mann aus der grünen Hölle des Urwaldes am Oberlauf des Orinoco zurück. Dort wo man angeblich Gold findet. Oder von einem einsamen abgeschiedenen Fluss irgendwo im fieberverseuchten Rio Negro Gebiet, wo man die Diamanten aus dem Fluss Schotter wusch. Aber von vielen hörte man nie mehr etwas. Sie waren umgekommen in den lebensfeindlichen, undurchdringlichen Urwäldern, voll giftiger Schlangen und hungriger Alligatoren. Auch die Indios mit ihren Giftpfeilen werden sicher manchen Eindringling in ihr Reich, getötet haben.

Die Männer in der ersten Klasse hatten ihre Liegestühle auf dem Oberdeck. Sie verbrachten die Zeit zwischen den Mahlzeiten mit Pokern. Dabei tranken sie Unmengen eisgekühlten Whisky und rauchten dicke scheußlich stinkende Zigarren. Sie spielten Karten zwischen Frühstück und Mittagessen und danach bis zum Abendessen. Dann wurden sie des Spieles überdrüssig und sie begannen sich zu Langweilen.

Wer als erster auf die Idee kam, ließ sich später nicht mehr feststellen.

Sie organisierten Faustkämpfe und schlossen Wetten ab, wer als Sieger aus den Kämpfen hervorgehen würde.

Dazu holten sie die stärksten Männer aus der dritten Klasse auf das Oberdeck. Ein provisorischer Ring in der Mitte war schnell errichtet und die ersten Kämpfe konnten beginnen. Als Belohnung für den Sieger gab es hundert Cruzeiros.

Etwa ein Dutzend Männer waren bereit, sich für das Preisgeld zu prügeln. Männer, für die hundert Cruzeiros viel Geld waren. Für die reichen Zuseher war dieser Betrag nur ein Trinkgeld, für das sie keinen Finger rühren würden.
Ihre Wetteinsätze bei den folgenden Kämpfen waren Beträge von weit über zehntausend Cruzeiros.
Unter den Kämpfern waren auch zwei Brüder, Mark und Jonathan, die sich tapfer schlugen. Sie waren achtzehn und einundzwanzig und Söhne von deutschen Einwanderern. Ihre Eltern lebten auf einer kleinen Farm in der Provinz Mato Grosso, wo sie Rinder züchteten.
Die beiden Söhne wollten als Goldsucher ihr Glück versuchen. Viel hatten sie von den phantastischen Funden am Orinoco gehört. Sie waren voll Optimismus und jugendlicher Abenteuerlust und überzeugt davon, dass sie als reiche Männer zu ihren Eltern zurückkommen würden.
Im Moment hatte aber Jonathan, der jüngere der beiden, Probleme. Sein Gegner war ein stämmiger, muskulöser Mann, der die Regeln des Kampfes nicht beachtete. Er schlug unter die Gürtellinie und nach einem feigen Fußtritt in den Magen ging Jonathan zu Boden und wand sich unter Schmerzen.
Einer der Männer, die auf Jonathan gewettet hatten, zog ihn in die Höhe und überschüttete den Jungen mit Vorwürfen.
„ Ich habe auf dich gewettet weil ich dachte, du bist ein guter Kämpfer. Aber du hast mich sehr enttäuscht. Du hast mich zehntausend Cruzeiro gekostet."

Er stieß den wankenden Jungen gegen die Reling und nach einem harten Stoß kippte der über die obere Begrenzung und schlug hart auf die Reling des unteren Decks auf und von da fiel er ins gelbe Wasser des Amazonas.
Mark der ältere der beiden Brüder stieß die Umstehenden zur Seite und sprang mit einem Hechtsprung seinem jüngeren Bruder nach.
Bereits weit abgetrieben tauchte für kurze Zeit der blonde Schopf von Jonathan aus dem Wasser auf, bevor er verschwand. Mark rief verzweifelt den Namen seines Bruders und tauchte in das trübe Wasser.

Auf dem oberen Deck beugte sich Don Felipe, der den Jungen in den Fluss gestoßen hatte, kurz über die Reling und gab dem herbei geeilten Kapitän die kurze Information:
„ Die beiden, die in den Fluss gesprungen sind, sind nicht mehr aufgetaucht. Das Schiff zu stoppen und ein Boot auszusetzen ist sinnlos und kostet uns nur unnütze Zeit. Wir sollten schon in Manaus sein. Halten sie besser ihren Zeitplan ein!"
Der Kapitän beugte sich dem herrischen Ton von Don Felipe und das Schiff fuhr weiter.

Mark hatte mit dem bewusstlosen Jonathan im Arm einen im Wasser treibenden Baum mit weit ausladenden Ästen erreicht. Verzweifelt bemühte er sich den Kopf seines Bruders über Wasser zu halten und mit letzter Kraft zog er

den leblosen Körper auf die Baumkrone, die den Körper trug und über Wasser hielt.
Nach langen Bemühen schlug Jonathan endlich die Augen auf und spuckte eine ordentliche Menge der gelben Amazonas - Brühe aus.
„ Ich habe kein Gefühl in meinen Beinen. Ich bin so hart auf die Reling gestürzt. Es tut so weh."
„ Mach dir keine Gedanken, es wird alles gut, wir müssen nur ein Boot aufhalten. Auf dem Fluss fahren ja genug herum, eines wird uns aufnehmen."
Tatsächlich kam ein Fischerboot längsseits und gemeinsam mit dem Fischer zog Mark den stöhnenden Bruder ins Boot.

Wenig später hatte das Schiff mit Don Felipe in Manaus angelegt und die Passagiere strömten an Land. Selbstverständlich hatten die Männer vom Oberdeck im besten Hotel der Stadt ihre Zimmer gebucht und machten sich fertig zum Erkunden der Stadt.

Am nächsten Tag schlenderte Don Felipe durch die Altstadt und betrachtete die Schaufenster der Geschäfte. Manaus war eine Freihandelszone und daher waren die angebotenen Waren außergewöhnlich preiswert.
Vertieft im Betrachten von ausgestellten Herrenschuhen, sah er plötzlich im Spiegel des Glases der Auslage eine Hand, die ein langes gebogenes Messer hielt.
Ein Messer, wie es die Männer in Mato Grosso zur Jagd benutzen. Einige Männer drängten sich vor und als Don

Felipe sich umdrehte, war niemand zu sehen. Niemand, der ein langes Messer in der Hand hielt.

Etwas beunruhigt ging er weiter und nach einigen Gassen war er am Ziel. Das teuerste und berühmteste Freudenhaus von Manaus. Hier warteten sicher die schönsten Frauen von Brasilien auf ihn.

Sie hieß Mariella und war höchstens achtzehn Jahre alt. Ihr Zimmer war mit rotem Samt tapeziert, auch ihr breites Bett war mit rotem Seidenstoff überzogen. Nach einer kurzen Begrüßung war Mariella im angrenzenden Bad verschwunden.

Don Felipe hatte sich auf das Bett gelegt und in Erwartung der kommenden Freuden die Augen geschlossen. Durch ein Geräusch aufgeschreckt öffnete er die Augen und erstarrte. Vor ihm stand ein großgewachsener Mann mit blonden Haaren. In der Hand hielt er ein langes gebogenes Messer, wie es die Männer in Mato Grosso zur Jagd benutzen. Dunkel dämmerte es Don Felipe, dass der Mann der Bruder des Jungen sein könnte, den er auf dem Schiff über die Reling in den Amazonas gestoßen hatte.

„Zuerst werde ich dir die Sehnen und Muskeln an den Händen durchtrennen, damit du niemand mehr in den Fluss stürzen kannst. Dann die Sehnen und Muskeln an den Beinen, damit du weißt, wie man sich fühlt wenn man nicht mehr gehen kann." Mark hob die Hand mit dem Messer.

Als ob ihn das schützen könnte, zog Don Felipe die Decke bis zum Hals hoch und schrie mit sich überschlagender Stimme um Hilfe. Zum ersten Mal in seinem Leben hatte er

Todesangst. Er war vor Angst wie gelähmt und hatte keine Kontrolle mehr über seine Muskel. In dickem Schwall ergoss sich sein Urin über die roten Seidenüberzüge des Prunkbettes.

In diesem jämmerlichen Zustand fanden ihn die durch sein Gebrüll alarmierten Bewohner der Nachbarzimmer.

„ Was ist los? Ist er verrückt, oder betrunken? Hier ist doch niemand!" Die Männer drehten sich kopfschüttelnd um und gingen zurück in ihre Zimmer.

Don Felipe hatte einen schweren Schock erlitten und verständlicherweise keine Lust mehr auf ein erotisches Abenteuer. Er ging so schnell als möglich zurück in sein Hotel, wo er sich wusch und seine Kleider wechselte. Langsam erholte er sich von dem Schrecken des Nachmittags. Aber er war weit davon entfernt, seine Tat zu bereuen. Er hatte nicht das Gefühl, etwas Unrechtes getan zu haben und sorgte sich nur um sein Leben. Es war unheimlich, unerklärlich, dass der Bruder des Jungen, den er über Bord gestoßen hatte, auftauchte und wieder spurlos verschwand. Wie ein Geist, der das Unrecht rächen wollte, dass er dem Jungen angetan hatte. Um jedes mögliche Risiko auszuschließen, ließ er sich sein Abendessen aufs Zimmer servieren.

 Der Kellner hatte dichte schwarze Haare und ging gebückt, als er den Servierwagen mit dem Essen in sein Zimmer schob.

Als er sich aufrichtete verschob sich die Perücke und blonde Haare kamen zum Vorschein. Er kam nahe heran und plötzlich hatte er in der rechten Hand ein langes gebogenes Messer.

Don Felipe stolperte und fiel rücklings auf sein Bett.

Dort fand ihn am nächsten Morgen der Kellner, der das Frühstück brachte.

Don Felipes Gesicht war verzerrt, so voll Grauen, als hätte er den Teufel persönlich gesehen.

Der Arzt, der ihn untersuchte, konnte keinerlei Verletzung feststellen. Es war wohl ein Herzinfarkt, vielleicht zu viel Alkohol. Eigenartig war nur das lange gebogene Messer, das auf dem Bett lag. Ein Messer, wie es die Männer im Mato Grosso zur Jagd verwenden.

Der Schlangenfänger von Sumatra

Elias hatte Schreiben und Rechnen gelernt, bei den Paters in der Mission Schule, unten am Fluss. Aber seine besondere Begabung war sein Umgang mit den giftigsten Schlangen des Urwaldes. Und davon gab es jede Menge und viele verschiedene Arten. Jede für sich war so giftig, dass man einen Biss nur wenige Minuten überlebte. Aber sie bissen ihn nicht, er hatte eine besondere Beziehung zu den Schlangen. Er fing sie ein und zapfte ihr Gift ab, indem er sie in ein Tuch beißen ließ, dass er über die Öffnung einer Flasche spannte. Die Gifttropfen sammelten sich auf dem Boden der Flasche und diese brachte Elias zur Mission Station, wo die Pater daraus ein Serum herstellten, das die Opfer von Schlangenbissen vor dem Tod bewahrten.

Immer öfter rief man ihn, wenn sich eine Schlange in den Garten, oder in ein Haus verirrte.

Elias kam sofort und er war so geschickt und erfolgreich im Fangen jeder noch so giftigen und gefährlichen Schlange, dass sich sein Ruf als Schlangenfänger weit über das Land verbreitete.

Eines Tages wurde er zum Haus eines armen Reisbauern gerufen. Im Nebenraum des Wohnteils, wo eine Menge Gerümpel gelagert wurde, hatte sich eine riesige Kobra eingenistet. Begreiflicherweise hatte die Familie Angst und wollte die tödliche Schlange so rasch als möglich aus ihrem Haus entfernen.

Als Elliot kam, sah er sofort die besondere Gefährlichkeit der Situation. Der Raum war unübersichtlich, angefüllt mit allen möglichen Dingen. Man konnte nicht sehen wohin man trat. Erst am anderen Ende des Raumes sah er ein Rattenloch, aus dem der Schwanz einer Schlange hervor sah. Vorsichtig zog er daran und war überrascht, als er die Kobra zur Gänze herausgezogen hatte. Es war ein ausgewachsenes Exemplar von gut drei Meter Länge. Die Schlange musste eine ganze Rattenkolonie verspeist haben, denn sie schien nicht in der Lage, sich bewegen zu können. Und der Mittelteil der Schlange war unförmig dick, so als hätte sie ein Dutzend Ratten im Bauch.

Elliot stopfte sie in den mitgebrachten Sack und ging nach Hause.

Später konnte er nicht mehr sagen warum er das getan hatte: Er nahm die riesige Schlange aus dem Sack, legte sie auf den Boden und drehte sie auf den Rücken. Dann strich er sanft über den weißen Bauch.

Die Kobra hob den Kopf und sah ihn an.

Im nächsten Augenblick wurde sie völlig steif.

Elliot baute in aller Eile einen großen Käfig aus Bambusstäben, die er mit den Fasern einer Liane verband.

Die Schlange hatte sich die ganze Zeit nicht bewegt. Elliot hob sie hoch und legte sie in den neuen Käfig.

Die Geschichte von der Schlange, die Unmengen von Ratten verschlang, machte die Runde. Für Elliot eröffnete sich eine neue Einnahmequelle. Es gab zwar viele Giftschlangen, aber

noch viel mehr Ratten, die in den Hütten ihr Unwesen trieben und fast nie zu fangen oder zu vertreiben waren.
So zog Elliot mit seiner Kobra durchs Land und diese dezimierte die lästigen Ratten. Von Elliot ließ sich die Schlange berühren, ohne jemals das geringste Zeichen eines Angriffs zu zeigen. Bei allen anderen, die ihr zu nahe kamen, stellte sie sich sofort auf und blähte den Hals mit der Brillenzeichnung auf. Eine letzte Warnung bevor sie zum tödlichen Biss vorschnellen würde.
Nach jeder Rattenvertilgungsaktion wiederholte Elliot das Ritual:
Er drehte die Schlange auf den Rücken und strich sanft über den weißen dicken Bauch der Kobra. Und wie beim ersten Mal wurde die Schlange steif und erstarrte.
Niemand konnte sich das scheinbar innige Verhältnis der Giftschlange zu dem Knaben erklären. Zwischen den beiden hatte sich im Laufe der Zeit ein absolutes Vertrauensverhältnis aufgebaut. Das ging so weit, dass Elliot sich die Kobra um den Hals legte, wenn er diese zu einem neuen Auftrag trug.

So vergingen einige Jahre, aus dem Knaben war ein Mann geworden. Und immer noch trug er seine Kobra zu den Hütten der Leute, wenn er den Auftrag hatte Ratten zu vernichten. Bei der Geburtenrate dieser Nager würde er wohl bis ans Ende seiner Tage beschäftigt sein.
Aber es sollte anders kommen.

Eines Tages zog die junge, schöne Ma Jong in seiner Hütte ein. Er hatte sie kennen gelernt bei einer seiner Rattenvertilgungsaktionen. Sie hatten sich einige Mal heimlich getroffen und waren sich bald einig.

Für beide war es die große Liebe ihres Lebens und auch die Erfahrung der ersten erotischen Höhepunkte.

Nach einem langen wunderschönen Liebesspiel lagen sie ermattet in ihrem Bett, als Elliot ein Geräusch hörte, wie das Klappen eines Deckels.

Er stand auf und ging in den Nebenraum, in dem die Käfige mit den Schlangen standen. Alles war ruhig, alle Deckel über den Käfigen waren geschlossen, bis auf den über dem größten Käfig, dem seiner Kobra. Er leuchtete in den offenen Käfig.

Seine Schlange war nicht mehr in dem Bambuskäfig!

Er eilte zurück in den Schlafraum und da war auch ein heller Schrei seiner Frau Ma Jong. Am Fußende des Bettes lag die riesige Kobra, hoch aufgerichtet, fast in Höhe des Gesichtes seiner Frau war der Kopf der Schlange und sie hatte den Hals weit aufgebläht. Die Brillenzeichnung war übergroß zu sehen. Ein Zeichen der Erregung und ein Signal, dass sie jeden Augenblick zubeißen wird. Der Kopf der Kobra pendelte vor und war nun knapp vor dem Gesicht der erstarrten Frau.

Elliot überlegte, ob er versuchen sollte, den Kopf der Schlange zu packen, da drehte sich diese zu ihm um und ihre gelben ovalen Augen wurden riesengroß, so nah war sie

seinem Gesicht. Elliot schloss seine Augen, die hypnotische Kraft ihrer gelben Riesenaugen war unerträglich.
Er fühlte förmlich den Biss, der unentrinnbar den Tod bringen würde. Der Augenblick in dem die Schlange ihre riesigen Giftzähne in sein Gesicht schlagen würde. Nur wenige Minuten würde es dauern, bis er das Bewusstsein verlieren würde. Er hatte es schon einige Male erlebt, wie schnell das Opfer eines Schlangenbisses starb. Aber nichts geschah.

Als Elliot seine Augen öffnete, sah er gerade noch wie die Kobra durch die geöffnete Tür in die Finsternis der Nacht glitt. Sie hatte ihn verschont. Sie hatte ihn nicht getötet, obwohl es ein leichtes gewesen wäre. Sie verschwand und niemals wieder wurde sie gesehen. Sie nahm mit sich das Geheimnis ihrer besonderen Verbindung zu Elliot und warum dieses Naheverhältnis so plötzlich geendet hatte.
Elliot versank in tiefes wehmütiges Grübeln. War die Ursache Ma Jong? Hatte die Schlange gespürt, dass sie nicht mehr so wichtig im Leben von Elliot war? War so etwas denkbar? Es gab jedenfalls keine Erklärung für die mystische Verbindung zwischen der Schlange und Elliot.
In der Antike wurde die Schlange als heilig verehrt. Im Orakel von Delphi galten die Schlangen als Priesterinnen, im indischen Volksglauben als Göttinnen, als Symbol der Lebensenergie.

Niemals vorher und niemals nachher hatte man Ähnliches im Dorf oder in der Gegend erlebt. Es würde wohl ein unerklärliches Rätsel bleiben.

Aber Elliot streifte unermüdlich durch die Gegend auf der Suche nach seiner Schlange. Im Laufe der Zeit fing er viele Kobras, aber seine war nicht darunter.

Am Sambesi

Lennard Mansfield saß vor dem großen Fenster, das einen wunderbaren Ausblick auf das grüne Tal des Flusses bot. Es war ein herrlicher Tag mit dem unglaublichen Licht und den Farben die es nur in den Tropen gibt. Der Duft der Orchideen aus dem Garten vermischt mit dem unverwechselbaren Geruch, den die rote Erde nach dem Nachtregen verströmte, schlich sich in die Sinne des Engländers. Er schwankte zwischen einem Hochgefühl und tiefer Depression. Das bemerkte die junge blonde Frau die ihm gegenüber am Tisch saß, offenbar in keiner Weise. Die Schönheiten des Landes oder die Befindlichkeit ihres Mannes waren ihr völlig egal. Ihr Interesse galt dem Mann am Nachbartisch, der sie mehr als nur oberflächlich musterte. Bereits am vergangenen Abend hatten sie sich kennen gelernt. Ihr Mann hatte etwas zu viel getrunken und war bald nach dem Dinner schlafen gegangen. Sie war in der Bar geblieben und der Mann mit den grauen Augen hatte sich zu ihr gesetzt.
„ Ich kann nicht glauben, dass ihr Begleiter eine so aufregend schöne Frau allein lässt, den Gefahren schutzlos ausgeliefert?" Er lächelte und sie war sofort in seinem Bann. Schutzlos ausgeliefert, ja das konnte stimmen. Sein Lächeln war so selbstsicher und gewinnend. Und so männlich. Sie fühlte wie eine Hitzewelle ihren Körper durchschoss, als er seine Hand auf ihre Schenkel legte.

Sie gingen auf die Terrasse, in die fast völlige Dunkelheit und da küsste er sie mit einer Leidenschaft, wie sie es noch selten erlebt hatte. Er strich über ihre vollen Brüste und die Hitze zwischen ihren Schenkeln wurde unerträglich. Er hob sie hoch und setzte sie auf einen der grob gezimmerten Gartentische und sie liebten sich mit der Wildheit und Gier von Menschen, die knapp vor dem Verhungern, plötzlich vor einem reich gedeckten Tisch stehen.

Lange nach Mitternacht schlich sie sich in ihr Zimmer, ins Bett zu ihrem schlafenden Mann.

Am Morgen danach war sie in euphorischer Hochstimmung. Lennard Mansfield betrachtete seine Frau. Nie zuvor war sie so schön gewesen.
Der taufrische Charme eines jungen Mädchens hüllte sie ein.
Ihre schlanke Gestalt, ihre langen blonden Haare, die sie hochgesteckt hatte, ihr süßes Engelsgesicht mit dem roten Mund und den blauen Augen. Alles wirkte so rein und mädchenhaft. In diesen Augenblicken liebte er sie über alles. Sie bemerkte seinen Blick und die Liebe, die er ausstrahlte. Sie stand auf und setzte sich neben ihn auf die gepolsterte Bank. Zärtlich legte sie ihre Hand auf seine und strich zärtlich über sein Gesicht. Er wandte ihr sein Gesicht zu und sie küsste ihn zart.
In Momenten wie diesen war er glücklich. Unsagbar glücklich.

Dann überkam ihm unvermittelt die Erinnerung an letzte Nacht.
Sie hatte es wieder getan. Sie hatte ihn wieder betrogen.
Er war auch auf der Terrasse gewesen um eine Zigarette zu rauchen. Sie hatte ihn betrogen mit diesem braungebrannten Mann mit den hellen Augen und den herrischen Mund. Unter seinem Hemd zeichneten sich die harten Stränge der Muskeln deutlich ab. Ohne Zweifel ein Mann der Erfolg bei den Frauen hatte.

Lennard Mansfield hatte leider die empfindliche Haut der Engländer. Braun wurde er nie. Er bekam höchstens einen Sonnenbrand, seine Haut wurde dann rot und schmerzte. In punkto männlichem Aussehen konnte er mit dem Mann am Nebentisch nicht konkurrieren. Da machte er sich nichts vor.

Aber er liebte seine Frau trotz ihrer Untreue. Es war nur die Untreue des Körpers, als Folge des Aufruhrs der Hormone. Er liebte das Helle in ihr, ihre Seele. Und er war sicher, er hatte das Tor zu ihrer Seele gefunden. Er liebte das Wesen das ihn küsste und seine Hand hielt. Und manchmal, bei besonderen, verzauberten Stunden wenn sie sich liebten, war er überzeugt:
Auch sie liebte ihn. Ja, er war sicher, er hatte das Tor zu ihrer Seele gefunden.

„ Hallo, Mister am Nebentisch. Wir fahren heute mit einem Ranger in das Reservat. Wir haben noch einen Platz frei.

Wollen sie mitfahren?" Lennard Mansfield hörte sich sprechen und es war ihm, als ob nicht er, sondern jemand neben ihm es war, der zu dem Mann am Nebentisch gesprochen hätte.

„ Ja, sehr gern, ich beteilige mich auch an den Kosten. Jedenfalls ist es sehr liebenswürdig von ihnen, mich mit zu nehmen." Die grauen Augen blickten überrascht und er bemühte sich die harten Linien seines Gesichtes in freundliche Falten zu legen.

Gleich nach dem Frühstück kam ein hochgewachsener Schwarzafrikaner in der Uniform der Ranger an ihren Tisch und stellte sich vor: „ Ich heiße Jonathan und bin ab sofort für ihre Fahrt in das Reservat und vor allem für ihre Sicherheit verantwortlich. Es sind in der Vergangenheit leider einige Unfälle passiert, weil die Touristen unvorsichtig waren. Ich muss sie daher ersuchen alle meine Anweisungen genau zu befolgen." Er sah sie ernst an und ging voraus zu dem vor der Eingangstür parkenden Geländewagen.

„ Ich habe mich noch nicht vorgestellt. Mein Name ist Ernest Mulher. Ich komme aus Wisconsin in den Staaten." Die grauen Augen blickten erwartungsvoll.

„ Mein Name ist Lennard Mansfield und das ist meine Frau Dominique. Wir sind auf der verspäteten Hochzeitsreise. Sehr verspätet, denn wir haben schon vor drei Jahren geheiratet. Und wir sind aus London. Aber eigentlich leben wir auf meinem Gut in der Grafschaft Windsor." Lennard zeigte mit seiner Hand auf die rückwärtigen Sitze und als

Dominique einstieg setzte er sich schnell auf den vorderen Sitz neben dem Fahrer.

„Ich hoffe es macht ihnen nichts aus, wenn sie neben meiner Frau sitzen Mr.Ernest?" Lennard betrachtete mit Vergnügen die Überraschung des Mannes und die Röte im Gesicht seiner Frau.

Der Ranger legte den Geländegang ein und langsam bog er ein auf den steilen gewundenen Weg zu der abfallenden Flanke des Flusses.

Sie kamen nur langsam voran.

Es gab keine Straße, eigentlich waren es nur Fahrspuren, denen der Ranger folgte.

Eine kleine Elefantenherde zog unbeeindruckt nahe am Auto vorbei.

Als sie an einem kleinen Gewässer hielten, in dem einige Nilpferde grau und bewegungslos im Wasser standen, stiegen alle aus dem Wagen und Lennard Mansfield ging nahe an den Böschungsrand um ein Foto zu schießen. Der warnende Ruf des Rangers kam zu spät. Der Rand des Ufers brach ein und Lennard Mansfield rutschte mit dem versinkenden Sand hinab und versank bis zum Hals im braunen Wasser des Flusses.

Dominique schrie auf und der Ranger legte sich auf den Bauch und streckte seine Arme aus um den Unglücklichen herauf zu ziehen. Aber der Sand gab weiter nach und der Ranger drohte ebenfalls in den Fluss zu stürzen. Ernest Mulher packte die Füße des Rangers und gemeinsam zogen sie den schlammbedeckten Lennard aus dem Wasser.

„ Sie wissen es nicht, aber es werden mehr Menschen von Nilpferden getötet als von Löwen!" Der Ranger klopfte den Sand von Lennards Kleidern und grinste.
„ Sehen sie sich nur die riesigen Zähne an. Der Bulle beißt sie in zwei Stücke, wenn er glaubt, dass sie in sein Revier eindringen."

Es wurde Mittag, die Sonne brannte vom Himmel und sie beschlossen unter dem Schatten einer riesigen Schirmakazie zu rasten.
Der Ranger holte aus dem Kofferraum einen Korb mit Sandwichs und eine Flasche Wein für die Gäste und für sich eine Flasche Wasser. Schwitzend, aber zufrieden saßen sie im Schatten und Lennard trocknete langsam. Dann zog er Hemd und Hose aus und schüttelte den Sand sorgsam aus den Kleidern. Nur die Unterhose behielt er an.
„ Der Sand darin wird dich bis zum Ende der Fahrt peinigen." Dominique lächelte leise. Aber Lennard Mansfield überhörte die unterschwellige Ironie in ihren Worten.
Sie fuhren weiter zu einer Gruppe von Löwen und Elliot fotografierte die faul im Schatten eines Baumes liegenden Raubtiere, die scheinbar keine Notiz von den Menschen nahmen.
Der Ranger erzählte die Geschichte von einem unvorsichtigen Touristen, der von Löwen schwer verletzt wurde. Er hatte versucht, den neben dem Auto liegenden Löwen zu berühren, indem er durch das geöffnete Autofenster seine Hand hinausgestreckt hatte. Eine fatale

Fehleinschätzung. Wenn man die faule Schläfrigkeit der in der Sonne dösenden Raubkatzen sieht, kann man sich schwer vorstellen zu welch blitzschnellen Aktionen diese fähig sind. Blitzschnell hatte ihm der Löwe die Hand bis zur Schulter ausgerissen.

Alle waren beeindruckt und langsam fuhren sie weiter.
Aber sie kamen nicht weit. Ohne Vorwarnung stellte der Motor seine Tätigkeit ein. Der Ranger bat den auf seiner Seite sitzenden Ernest Mulher die Umgebung im Auge zu behalten und stieg aus. Mühsam öffnete er die Motorhaube. Der Verschluss klemmte offenbar. Sehr schnell fand er ein loses Zündkabel und während er den Deckel der Motorhaube schloss, sah Lennard einen grauen Schatten auf der anderen Seite des Autos. Im gleichen Moment schrie der Ranger laut auf. Eine Hyäne hatte sich in den ausgestreckten Arm verbissen und schüttelte diesen wild. Ernest Mulher riss die Tür auf und gleichzeitig eine Schaufel aus der Verankerung am Dach des Autos. Mit wuchtigen Hieben traf er die Hyäne und diese ließ den Arm des Rangers los und verschwand im nahen Busch. Auch Lennard war ausgestiegen und gemeinsam legten sie den laut stöhnenden Ranger auf die rückwärtige Sitzbank.
Der Arm sah schlimm aus.
Aus einer großen Fleischwunde sickerte es hellrot.
„ Wir müssen den Arm abbinden, er verliert zu viel Blut. Wenn wir unsere Hemden ausziehen, müsste es reichen um einen Druckverband zu legen. Vertrauen sie mir, ich bin

Arzt." Ernest Mulher sah sich die Wunde genau an. Dann riss er sein Hemd in Streifen. Auch Lennard Mansfield zog sein Hemd aus und reichte es Ernest Mulher.

Nachdem er den Ranger fachgerecht verbunden hatte, setzte er sich ans Steuer und fuhr so rasch als möglich zurück zur Lodge. Dort desinfizierte und nähte er so gut es ging die klaffende Wunde.

Aus dem nahen Hauptgebäude der Hotelanlage kam ein Sanitäter und brachte Verbandsmaterial und Antibiotika. Die Hyäne hatte sicher eine Menge Bakterien in die Wunde gebracht.

Leider verschlechterte sich der Zustand des Rangers bis zum Abend, er bekam hohes Fieber. Am nächsten Morgen landete das Flugzeug der Air Ambulanz und brachte den Ranger ins Spital nach Lusaka.

Natürlich war der Unfall Gesprächsstoff bei den Touristen der Lodge. Die Fahrten ins Reservat wurden nur mehr sehr wenig gebucht, dafür aber öfter die Bootsfahrten auf dem Sambesi.

Lennard Mansfield war begeistert, er liebte die Fahrten auf dem Fluss. Seine Frau zog es aber vor in der Lodge zu bleiben, bei einem kühlen Drink auf der Veranda.

Hier führte sie lange Gespräche mit Ernest Mulher. Immer öfter und immer längere Zeit verbrachten sie gemeinsam und sehr oft verschwanden sie in seinem Zimmer.

Dann hatte Lennard Mansfield genug. Genug von den Bootsfahrten und genug von den einsamen Stunden ohne seine Frau. Er organisierte eine Jagd.

Selbstverständlich war Ernest Mulher sofort einverstanden, als Lennard ihn dazu einlud.
Sie fuhren zu dritt mit einem Jeep in die Steppe außerhalb des Reservats. Hier war die Jagd erlaubt. Selbstverständlich gegen eine entsprechend hohe Gebühr.
Die beiden Gewehre hatte Lennard aus England mitgebracht. Dominique hatte auf ihres verzichtet. Sie wollte sich aufs Fotografieren beschränken. So hatte jeder der beiden Männer ein Gewehr.
Sie fuhren an Herden von Gnus, Antilopen und Zebras vorbei, aber sie wollten Raubtiere, oder nach den letzten Erlebnissen, auch Hyänen jagen.
Gegen Mittag sahen sie ein Rudel Löwen. Sie berieten sich kurz. Dann stiegen die beiden Männer aus und gingen langsam auf das Rudel zu. Es war heiß, die Sonne glühte vom blauen Himmel, der Schweiß rann den beiden über Gesicht und Oberkörper.
Lennard ging vor seinem Begleiter und beobachtete das Rudel, das ruhig auf einem kleinen Hügel lag. Gerade als er sein Gewehr von der Schulter nahm, gab der Boden unter seinem linken Fuß nach und als er im Schwung des Schrittes nach vorne fiel, brach sein Knöchel mit einem hässlichen Geräusch. Es klang wie das Brechen eines Holzstockes.
Ein Löwe hatte sich erhoben und kam langsam näher. Lennard zog vorsichtig seinen Fuß aus dem Erdloch. Der Schmerz durchzuckte seinen Fuß wie Feuer.
Der Löwe war schon ziemlich nahe. Ernest Mulhar würde sicher gleich schießen.

Doch der hatte umgedreht und war schon beim Auto.

„Was soll das? Warum schießt du nicht? Der Löwe wird meinen Mann gleich angreifen!" Dominique stieß Mulhar erregt vor die Brust.

„Liebling, das ist die Gelegenheit, deinen Mann los zu werden."

„Bist du verrückt? Steig aus dem Wagen und gib mir dein Gewehr!"

Er sah sie an und stieg aus. Der Löwe war so knapp bei dem am Boden liegenden Mann, dass es zu riskant war zu schießen. Dominique gab Gas und fuhr auf den Löwen los. Der drehte um und ging langsam zurück zu seiner Herde.

Vorsichtig half Dominique ihrem Mann ins Auto. Dann gab sie Gas und fuhr an dem heftig winkenden Mulhar vorbei zurück in Richtung Lodge.

Im Rückspiegel sah sie Mulhar versteinert mit erhobenen Händen stehen und dahinter auf dem Hügel lag das Löwenrudel in der Sonne.

Zurück in der Lodge erzählte sie, dass der Amerikaner allein und zu Fuß in den Busch gegangen sei. Trotzdem sie lange gesucht haben, hätten sie ihn nicht gefunden.

Am nächsten Tag fanden die Ranger Mulhar. Er hatte sich in der Astgabel eines Affenbrotbaumes mit seinem Gürtel an dem Stamm festgeschnallt. Rund um den Baum hatte sich ein Löwenrudel nieder gelassen und ließ sich nur widerwillig von den Rangern vertreiben.

Zurück in der Lodge war Mulhar schweigsam. Über die Ereignisse beim Jagdausflug wollte er nichts sagen. Auch die

Befragung von Dominique und Lennard Mansfield brachte nichts.
Was sollten sie auch erzählen?

Die Stadt der Kirchen

OuroPreto, die wunderschöne Kleinstadt ist für ihre Kirchen in ganz Brasilien bekannt. Am Ende des neunzehnten Jahrhunderts, zur Zeit der regen Minentätigkeit, hatte man in der Gegend unglaubliche Mengen Gold gefunden. Aus Dank dafür hatten die damaligen Bürger Kirchen gebaut und da die Goldfunde sehr reichlich waren, gibt es nun in OuroPreto mehr Kirchen als Häuser.
Vor einer der größten Kirchen im Zentrum der Stadt, saß auf den Steinstufen ein Mann und beobachtete die vorübergehenden Menschen. Obwohl er erst Mitte vierzig war, hatte er bereits graue Haare, die ungepflegt und strähnig über den Kragen seines Hemdes hingen. Unrasiert das faltige Gesicht, der ganze Mann wirkte heruntergekommen. Er hatte Hunger, die letzte Mahlzeit hatte er am Vortag gehabt. Etwas Reis und einige Stücke eines undefinierbaren Fleisches. Der Wirt des Restaurants gegenüber der Kirche hatte ihm eine Schüssel auf die Mauer neben dem Eingang gestellt.
Nie hätte er gedacht, dass er einmal so tief sinken würde. Schließlich war er ein anerkannter und erfolgreicher Geologe gewesen. Aber sein Verderben war der Alkohol, der Schnaps, von dem er immer größere Mengen konsumierte.
Bis zu dem großen Unglück in seiner Mine.

Man gab ihn die Schuld, dass so viele Männer beim Einsturz des Stollens beinahe ums Leben gekommen wären. Er lag betrunken in seinem Bett, als es geschah.
Dass alle gerettet werden konnten, war ein Wunder. Keinesfalls war das seinem Einsatz zu verdanken, denn er war immer noch betrunken. Die Minengesellschaft hat ihn daraufhin entlassen, und keine andere Gesellschaft wollte ihm eine Anstellung geben. Zu schlecht war sein Ruf.
Die Tür der Kirche hatte sich geöffnet und Pater Anselm kam langsam die Stufen herab.
„ Hallo, Don Robert, ich habe ihnen eine Schüssel mit Suppe mitgebracht, denn ich vermute, dass sie Hunger haben."
„ Ich danke ihnen Pater Anselm. Tatsächlich habe ich schon wieder Hunger. Warum kann ihr Gott mich nicht von diesem Gefühl befreien?"
„ Er wird sie schon befreien, aber ich fürchte, dann sind sie tot und stehen vor ihm. Dann wird er wissen wollen, was sie aus dem Leben das er ihnen geschenkt hat, gemacht haben. Haben sie es verschleudert, im Suff, oder haben sie auch etwas Gutes getan?"
„ Ich glaube nicht, dass es Gott gibt. Ich glaube, dass alle so genannten Propheten der verschiedensten Religionen nur Regeln aufgestellt haben.
 Regeln, die das Zusammenleben der Menschen in friedlichen, geordneten Verhaltensweisen festlegen sollen. Diese Regeln gleichen sich ja auch in erstaunlicher Weise.

Auch die Wiedergeburt findet sich in allen Weltreligionen wieder, wenn auch in etwas abgewandelter Form. Auch die Verbote und Gebote ähneln sich, wenn auch mit regionalen Unterschieden.

Ich glaube, dass der Tod etwas Endgültiges, Abschließendes ist. Es wird finster und alles endet, so wie der traumlose tiefe Schlaf ohne Bewusstsein ist, so ist es danach, nachdem man gestorben ist. Es gibt keine Gedanken, keine Gefühle, keine Wünsche, kein Leid, keine Freude, nichts. Nach dem Tod ist nichts."

„ Aber, Don Robert, es gibt doch ernst zu nehmende Berichte von seriösen Menschen, die beschreiben einen hellen Tunnel, strahlendes Licht am Ende des Tunnels und ein unglaubliches Glücksgefühl im Augenblick ihres Todes!"

„ Ja, aber diese Menschen waren nicht tot, jedenfalls nicht Hirntod. Sonst wäre es nicht möglich gewesen, sie wiederzubeleben. Außerdem haben Wissenschaftler festgestellt, dass in dem Moment des Todes Glückshormone ausgestoßen werden, die das Glücksgefühl auslösen und für verschiedene Halluzinationen und auch für das helle Licht im Tunnel verantwortlich sind. "

„ Don Robert, sie sind doch ein Mann mit großer Bildung. Aber ich denke, es gibt so etwas wie einen Beweis für die Existenz eines Wesens, das wir Gott nennen. Für mich ist es ein Beweis und es ist für mich auch logisch.

Wie erklären sie sich die Naturgesetze? Alles was die Menschen kennen, gehorcht den Naturgesetzen. Ohne

Ausnahme, wirklich alles geschieht so, wie es in diesen Gesetzen steht.
Das gesamte uns bekannte Universum gehorcht diesen Gesetzen. Wenn diese Gesetze nicht wären, würde es nur das Chaos geben, alles würde irgendwie ablaufen, ohne Sinn. Am Beginn der Zeit wären keine Sonnen, keine Planeten entstanden und auch niemals Leben, nie Bäume, Tiere, Menschen, nichts. Wir Menschen können mit unserem Geist nicht verstehen, was oder wer Gott ist. Wir können auch nicht verstehen, dass das Universum grenzenlos, unendlich ist. Nirgendwo zu Ende ist. Können sie sich darunter etwas vorstellen? Nein, für uns ist es genauso nicht vorstellbar, wie Gott. Und die unendliche Macht, die unendliche Energie, die notwendig ist um Gesetze zu machen, denen alles gehorcht."
Don Robert hatte den Kopf gesenkt, die grauen Haare fielen auf seine Brust, er atmete gepresst. „Dieser Ring….."
„Welcher Ring, Don Robert?"
„ Er zieht sich immer mehr zusammen….." Er presste die Hand auf seine Brust.
„ Don Robert, ich habe einen Bruder, den Pater Petrus, der hat eine sehr einfache Meinung zu der Frage, ob es Gott gibt oder nicht."
Er sagt: „ Wenn ich sterbe und es gibt Gott wirklich, dann bin ich fein heraus, denn ich habe nach seinen Geboten gelebt. Wenn ich sterbe und es stellt sich heraus, dass es keinen Gott gibt, dann sterbe ich zufrieden, denn ich habe ein schönes friedliches Leben gehabt. Und auf ein Leben in

Zufriedenheit zurück blicken zu können, ist etwas Wunderbares."

Der Pater blickte erschrocken auf Don Robert. Der war zurück geglitten und lag mit dem Rücken auf den heißen Steinstufen. Die Augen weit geöffnet, unter den grauen Bartstoppeln leuchtete ein leises Lächeln.

Der Pater beugte sich vor und tastete nach dem Puls des Mannes. Kein Puls, er war gerade gestorben.

„ Don Robert, ich bitte sie, was fühlen sie, was sehen sie? Sehen sie IHN? Bitte sagen sie ein Wort. Geben sie mir ein Zeichen, ich bitte sie sehr."

Der Arzt aus der Praxis im Haus gegenüber, richtete sich auf und sah zum Pater. „ Es tut mir leid, er ist tot, wahrscheinlich ein Herzinfarkt. Kein Wunder bei dieser Hitze."

Aber Pater Anselm regte sich nicht, er kniete neben dem Toten, hatte die Hände zum Gebet gefaltet und sah hinauf. Hinauf, dorthin wo die Menschen glauben, dass die Seelen aufsteigen, wenn jemand stirbt. Und er lächelte leise und es schien als ob er aufmerksam auf etwas lauschen würde.

Der Enkel des alten Mannes

„ Wie soll man einen ganzen Fisch aus dem Wasser kriegen, wenn die Krokodile so schnell sind?" Der Mann mit den weißen Haaren drehte sich um und sah den kleinen Jungen der neben ihn auf dem Brückengeländer saß, missmutig an.
„ Großvater, du bist einfach zu langsam."
„ Gott sei Dank, habe ich dich mitgenommen, sonst hätten wir nicht genug Fische zum Abendessen. Komm, jetzt lass uns gehen, deine Schwester wird schon warten."
Sie verstauten ihre Fische in dem mitgebrachten Korb, vier Fische des Jungen und drei halbe des Großvaters. Der drehte sich noch einmal um.
„ Siehst du das große Krokodil auf der Sandbank? Das ist Jonathan, er frisst alles was ins Wasser fällt. Und dabei macht er keinen Unterschied zwischen einem Rind das am Ufer seinen Durst löschen will und einem Menschen, der aus dem Boot fällt. Auch kleinere Artgenossen sind vor ihm nicht sicher."
Etwa fünfzig Meter stromabwärts schob sich eine riesige Echse von fünf Meter Länge langsam und lautlos von der Sandbank in den Fluss. Sie sank unter Wasser, ohne dass sich die Wasseroberfläche kräuselte.
„ Frisst Jonathan auch Weiße, oder nur uns Schwarze?"
„ Nein er macht keinen Unterschied bei der Hautfarbe. Zum Unterschied von manchen Menschen, für die die Farbe der Haut einen großen Unterschied macht."

Auf dem Weg ins Dorf kamen sie an einem Maisfeld vorbei. Die Frauen des Dorfes waren mit der Ernte beschäftigt. Ein junges Mädchen von etwa zwölf Jahren kam näher.
„ Hallo Großvater, habt ihr Fische gefangen? Oder hast du nur wieder die Krokodile gefüttert?"
„ Du bist so frech wie deine Mutter. Es würde mich nicht wundern, wenn sie dir für dein vorwitziges Wesen einmal aus dem Himmel einen Blitz schicken würde. Aber offenbar hat sie ein gutmütiges Herz. Sie hat dir auch immer alles nachgesehen, als sie noch lebte. Und ich habe nun den Ärger mit euch beiden in meinem Alter."
„ Du bist doch froh, dass du uns hast, nicht wahr?"
„ Ja, du hast recht, ich liebe euch beide sehr, dich und deinen Bruder."

Der Weg zum Dorf war wie ein heller Einschnitt in die grüne Mauer der Urwaldriesen zu beiden Seiten des Pfades, der morastig und getränkt vom Regen der Nacht, den nackten Füßen kaum Halt bot.
Die Affen in den Baumkronen über ihren Köpfen regten sich über etwas auf und ihre Warnrufe hallten von Baum zu Baum. In den Astgabeln leuchteten die blutroten Blüten der Orchideen und verströmten in Wellen ihren süßlichen Duft.
Ein Paradies in dieser Ecke der Welt?
Aber ein Paradies gibt es nur in der Fantasie.
Dann öffnete sich der schmale Pfad und ein großer freier Platz leuchtete in der grellen Sonne des frühen Tages.

Ein Dutzend Rundhütten, geflochten aus dünnen Ästen und sorgfältig mit Lehm überzogen, erwartete die Drei.
Langsam kamen die Frauen des Dorfes nach und als sie den Großvater sahen, umringten sie ihn lachend.
„ Hallo, Petrus, wie kommst du zu recht mit deinen Enkelkindern Manana und dem Jungen Akabele? Willst du dir nicht eine nette Witwe in deine Hütte nehmen? Sie könnte sich nicht nur um die Kinder kümmern, sondern dir auch dein Bett wärmen. Oder haben die Jahre deines Lebens dir die Kraft deiner Lenden genommen?"
Sie lachten und verschwanden in ihren Hütten.
Es war Zeit das Essen zu richten. Das gehörte wie die Arbeit am Feld zu den Aufgaben der Frauen. Die Aufgabe der Männer war nicht so genau festgelegt. Jagen und Fischen und die beliebten langen Palaver im Männerhaus, zu dem die Frauen keinen Zutritt hatten. Das große Wort führte meistens Jonas, der Nachbar des Großvaters. Ein dicker überheblicher Mann mittleren Alters, der längere Zeit in der Provinzstadt Mbandako an der Mündung des Flusses Rukj in den Kongo gelebt hatte. Seitdem fühlt er sich den anderen Dorfleuten überlegen.
Aber alle Frauen wussten, dass er sich in der Stadt bei einer Hure mit Aids infiziert hatte und mieden jeden Kontakt mit ihm.

Es hatte zu regnen begonnen. Es waren die ersten Boten der beginnenden Regenzeit und es regnete unaufhörlich zwei lange Wochen.

„ Dieser ewige Schimmi hängt mir zum Halse heraus, ich kann diesen Maisbrei nicht mehr riechen. Gehst du mit mir zum Fluss, vielleicht fangen wir einen Fisch?" Großvater Petrus sah seinen Enkelsohn erwartungsvoll an und stopfte seine Pfeife.

„ Ja, sehr gern, lass uns gleich gehen."

Der Regen hatte eine Pause eingelegt und die beiden gingen vorsichtig den Weg, der sich in einen Morast verwandelt hatte, zum Fluss hinunter.

Schon von weitem hörten sie das Rauschen des Flusses, der durch den lang anhaltenden Regen Hochwasser führte.

Sie hatten Glück. Die Ausbeute an Fischen war sehr zufriedenstellend so dass sie einen Teil ihrer Beute mit den Dorfleuten teilen wollten.

Als sie die Hütte betraten fanden sie Manana blutend und schluchzend in einer Ecke neben der Feuerstelle.

„ Unser Nachbar Jonas hat mich vergewaltigt und als ich mich gewehrt habe, hat er mich blutig geschlagen. Muss ich jetzt sterben, er hat doch Aids, diese tödliche Krankheit?"

Großvater Petrus holte seine Machete unter seinem Bett hervor und verschwand in Richtung der Nachbarhütte. Mit der grimmigen Entschlossenheit und kalten Wut eines Tieres, dem man sein Junges getötet hat, verschwand er in den aufsteigenden Nebelschwaden. Nach kurzer Zeit kam er zurück.

„ Er war nicht in seiner Hütte."

„ Großvater, ich bitte dich, beruhige dich. Ich habe gehört, dass es oft vorkommt, dass man nicht angesteckt wird. Du wirst doch nicht zum Mörder werden!"
Manana sah ihren Großvater lange an.
„ Und wer soll sich dann um uns kümmern, wenn sie dich aufhängen?"
Genau das war das Argument, das den alten Mann wieder zur Vernunft brachte.

Am nächsten Morgen hatte der Regen aufgehört und die Sonne brannte vom Himmel.
Im Dorf begann das geschäftige Treiben. Die Frauen machten sich auf den Weg zu den Feldern und Großvater Petrus ging hinunter zum Fluss.
Von weitem sah er eine dicke Gestalt auf dem Brückengeländer sitzen. Es war sein Nachbar.
„ Hast du keine Schuldgefühle, du Schwein? Du hast meine Enkeltochter vergewaltigt und mit deiner Krankheit angesteckt. Sie wird sterben. Warum hast du das getan? Sie ist doch noch ein Kind!"
„ Beruhige dich, irgendwann hätte sie diese Erfahrung mit einem der jungen Männer sowieso gemacht. Früher oder später, was macht das schon aus? Und du hast doch sicher schon gehört, dass man die Krankheit heilen kann, wenn man mit einem unberührten Mädchen Sex hat. Und jetzt bin ich geheilt, dank deinem Enkelkind."
„Wieso glaubst du diesen Schwachsinn? Es gibt keine Heilung von Aids. Das einzige, das du erreicht hast ist, dass

du meine Enkeltochter mit deiner Krankheit angesteckt hast. Sie wird sterben, so wie du auch."
„Aber alle sagen, dass man dadurch geheilt wird. Sogar der Dorfälteste hat es gesagt."
„ Der Dorfälteste ist genauso dumm, wie alle die das behaupten. Es ist nur ein Gerücht, von Leuten in Umlauf gesetzt, die auch noch an Macumba, den Waldgott glauben. Noch nie hat ein Mensch diese Krankheit überlebt. Alle sind gestorben. Was du in deiner Dummheit getan hast, verdient die höchste Strafe, die es gibt, die Todesstrafe. Denn du hast ein Kind, das noch ein ganzes Leben vor sich gehabt hätte, zum Tode verurteilt."
Petrus stieg von dem Brückengeländer herab und stellte sich neben Jonas, der ebenfalls versuchte vom Brückengeländer zu steigen. Das gelang ihm aber nicht, denn Petrus stand dicht hinter ihm.
Jonas bekam Angst, geriet in Panik und beugte sich vor. Dabei rutschte er auf dem nassen Geländer weiter nach vorne und verlor den Halt. Schreiend ruderte er verzweifelt mit den Armen, aber das bewirkte nur, dass er nach vorne stürzte.
Der massige Körper schlug laut auf dem Wasser auf und die Strömung trieb ihn langsam auf die Sandbank zu.
Petrus sah, wie sich das riesige Krokodil lautlos ins Wasser schob.

Petrus nahm seine Angel und den Korb mit den Fischen und ging langsam in Richtung des Dorfes. Dabei sagte er sich immer wieder vor:

„ Ich habe ihn nicht gestoßen. Meine Hand war nur das Werkzeug, geführt von einer höheren Macht, einer Gottheit der Gerechtigkeit. Das war es und sein schlechtes Gewissen, das ihn bestraft hat."

Dann überlegte er kurz:

„ War es der Gott der Weißen? Oder doch Macumba der Waldgott?

Zur Sicherheit werde ich mich bei beiden bedanken."

Die Seelenwanderung

„Wenn man schon in dieser faszinierenden Stadt Marrakesch ist, muss man unbedingt den Basar sehen!"
Mark Benesch sah seine Frau Anja erwartungsvoll an. Sie waren ein schönes Paar. Mark war der Prototyp des blonden Nordländers, groß, muskulös mit einem männlichen, offenen Gesicht. Seine Frau Anja hatte alle Vorzüge einer wunderschönen jungen Frau mit einer erotischen, sehr weiblichen Ausstrahlung.
Freudig stimmte sie zu.
Und so schlenderten sie durch die endlos langen Gänge, vorbei an Ständen voll der Schätze des Orients. Tische mit Gewürzen, Früchten von denen sie nicht einmal die Namen kannten und dann die Kupferschmiede mit den unglaublichsten Formen der Töpfe und Schüssel, mit Ornamenten verziert, die sie noch nie gesehen hatten und dann die Teppiche. Wunderschön, mit herrlichen Ornamenten. Aber die waren zu voluminös, um sie mit zu nehmen.
Wunderschöne Lederwaren, Taschen, Kleider, gefielen besonders Anja und sie kaufte eine reich verzierte Tasche.
Allmählich wurden sie müde von der Hitze im Basar und der Fülle des Angebotes. Als bei den Goldschmieden ein alter Mann sie auf eine Tasse Tee einlud, setzten sie sich dankbar an einen kleinen Tisch im rückwärtigen Teil des Verkaufsstandes.

Der alte Mann servierte ihnen einen vorzüglich schmeckenden Tee und als Mark plötzlich schlecht wurde und er einen Schüttelfrost bekam, brachte der Alte ein Glas grüner Flüssigkeit aus einer verstaubten bauchigen Flasche.
„ Das ist gut gegen Malaria, offenbar haben sie gerade einen Schub. Legen sie sich auf das Bett hinter ihnen. Ich bringe noch Decken, der Schüttelfrost ist ein untrügliches Zeichen für Malaria."
Die Stimme des Alten war seltsam monoton geworden. Anja spürte eine bleierne Müdigkeit aufsteigen, ihre Arme und Beine wurden schwer.
 Erst jetzt betrachtete Anja den Alten genauer. Sein Alter war nicht einzuschätzen. Sein Gesicht überzogen tiefe Falten, wie Spinnweben. Er konnte sechzig oder auch hundert Jahre alt sein. Sein Mund war nur ein schmaler Strich, nur seine Augen waren voll Kraft und Leben. Sie leuchteten in einem archaischen Feuer, als ob sie einem jungen Mann gehören würden, nicht einem Greis am Ende der Reise durchs Leben. Es waren Augen in denen die Weisheit und das Wissen von Generationen vor der Zeit lag.

Mark ging es schlecht, er wälzte sich in Fieberträumen.
Da stand der Alte auf, ging zum Bett und setzte sich neben Mark. Dabei murmelte er monotone, unverständliche Wörter.
 Mark fühlte eine unbestimmte Gefahr. Er wollte sich dagegen wehren und kämpfte mit aller Kraft dagegen an,

aber irgendetwas war stärker und nahm langsam von ihm Besitz.

Sein Körper war ausgedörrt und er fühlte sich elend, als ob er in seinem Innersten verbrannt worden wäre. Mühsam stand er auf und holte sich eine Flasche Mineralwasser, dabei sah er in den Spiegel über dem Tisch.

Das Gesicht eines alten Mannes sah ihm aus dem Spiegel entgegen. Es war das Gesicht des Alten!
Mark fühlte lähmendes Entsetzen, was zum Teufel passierte da, was war mit ihm geschehen?
Wieso steckte er in dem Körper des Alten? So etwas war doch unmöglich!
Er sah zum Bett, auf dem er gelegen war und erstarrte. Der Körper von ihm, sein Körper lag da und hatte seine Hand auf den nackten Brüsten von Anja liegen.
 Anja genoss es sichtlich und strich mit der Hand über das Gesicht seines Körpers.
Dann glitt ihre Hand nach unten und der " Körper" stöhnte leise.
Sie zogen die Vorhänge vor dem Bett zu und dann war nur ein leises Stöhnen von Anja zu hören.
Mark war knapp davor verrückt zu werden. Der Alte hatte ihm den Körper auf irgendeine mystische Art gestohlen und nun vergnügte er sich mit seiner Frau. Alles war unglaubwürdig, konnte nur ein böser Traum sein, aus dem er sicher gleich erwachen würde.

Gab es eine Übertragung des ICH - Bewusstseins, einen Tausch der Seelen, des Astralleibes?
Gab es eine mystische Welt, die zurück reicht in die Zeit als die Welt noch jung war und eins mit der Zeit?

Das alles war zu viel für seinen Verstand. Er fiel in ein schwarzes Loch und verlor das Bewusstsein.
Als er nach endlos langer Zeit die Augen aufschlug, lag er im Bett und Anja saß neben ihm. Sie kühlte seine Stirn mit einem feuchten Tuch und sah sehr besorgt aus.
" Gott sei Dank, du scheinst wieder bei Bewusstsein zu sein. Das war eine schlimme Nacht."

Mark sah sich um, der Alte saß in einer Ecke und sein Blick fixierte Anja. Hatte er alles nur geträumt? Auf dem Tisch neben dem Alten stand die Flasche aus der ihm der Alte diese grüne Flüssigkeit gegeben hatte. Die Flasche war leer.
Jetzt drehte der Alte den Kopf in seine Richtung und sah ihn an.
„ Haben sie sich erholt von dieser Nacht? Im Fieber erlebt man Dinge, die so unglaublich sind, dass man sie nicht glauben kann."
Mark sah den Spott in den Augen des Anderen und plötzlich hatte er das Gefühl, dass die Erlebnisse der Nacht vielleicht doch keine Fieberphantasien waren. Aber zugleich meldete sich sein Verstand und der wischte alle Zweifel weg.

Da sah er in den Augen des Alten plötzlich den Ausdruck des Wissens. Des Wissens über die intimen Seiten von Anja. Er wusste alles über sie!
„In der Nacht des Fiebers geschieht manchmal Unerklärliches, aber sehr selten. Es gibt sehr vieles, das man nicht erklären kann, oder nicht erklären will." Der Alte drehte sich um, damit Mark sein Gesicht nicht sehen konnte, denn er lächelte zufrieden.

Mark und Anja wurden sich bald auf unerklärliche Weise fremd und trennten sich kurz danach.

Gilbert aus Vietnam

„ Er ist ein Säufer, Raufbold und Weiberheld!"
Der Barkeeper sah die Frau gegenüber beschwörend an.
„ Lassen sie die Finger von ihm, wenn ich ihnen einen guten Rat geben darf!"
„ Aber vielleicht suchen wir Frauen gerade so einen wie ihn, einen Bad Boy, denn ein braver Mann ist meistens langweilig."
Sie sah den Barkeeper belustigt an und schlug die Beine übereinander. Schlanke lange Beine, die man Dank des seitlichen Schlitzes in ihrem knappen schwarzen Kleid nicht übersehen konnte. Sie mochte etwa Mitte zwanzig sein, vielleicht auch Anfang dreißig. So genau konnte man das Alter dieser wunderschönen Asiatin nicht schätzen. Ohne Zweifel hatte sie eine perfekte Figur mit nicht zu großen, festen Brüsten. Das Gesicht mit den schrägen dunklen Augen und dem vollen roten Mund wurden eingerahmt von schulterlangen blauschwarzen Haaren, die sie offen trug. Sie hatte eine unglaublich sinnliche, erotische Ausstrahlung, die wohl jeden Mann beeindruckte. Ihre Stimme war weich und samtig. Ohne Zweifel, ein besonderes Exemplar weiblicher Schönheit und Anmut.

Gilbert war Ende dreißig und Franzose. Im Indochina Krieg hatte er bis zuletzt auf Seiten der Vietnamesen gegen seine Landsleute gekämpft und danach beschlossen, im Land zu bleiben. Mit gutem Grund, denn in Frankreich stand er auf der schwarzen Liste. Und außerdem gefiel es ihm sehr gut in Vietnam.

Auf Grund der großen Hitze war er nur mit Jeans und einem hellen Polo Hemd bekleidet. Anstelle von Schuhen hatte er sich für Sandalen entschieden.

Als er die Bar betrat, sah er in die Runde und kam sofort auf die Frau an der Bar zu.

„ Heute habe ich meinen Glückstag, selten sieht man eine so schöne Frau allein, ohne Mann an ihrer Seite. Ich bin Gilbert und würde sie gerne auf einen Drink einladen."

Sie sah ihn an. Sein Gesicht war sehr männlich, mit hellgrauen Augen, die einen seltsamen Kontrast zur braunen Haut des Gesichtes bildete. Um den Mund hatten sich zwei tiefe Falten eingebrannt.

„ Vielen Dank, ich nehme gerne ihre Einladung an. Ich bin Li Han."

Er betrachtete sie, während sie an ihrem Drink nippte. Eine außergewöhnlich schöne Frau. Er war fasziniert von ihr.

Sie unterhielten sich lange und vergaßen darüber die Zeit, bis der Barkeeper unruhig wurde.

„ Hört mal zu, ihr zwei, ich schließe jetzt die Bar, ich möchte ins Bett, es ist schon spät."

Gilbert schob ihm einen Geldschein über die Theke und sah die Schöne an seiner Seite an.

„ Hast du Lust auf eine Tasse Tee, ich mache den besten von Hanoi?"

Sie sah ihn lange an, dann stimmte sie zu.

„Gut, ich gehe mit, aber ziehe daraus keine falschen Schlüsse. Ich gehe nicht mit dir ins Bett."
Gilbert grinste und dachte still für sich, na wir werden sehen. Sie fuhren durch das nächtliche Hanoi. Es herrschte trotz der späten Stunde noch immer reges Treiben auf den Straßen der Innenstadt, die sie queren mussten. Vor den Garküchen saßen die Vietnamesen auf lächerlich kleinen Stühlen und aßen aus runden Schüsseln den Eintopf aus einer Mischung von Gemüse und Reis in einer scharfen Suppe. Die Straßen waren vollgestopft von einem unübersehbaren Heer von Mopeds, dem fast ausschließlichen Verkehrsmittel der Bewohner der Stadt.
Gilbert hatte Mühe, mit seinem Auto durch die Massen zu kommen, da von diesen die Verkehrsregeln keineswegs verbindlich, sondern nur als vage Empfehlung verstanden werden.
Auf Gilberts Hupsignal öffnete Long Dong, der Diener-Koch-Chauffeur-Gärtner in Personalunion, das Tor und Li Han war beeindruckt von dem herrlichen Garten der sich vor ihnen ausbreitete. Am großen Herrenhaus fuhren sie vorbei bis zu einem Bauwerk, das sie an einen Tempel erinnerte, den sie in Hanoi gesehen hatte. Acht bemalte Säulen trugen ein geschwungenes Dach, das reich verziert war mit Figuren der vietnamesischen Religion. Durch eine rote breite Tür kamen sie in einen großen Raum. In der Mitte dominierte eine Sitzgarnitur aus schwarzem Ebenholz, die so reich mit Schnitzereien verziert war, dass Li Han zögerte, sich in die rote Polsterung zu setzen.

Sie war beeindruckt.
Gilbert genoss ihre Überraschung.
„ Ich habe das Anwesen von der Familie eines reichen Kaufmannes. Der Sohn hat es beim Pokern verspielt. Aber sie haben noch genug. Wie gesagt sie sind reich. Der Verlust dieses Anwesens ist für sie bedeutungslos."
Gilbert füllte zwei Tassen mit heißem Tee und reichte ihr eine. Sie trank in kleinen Schlucken und war voll des Lobes. Sie saßen eng nebeneinander auf den roten Polstern der breiten Bank. Der lange Schlitz ihres Kleides hatte sich geöffnet und der schwarze Strumpf mit dem Spitzenrand am oberen Ende stach ihm ins Auge und fesselte seine Aufmerksamkeit. Wie unabsichtlich legte er eine Hand auf ihren Schenkel, beugte sich über ihr Gesicht und küsste sie.
Sie ließ es geschehen, aber als seine Hand den Schlitz im Kleid nach oben verfolgte, stand sie auf und verlangte ruhig aber bestimmt, dass er sie nach Hause bringen solle.
Er war unglaublich enttäuscht.
„ Es ist schon verdammt spät und ich bin ehrlich müde. Du kannst hier im Haus schlafen. Du bekommst ein eigenes Zimmer und ich verspreche dir, dich nicht mehr zu belästigen. Morgen früh bringe ich dich zu dir nach Hause."
Jetzt war er richtig sauer und wütend.
Ohne ein weiteres Wort brachte er sie in ein Zimmer am anderen Ende eines langen Ganges und mit einem gemurmelten Gruß drehte er um und ging den Gang zurück.

Li Han sah ihm nach und ein belustigtes Lächeln huschte über ihr Gesicht. Nur ihre Augen hatten diesen unergründlichen Ausdruck, wie ihn nur Asiatinnen haben.
Sie drehte sich um und ging in ihr Zimmer, ohne die Tür zu versperren.
In dieser Nacht schlief er sehr schlecht. Er war sich seines Erfolges sicher gewesen. Die Zurückweisung traf ihn überraschend. denn er hatte zu oft sein Ziel bei den Frauen Vietnams erreicht. Nicht nur bei den Frauen Vietnams.
Nach dem schweigsamen Frühstück brachte er sie zurück in die Stadt. Der Verkehr war noch schlimmer geworden als am Abend zuvor. Unübersehbare Massen von Menschen auf ihren Mopeds keilten ihn ein, aber als er hoffnungslos in der Menge steckte, öffnete sich wie von Zauberhand eine Gasse in dem Wirrwarr und er konnte weiter fahren.
Endlich kamen sie vor dem Haus an, in dem sie wohnte und mehr aus Gewohnheit denn aus Hoffnung fragte er sie, ob er noch mitkommen solle. Sie sagte nur kurz "Ja" und bevor er seine Überraschung überwunden hatte öffnete sie die Tür zu ihrem Apartment.
Ein alter Mann, am Ende der Reise durchs Leben begrüßte erstaunt die beiden.
„ Das ist mein Großvater, er ist schon achtzig, aber immer noch aktiv, und er hat das Gedächtnis eines Elefanten, er vergisst nichts."
Sie lächelte den alten Mann liebevoll an.
Der Alte lächelte auch und tausend Falten zerrissen sein Gesicht zu altem Pergament.

„ Sie sind uns willkommen, trinken sie Tee mit uns?"
„ Nein Danke, ich habe ihre Enkeltochter nur nach Hause gebracht. Gestern war es leider schon zu spät. Aber ich würde mich freuen, wenn ich sie zum Dinner wieder abholen darf."
Dabei sah Gilbert die schöne Li Han erwartungsvoll an. Die überlegte kurz und dann sagte sie nur kurz „ Ja ".
Sehr beschwingt fuhr Gilbert zurück in sein Haus und legte sich in die Badewanne. Er rasierte sich sehr sorgfältig, nahm einen neuen Tropenanzug aus dem Kasten und dann war es auch schon Zeit sich wieder in das Verkehrsgewühl von Hanoi zu stürzen.
Sie verbrachten einen schönen Nachmittag und auch an den nächsten Tagen trafen sie sich regelmäßig.
In Vietnam begann der Frühling und sie machten viele Ausflüge in die Umgebung und kamen sich immer näher. Sie fuhren an die Küste und machten eine Bootsfahrt mit einer alten Dschunke in die Bucht von Halong. Die bizarren Felstürme, wie von Riesenhand ins Meer geworfen waren auch für Li Han neu. Auf der Spitze eines der kegelförmigen Felsen hatte man vor hunderten von Jahren ein Kloster errichtet. Sie stiegen die steilen Stufen empor und waren von der Aussicht über die zahllosen, im Meer verstreuten Felsnadeln überwältigt. Die Sonne versank blutrot im Meer und ließ die Felsen erglühen. Es war unwirklich schön.
Für die Rückfahrt nach Hanoi war es schon zu spät und daher nahmen sie sich zwei Zimmer in dem Hotel direkt am Strand. Bei der Bestellung der Zimmer hatte Gilbert kurz gezögert.

Aber er wagte es nicht nur ein Zimmer zu nehmen. Eine weitere Zurückweisung wollte er nicht riskieren, denn er war sich in den letzten Tagen klar darüber geworden, dass er dieses zauberhafte Mädchen liebte. Natürlich hatte er schon viele Frauen gehabt, aber noch nie vorher hatte er dieses tiefe Gefühl erlebt.
Er hatte teuflische Angst davor sie zu verlieren.
So ging jeder in sein Zimmer.
Gilbert stand vor dem Fenster und sah aufs Meer hinaus, das in dem diffusen Licht des Mondes leuchtete.
Da klopfte es leise an seine Tür und als er öffnete stand SIE im Türrahmen. So süß, so still und so verführerisch, dass Gilbert dachte, es würde ihm das Herz vor Liebe zerreißen.
 Das also war das Wunder der Liebe.
Er zog sie herein und schloss die Tür. Sie küsste ihn mit leicht geöffnetem Mund und als sich ihre Zungen liebkosten begann sie zu zittern. Er öffnete ihr Kleid, das bis zu ihren Hüften herab rutschte und liebkoste ihre Brüste zart mit seinen Händen und als er mit seiner Zunge ihre steifen Brustwarzen streichelte, erschauerte sie. Er kniete sich vor ihr nieder, zog ihr Kleid zur Gänze herab und küsste ihren kleinen rosa Spalt im schwarzen Dreieck zwischen ihren Schenkeln.
Jetzt stöhnte sie und er trug sie zum breiten Bett. Sie öffnete ihre Schenkel und im Wechsel zwischen harten Stößen und sanften gleiten, im heftigen Rhythmus ergab sie sich in freiwilliger Unterwerfung seiner Männlichkeit. Und am

Höhepunkt der Lust schrie sie laut ihre Erfüllung in die Kissen des Bettes.
Die erotische Kraft der beiderseitigen Anziehung ließ sie erst am Morgen des nächsten Tages frei und so kamen sie erschöpft zur späten Frühstückstafel. Erschöpft aber keineswegs satt eilten sie sofort danach wieder auf ihr Zimmer, wo sie in wilder Ekstase ihre erotischen Phantasien auslebten.
So fuhren sie erst am späten Nachmittag zurück nach Hanoi.
Der Großvater von Li Han empfing sie erleichtert, denn er hatte sich schon Sorgen gemacht, ob sie nicht einen Verkehrsunfall gehabt hätten.
Aber als er die Gesichter der beiden sah, lächelte er sein faltiges Pergamentlächeln. Das Glück der beiden strahlte so hell, dass es förmlich den ganzen Raum ausfüllte.
Und als Li Han den Großvater umarmte, sagte Gilbert mit ernster Stimme:
„ Ich würde mich sehr freuen, das heißt ich wäre glücklich wenn sie beide in mein Haus einziehen würden. Ich habe genug Platz, auch für eine größere Familie."
Mit Freude, aber auch mit einem gewissen Vorbehalt nahmen die beiden an.
„ Mein Apartment in Hanoi werde ich aber jedenfalls behalten. Es gibt nichts Schwierigeres als das Zusammenleben von zwei Menschen. Und so lange kennt ihr euch noch nicht um alles über den anderen zu wissen. Seine Eigenheiten, seine Ansichten, seine Lebensgewohnheiten. Vielleicht geht ihr euch nach der Zeit der ersten Liebe auf die

Nerven? Vielleicht streitet ihr euch und jeder geht wieder allein seine Wege? Entschuldigen sie bitte meine Vorbehalte, aber ich bin ein alter Mann und habe in den langen Jahren meines Lebens nur allzu viel erleben müssen."
Der Großvater sah Gilbert mit Trauer in den Augen an, aber der zerstreute seine Bedenken.
„ Li Han ist die Frau meines Lebens, ich kann mir ein Leben ohne sie nicht mehr vorstellen. Aber selbstverständlich habe ich keine Einwände, wenn sie ihr Apartment behalten wollen."
„ Also gut, wir brauchen aber zwei Tage um unsere Sachen zu packen."
„ Aber zwei Tage ohne Li Han zu sehen halte ich nicht aus."
„ Gut, sie können uns beim Packen helfen, dann sind wir früher fertig."
Sie brauchten einen Tag, dann steuerte Gilbert sein Auto mühsam durch ein Heer von Mopeds bis sie endlich die Stadt hinter sich gelassen hatten und sein Anwesen erreichten.
Ein sehr überraschter Long Dong öffnete das Tor, grinste als er Li Han sah und runzelte die Stirn als der Großvater auch ausstieg.
Gilbert stellte ihm die beiden vor.
Long Dong brachte Li Hans Gepäck in Gilberts Zimmer und den Koffer von Großvater ans andere Ende des Ganges.

Die folgenden Tage verbrachten Gilbert und Li Han fast ausschließlich auf dem Zimmer, der Großvater hatte sich mit Long Dong angefreundet und half ihm bei der Gartenarbeit.

So vergingen die Tage in Harmonie und Erfüllung.

Dann musste sich Gilbert aber wieder um seine Geschäfte kümmern und das erforderte, dass er in den Süden Vietnams nach Saigon fuhr.

Li Han begleitete Ihn, auch zu seinen Geschäftsterminen, wo sie manchmal ein wenig als Dolmetsch aushelfen konnte, denn sie sprach ausgezeichnet Französisch und natürlich perfekt die teilweise etwas unterschiedlichen Dialekte der Provinzen.

Hier im Süden von Vietnam war es natürlich noch heißer als in Hanoi, das ja weit im Norden liegt. Gilbert war nach kurzer Zeit in Schweiß gebadet und ertrug die große Hitze nur schlecht. Er bewunderte Li Han, die immer so wirkte, als sei sie gerade aus der Badewanne gestiegen, so frisch und so gut riechend. Sie war seine Traumfrau. Immer wenn er sie ansah, durchströmte ihn ein warmes Gefühl der Zuneigung und Liebe. Er war am höchsten Gipfel des Glücks.

Trotz der guten Geschäfte, die er abschließen konnte, war er froh als sie endlich zurückfuhren in den kühleren Norden, zurück nach Hanoi. Die langen Tage der Fahrt genossen sie bei kurzen Zwischenstopps an besonders schönen Orten. Und die landschaftlich schönen Orte waren häufig. So kamen sie erst nach zwei Wochen in den Außenbezirken von Hanoi an.

„ Jetzt zeige ich dir das beste Restaurant von Hanoi. Es liegt an einem kleinen See und ist ganz in der Nähe. Nur die reichsten Leute, die oberste Schicht kommt in dieses

Restaurant. Aber du wirst sehen, das Essen ist unglaublich gut."

Li Han protestierte und Gilbert hatte den Eindruck, dass sie erschrocken war und fast auch Angst zeigte. Aber sie fuhren bereits durch das Tor und Gilbert hielt gleich darauf vor dem Eingang. Der Empfangschef kannte offenbar Gilbert gut und während er die beiden zu einem Tisch an der Glasfront zum Garten führte, kam auch schon der Kellner mit der Speisekarte. Sie nahmen einen Aperitif und Gilbert bestellte eine Fischplatte nach Art des Hauses.

„ Du wirst sehen, das ist der beste Fisch den du je gegessen hast. Sie legen ihn drei Tage in eine spezielle Soße. Und obwohl alle Speisen sehr gut sind, sind sie für diesen Fisch berühmt."

Gilbert war in Hochstimmung,- das Ambiente des Raumes, das perfekte Service und das ausgezeichnete Essen, daher bemerkte er die depressive, ja ängstliche Stimmung von Li Han nicht.

Zum Abschluss nahmen sie noch einen Espresso und als er sich umdrehte, um den Kellner zu rufen, stand ein untersetzter großgewachsener Mann hinter ihm. Es war Chau Teng, der Mann der beim Pokern sein Haus an Gilbert verloren hatte.

„ Kommen sie mit mir zu meinem Auto, es ist wichtig." Chau Teng sah Gilbert ernst an, drehte sich um und ging voraus in Richtung Parkplatz.

Gilbert war erstaunt, was konnte so wichtig sein, dass Chau Teng sofort mit ihm sprechen wollte?

Er stand auf und ging ebenfalls zum Parkplatz. Es war dunkel, der Halbmond beleuchtete nur spärlich die Umrisse der Autos. Die massige Gestalt von Chau Teng stand vor einer schwarzen großen Limousine.

„ Gilbert, ich bin sehr zornig, ich habe gedacht, dass es ihnen genügen wird, mir mein Haus zu nehmen, nein sie müssen mich auch noch vor allen meinen Freunden lächerlich machen!"

„ Ich habe keine Ahnung wovon sie sprechen. Unsere Pokerpartie war vor einem großen Publikum. Man hätte es bemerkt, wenn ich irgendwelche Tricks angewendet hätte. Es war ein sauberes Spiel. Ich habe ihnen auch mehrmals angeboten, das Spiel zu beenden, aber sie wollten nicht. Sie hatten einfach Pech an diesem Tag."

„ Und heute haben sie Pech."

Chau Teng war näher gekommen und als Gilbert seine Hände in Abwehrstellung bringen wollte, wurden diese brutal auf seinen Rücken gerissen.

Er sah sich um, zwei bullige Männer hatten seine Arme im Polizeigriff gepackt. Zwischen den beiden hing er mehr, als er stehen konnte und war absolut wehrlos.

Der erste Schlag von Chau Teng brach ihm die Nase, die weiteren wuchtigen Hiebe trafen seinen Kopf, seine Rippen und seinen Magen. Die beiden Männer hinter ihm ließen ihn los und er fiel zu Boden. Chau Teng und auch die beiden traten nun mit den Füßen auf den wehrlosen, halb Bewusstlosen ein.

„ Hört auf, er hat genug. Besser er überlebt das."

Das war die Stimme von Chau Teng, und im Hintergrund hörte er die verzweifelten Schreie von Li Han. Mühsam drehte er den Kopf in ihre Richtung und sah wie die Männer Li Han in die große schwarze Limousine zerrten.
Dann verlor er das Bewusstsein.

Weiße Bettlaken, Schläuche, tickende Monitore. Gilbert wachte langsam auf. Ein Mann in weißer Kleidung beugte sich über ihn.
„ Sie haben Glück gehabt, dass sie ein Gast am Parkplatz gefunden hat, und sie haben Glück gehabt, dass wir den Milzriss sofort erkannt haben. Die Milz mussten wir entfernen. Die gebrochenen Rippen und die gebrochene Nase heilen wieder, aber ein Auge werden sie verlieren. Das sind in kurzen Worten die Verletzungen die sie erlitten haben. Und jetzt möchte sie der Kommissar von der örtlichen Polizei sprechen.
Ein älterer Mann mit grauen Haaren trat ins Zimmer und zog sich einen Stuhl zu Gilberts Bett und zückte einen Notizblock.
„ Monsieur, jetzt erzählen sie einmal, wer sie so zugerichtet hat."
Und Gilbert erzählte genau den Vorfall. Als er zur Schilderung kam, in der Li Han von den Männern in die Limousine gezerrt wurde, wurde er erregt.
„ Kommissar, sie müssen sie finden! Sie wurde entführt, gegen ihren Willen wird sie jetzt irgendwo festgehalten. Sonst hätte sie mich sicher schon im Spital besucht. Dieser

Chau Teng hat sie entführt. Ich weiß nicht warum er an diesem Abend so verrückt und aggressiv war."
„ Sie wissen nicht, dass Li Han seine Freundin, vielleicht sogar seine Braut war, bevor sie auf der Bildfläche erschienen sind? Dann sind sie mit Li Han seelenruhig in dem Restaurant aufgetaucht in dem alle seine Freunde waren. Sie haben ihn lächerlich gemacht. Sie haben ihn sein Haus und jetzt auch seine Freundin genommen. Wie hätten sie an seiner Stelle reagiert?"
„ Aber ich hatte ja keine Ahnung, dass Li Han die Freundin von Chau Teng war. Sie hat mir nie etwas erzählt."
Gilbert hatte sich aufgerichtet, aus seiner Nase rann ein dünner Blutfaden über seine Wange und färbte sein Hemd rot.
„ Jedenfalls kann ich sie nur warnen, die Familie Teng ist sehr reich und sehr einflussreich. Wenn sie keinen Zeugen für ihre Behauptungen haben, würde ich an ihrer Stelle keine Anzeige gegen Chau Teng machen. Die beiden Männer in seiner Begleitung waren sicher seine Angestellten und werden sich hüten gegen ihren Boss auszusagen. Und bei einer Gegenklage der Familie verlieren sie alles, auch ihr Haus. Und wegen Verleumdung riskieren sie auch noch eine Gefängnisstrafe. Also seien sie vorsichtig, ich meine es nur gut mit ihnen, denn sie haben für unser Land gekämpft."
Der Kommissar reichte Gilbert mit der notwendigen Vorsicht die Hand. In Anbetracht der zahllosen Blutergüsse, eine rücksichtsvolle Geste.

Nach drei Wochen konnte Gilbert das Krankenhaus verlassen, seine Wunden waren fast zur Gänze verheilt, nur sein linkes Auge machte Probleme. Er sah so gut wie nichts auf dem Auge.
Während des Spitalsaufenthalts konnte er nichts unternehmen. Er hatte keine Möglichkeit Li Hans Aufenthaltsort zu suchen. Die Teng - Familie hatte zahllose Besitzungen in Vietnam, verteilt auf das gesamte Land, auch im Süden. Er gestand sich ein, dass es daher fast unmöglich war Li Han zu finden. Aber er war entschlossen es trotzdem zu versuchen, und wenn er in seinem restlichen Leben nichts anderes mehr tun sollte.

Die nächsten langen Jahre ging er verzweifelt allen Gerüchten nach, allen noch so vagen Anzeichen dafür, dass Li Han möglicherweise in einem dieser schwer bewachten Anwesen der Tengs gefangen gehalten werde. Ohne den geringsten Erfolg. Es war, als ob Li Han nie gelebt hätte, oder gestorben sei.
Langsam gab er die Hoffnung auf, Li Han jemals wieder zu finden. Er lebte so trostlos dahin in der Gewissheit, dass die Träume seines Lebens zu Ende gehen.
Dann starb der Großvater von Li Han.
Der alte Mann sah keinen Sinn mehr in einem Weiterleben in Einsamkeit. Seine Enkeltochter hatte ihm am Ende der Reise durchs Leben alles bedeutet, ihre liebevolle Art, ihr freundliches Lächeln. Er starb, indem er einfach aufhörte zu leben.

Sein Begräbnis fand in aller Stille statt. Nur Gilbert und Long Dong standen am Grab.

In einiger Entfernung hielt eine schwarze Limousine. Begleitet von zwei untersetzten Männern stieg eine ganz in Schwarz gekleidete Gestalt aus dem Wagen, faltete die Hände zum Gebet und dann nach einigen Minuten, nahm sie wieder im Fond Platz und der Wagen fuhr langsam durch das Tor aus der Kühle des Friedhofes hinaus in die Hitze des Tages.

Und Gilbert begrub mit dem Großvater seine Träume, die wie Dunstschleier in der Glut der Sonne verdampften und langsam dem gnädigen Vergessen wichen, mit den schemenhaften Erinnerungsblitzen vergangener Ereignissen.

Die Tochter des Uranos

Sie war Aphrodite, in der griechischen Mythologie die Göttin der Liebe, der Schönheit und der sinnlichen Begierde.
Auf der Erde war sie die Tochter eines Plantagenbesitzers in Mato Grosso, im Mittelwesten von Brasilien, da wo es so heiß ist, dass ein Kühlschrank – wenn man einen hätte - ohne Unterbrechung arbeiten würde. Aber natürlich gab es auf der Hazienda keinen Kühlschrank. Dafür gab es Dominique, die fünfzehnjährige Tochter von Gomez, dem Besitzer der Plantage.
Sie war von außergewöhnlicher Schönheit und einem natürlichen Liebreiz, mit einer wohl noch unbewussten ungemein erotischen Ausstrahlung.
Mit siebzehn sollte sie Don Fernandez, den reichen Plantagenbesitzer, dem halb Mato Grosso gehörte, heiraten. Sie konnte sich das nicht vorstellen, einen doppelt so alten Mann, den sie erst zweimal gesehen hat, zu heiraten. Aber sie tröstete sich damit, dass sie bis dahin noch zwei Jahre Zeit haben würde.
Vater hatte das mit Don Fernandez vereinbart, wohl weil er gewaltige Schulden bei ihm hatte. Patrick, der Sohn seines Verwalters schien zwar etwas verliebt in seine Tochter zu sein, aber das komme nicht in Frage, das würde in keiner Weise seine finanziellen Probleme lösen.

Schon als Kinder gingen sie gerne zu dem kleinen Wasserfall oben in der Lichtung wo ein kleiner Bach direkt aus einer Öffnung in der Wand sprudelte und im Laufe vieler Jahrhunderte ein Becken gebildet hatte, gefüllt mit kristallklarem Wasser, so rein, dass man bis zum Grund sehen konnte.

Hier hatten sie gebadet, wenn es wieder einmal so heiß war, dass man es kaum ertragen konnte. Natürlich nackt und in kindlicher Unschuld fühlten sie es als das Natürlichste auf der Welt, einfach weil es angenehm war, ohne Badeanzug zu schwimmen.

Später, als sie älter wurden, sahen sie den Anderen plötzlich mit den Augen der beginnenden Sexualität und Patrick schämte sich für seine Gedanken aber gleichzeitig war er fasziniert von dem mädchenhaften Charme des jungen Mädchens.

In alter Gewohnheit badeten sie nackt und dann lagen sie auf den dicken Moospolstern gleich neben dem Wasser. Zirpen, zwitschern und summen erfüllt die Luft, die schwer und heiß über dem Dschungel liegt. Es ist still und friedlich, die Raubtiere, die Jäger der Nacht schliefen oder dösten im Schatten.

Ganz zart strich Patrick über ihren Arm und die feinen, kaum sichtbaren Härchen stellten sich auf und die Wassertropfen glitzerten auf ihrer Haut.

Sie wendete sich ihm zu und sah ihn mit erstaunten, hellblauen Augen an.

Dann stricht sie ebenfalls zart über seine Arme und er presste seine Beine zusammen. Sie sollte seine Erregung nicht sehen.

Aber sie nahm seine Hand und legt sie auf ihre Brust. Die dunklen, runden Brustwarzen hatten sich aufgestellt und waren nun groß und hart.

Er konnte sich jetzt nicht mehr beherrschen und streichelt ihre Brüste. Sie begann heftig zu atmen und ihre Hand glitt auf seine Schenkel. Seine Erregung war nun nicht mehr zu verbergen. Sie bemerkte es und ihre Hände streichelten ihn sanft, bis er glaubte der Druck seines Blutes würde ihn zerreißen. Dann explodierte er förmlich und ergoss sich in ihre Hände.

Sie nahm seine Hand und führte sie zwischen ihre geöffneten Schenkel. Er liebkoste und streichelte sie, bis sie mit einem tiefen Seufzer zurück sank.

Wann immer es möglich war, trafen sie sich nun unter dem Wasserfall am kleinen Teich und erforschten die Spielarten der Liebe. Aber er versuchte nie in sie einzudringen. Vor diesem letzten Schritt scheuten sie beide zurück. Vielleicht aus Angst vor den Folgen, der Reaktion ihres Vaters und schließlich war da noch Don Fernandez, ihr Bräutigam dem sie versprochen war.

Und dieser Don Fernandez kam immer öfter zu Besuch und nie war seine Braut anwesend.

Eines Tages beschloss er sie zu suchen.

Die beiden hatten eine neue Spielart entdeckt, die ihnen sehr gefiel. Er küsste sie auf den rosa Spalt in der Mitte des zarten hellen Flaums zwischen ihren Schenkeln. Sie stöhnte laut auf und wand sich in höchster Ekstase. Dann kniete sie vor ihm und verwöhnte ihn so, dass er seine Lust in die Wipfel der Urwaldriesen schrie.
Dies waren die mystischen Augenblicke, in denen ihre Seelen sich umarmten und eins wurden.

Ein Schuss durchbrach die Idylle und Patrick sank zurück, bis er in seltsam steifer Haltung auf dem Boden saß, an einen Baumriesen gelehnt. Ein roter Fleck breitete sich schnell auf seiner rechten Seite aus. Aber er war offenbar bei Bewusstsein. Seine dunklen Augen blickten erstaunt auf den Mann, der mit einem Revolver in der Hand vor ihm stand.
Don Fernandez drehte sich um und packte Dominique brutal an der Schulter.
„ Sag mir einen vernünftigen Grund, warum ich euch beide nicht erschießen soll. Hast du vergessen, dass du meine Braut bist? Die in Unschuld meine Frau werden sollte? Stattdessen treibst du mit diesem Bengel erotische Spielchen. So ein Mädchen kann ich nicht zu meiner Frau machen, nur zu meiner Hure. Knie dich vor mir auf den Boden."
Er öffnete seine Hose und zog Dominique an ihren Haaren zu sich heran.
„ Wir wollen sehen, ob du es verdienst meine Hure zu werden. Und wenn du mich beißen solltest, bist du tot."

Er hielt ihr seinen Revolver an den Kopf und spannte den Hahn.
Die Tränen liefen ihr in dicken Tropfen über die Wange und vermischten sich mit seinem Samen. Aber noch hatte er nicht genug. Er warf sie auf den dicken Moospolster hinter ihr. Sie weinte und flehte ihn an, das nicht zu tun aber er öffnete ihre Beine mit Gewalt und drang in sie ein.

Der Vater von Patrik hörte den Schuss und voll böser Ahnung stieg er den Hügel hinauf bis zu der Stelle wo der Wasserfall einen kleinen Weiher gebildet hatte. Von Don Fernandez war nichts mehr zu sehen, aber sein Sohn lehnte immer noch an dem Baumstamm, seine Brust voll Blut, aber seine Augen waren klar. Dominique saß neben ihm und versuchte die Blutung zu stillen. Eine erste Untersuchung ergab, dass die Wunde nicht so schwer war wie es den Anschein hatte, ein glatter Durchschuss im Bereich der Schulter. Der Vater hob seinen Sohn auf und trug ihn hinab zur Ranch. Hier hatte er alles was notwendig war um die Wunde seines Sohnes zu versorgen.

Der Sommer hatte seinen Höhepunkt überschritten, die Ernte war eingebracht und füllte die Lagerräume der Farmen. Die Hitze war jetzt unerträglich, die Sonne verdorrte die Felder. Alles wartete auf den Regen, aber der würde erst in zwei bis drei Wochen kommen.

Der Mond war gerade hinter dicken Wolken verschwunden, da loderte ein Feuerschein in der Ferne aus dem Dunkel. Das Lagerhaus von Don Fernandez stand in Vollbrand. Haushohe Flammen stiegen krachend in den Himmel und als die Farmarbeiter mit Eimern voll Wasser vom Fluss zurückkamen, war das Feuer auch auf das Herrenhaus von Don Fernandez übergesprungen. In Sekunden stand auch dieses in Vollbrand.

Die von den Strahlen der Sonne ausgedörrten Holzwände brannten mit meterhohen blutroten Flammen. Das Lagerhaus in dem die Ernte des Jahres gelagert war brannte innerhalb kurzer Zeit bis auf den Steinboden ab. Im Herrenhaus verbrannte das gesamte Vermögen, alles Geld und alle Papiere von Don Fernandez, auch die Schuldscheine, die der Vater von Dominique unterschreiben musste.

Don Fernandez versuchte noch zu retten, was zu retten war, dabei blieb er wohl zu lange im Rauch des brennenden Herrenhauses, denn er kam nicht mehr heraus.

Der Mond kam etwas aus dem Schatten der Wolken hervor und beleuchtete schemenhaft eine Gestalt, die im Galopp die Graslandschaft durchquert hatte und nun am Beginn des Hügels zum Wasserfall kurz innehielt.

Sie sah zurück auf die in der Ferne brennenden Gebäude und ritt weiter bis zum Wasserfall. Hier wusch sie sich das rußgeschwärzte Gesicht im Wasser des Weihers und als sie sich umdrehte, stand Patrick vor ihr.

„ Dominique, wo warst du? Ich habe mir Sorgen gemacht weil du so spät kommst."

Anstelle einer Erklärung gab sie ihm einen langen Kuss.
Was sollte sie auch erklären. Es war besser, er wusste es nicht.

Eines Tages sah sich Conchita veranlasst, Pedro zu töten.

Conchita war nicht mehr die Jüngste. Die Jahre hatten Spuren hinterlassen. Aber sie war immer noch eine begehrenswerte Frau, auch wenn die Schwerkraft ihren großen Brüsten zu schaffen machte. Sie war aber noch jederzeit in der Lage, auch die jungen Männer zu feurigen Blicken und mehr zu verführen.
Wenn sie mit wippenden Brüsten über den Marktplatz ging, bekamen auch die seit langen Jahren verheirateten Männer feuchte Hände.
Aber berühmt war sie für ihre Bomben.
Diese baute sie ein in Blumentöpfen, Krügen, Vasen, die sie kunstvoll bemalte. Oft mit Motiven, die irgendeinen Bezug zu dem Mann oder der Frau hatte, die mit diesen Kunstwerken beschenkt wurden. Und oft freuten sie sich auch über die gelungene Malerei, aber die Freude war leider immer nur von kurzer Dauer.
Wenn sie nur den Kopf des Empfängers malte, genügte eine kurze Zündschnur. Er hatte gerade Zeit sein Konterfei zu bewundern, bevor er seine Augen für immer schloss. Wenn der Auftraggeber allerdings auch noch den Rest der umfangreichen Familie auf dem Geschenk wollte, war die

Berechnung der Länge der Zündschnur schwierig und erforderte einen Aufpreis.
Conchita war bekannt für die Zuverlässigkeit ihrer Bomben.
Sie behauptete, in ganz Mexiko kenne man sie und schätze ihre Produkte. Das war etwas übertrieben, aber am Rio Conchos war sie bekannt, so in Ciudad Camargo und vielleicht bis Jimenez kannte man sie und hatte schon manch einer ihre Dienste in Anspruch genommen.
Der Auftraggeber konnte eigentlich schon das Begräbnis organisieren, wenn er oder sie den Auftrag an Conchita bezahlt hatte. Denn nur bei Vorauskasse wurde der Auftrag ausgeführt. Mit guten Grund. Wenn nämlich jemand zu langsam, zu zögerlich war, oder es sich im letzten Moment anders überlegte, wäre der Auftraggeber nicht mehr in der Lage, die Rechnung zu bezahlen. Ihre Arbeit funktionierte immer, und darauf war sie stolz.
Bis eines Tages Juanita aus Jimenez kam.
Eine junge gut aussehende Frau von vielleicht zwanzig Jahren. Sie hatte verweinte Augen einige blaue Flecken im Gesicht und an den Armen.
Conchita zeigte ihr die Kollektion an Krügen, Töpfen und Vasen, in denen die Bomben eingebaut werden. Und Juanita erzählte ihr von ihrem Mann Pedro. Er sei ein außergewöhnlich gut aussehender Mann, der sie fast wöchentlich betrog. Er hatte wohl schon alle Frauen im Dorf gehabt und wahrscheinlich auch im Nachbardorf. Alle schwärmten von seiner Potenz und seinem Einfallsreichtum in der Liebe.

Juanita versuchte erst gar nicht um den Preis zu feilschen und so waren sie sich bald handelseinig. Sie suchte sich eine dickbauchige Vase aus und Conchita versprach einen großen bunten Schmetterling zu malen, der von einer Blüte zur nächsten fliegt.

Das sollte der Bezug zu dem untreuen Ehemann sein.

Drei Tage später holte Juanita die Vase ab und Conchita wiederholte nochmals die Handgriffe der Anwendung. Die Gefährlichkeit eines Fehlers brauchte sie nicht besonders zu betonen. Juanita bedankte sich und fuhr frohen Herzens zurück zu ihrem Mann.

Aber schon am nächsten Tag stand sie wieder vor Conchitas Tür.

„Ich will mein Geld zurück, es hat nicht funktioniert. Er hat es bemerkt und mich wieder verprügelt. Und gedroht hat er mir, dass er mich verlassen werde, falls ich es nochmals versuchen sollte. Aber dann haben wir uns versöhnt und es war eine herrliche Nacht, wieder voll Leidenschaft, wie am ersten Tag." Sie strahlte und verdrehte verzückt ihre Augen.

„ Hast du überhaupt die Lunte angezündet, du dummes Huhn?"

„ Ja, und es hat auch geraucht, vielleicht hätte ich aber kein Wasser zu den Blumen in der Vase geben sollen? Aber er war so gerührt über die Blumen und hat mich deshalb auch nur wenig verprügelt."

„ Mit deiner Dummheit schadest du meinem guten Ruf. Was sollen die Leute denken?

Dass ich nicht mehr gute Arbeit leiste? Wenn sich das herumspricht bin ich erledigt und kann mir selbst eine Vase unters Bett stellen."
„ Es tut mir leid, daran habe ich nicht gedacht, wie kann ich meinen Fehler wieder gut machen?"
„ Ich denke auf dich kann ich mich nicht mehr verlassen. Du bist eine große Enttäuschung für mich und so wahr mir die Mutter Gottes helfen soll, dir werde ich jedenfalls nie mehr helfen."

Eine Woche später stand Juanita wieder vor Conchitas Tür.
„ So, jetzt bin ich aber zu allem entschlossen, er hat schon wieder eine andere."
Conchita sah in ihr verheultes Gesicht und wurde weich.
„ Du hast mich zwar sehr enttäuscht und ich habe bei der Heiligen Maria geschworen, dir nicht mehr zu helfen, aber ich komme zur Überzeugung dass man diesem Unhold in die Ewigkeit schicken sollte, wo er hoffentlich keine unschuldigen Frauen mehr verführen kann. Ich werde dir noch einmal helfen."
„ Du bist eine wahre Freundin, das werde ich dir nie vergessen, aber bezahlen kann ich nicht noch einmal. Aber ich verspreche dir, jeden Abend werde ich dich in meinem Gebet an unsere gütige heilige Maria erwähnen. Und ich werde auch dafür beten, dass deine Bombe diesmal funktioniert. Das verspreche ich."
„ Du bist wirklich ein dummes Huhn, aber diesmal gebe ich zwei Lunten in die Bombe, damit schickst du deinen Mann

ganz sicher in die Hölle, wo er hingehört, bei seinem liederlichen Lebenswandel."
Conchita wickelte einen großen Topf in eine alte Zeitung von den Klosterbrüdern. Diese Zeitschrift bekommt sie regelmäßig zugeschickt, offenbar wissen die Klosterbrüder von ihrem unchristlichen Gewerbe und hoffen, sie damit auf den rechten Weg zu führen.

Einige Tage später stand Juanita wieder vor Conchitas Tür.
„ Es war nicht meine Schuld, du musst mir glauben. Es hat wieder nicht geklappt. Lass es mich berichten:
Er ist müde von seiner neuen Geliebten nach Hause gekommen und hat sich sofort ins Bett gelegt. Wahrscheinlich hat ihn die neue Frau so beansprucht, dass er sofort eingeschlafen ist. Ich habe gedacht, das ist ein Zeichen des Himmels oder von unserer heilige Maria und habe die Lunte im Topf angezündet, wie du mir gezeigt hast. Aber es hat nur eine gebrannt. Daher habe ich die andere herausgezogen damit sie nicht stört. Dabei ist aber auch die brennende Lunte mit heraus gekommen. Ich bin so erschrocken und hatte Angst, dass der Topf in meiner Hand explodiert. Daher habe ich schnell den Topf in den Kübel mit Wasser geworfen den mein Mann immer neben seinem Bett stehen hat. Gott sei Dank, es ist nichts passiert."
„ Deine Dummheit ist nicht zu überbieten. Auch eine Lunte hätte gereicht. Aber jetzt gehe nach Hause und komme nie mehr wieder zu mir. Dir kann niemand helfen, auch ich

nicht." Conchita schob die bestürzte Frau zur Tür hinaus und schloss hinter ihr ab.

Zwei Wochen später kam ein junger sehr gut aussehender Mann und klagte ihr sein Leid.
„ Meine Frau ist so eifersüchtig und Dumm, ich kann es nicht mehr aushalten. Da hilft nur eine radikale, endgültige Lösung. Und dafür sind sie ja bestens bekannt. Ihre handwerkliche Geschicklichkeit führt immer zu einem zufriedenstellenden Ergebnis."

Sie führten ein langes ausführliches Gespräch in dessen Verlauf sich herausstellte das er der Mann von Juanita war. Es war Pedro, der Casanova des Bezirkes. Und zum Teufel, er war wirklich ein sehr schöner Mann, dachte Conchita und beugte sich etwas vor, um ihm zu zeigen, dass sie in ihrer Bluse auch einiges zu bieten habe.
Die Wirkung zeigte sich sofort.
Er sah sie an, dann blieb sein Blick auf ihrem sehenswerten Busen hängen und sie bemerkte mit Befriedigung die Schweißtropfen auf seiner Stirn. Es schien als bemerkte er erst jetzt die körperlichen Reize von Conchita und überlegte, dass man das Angenehme mit dem Nützlichen ja verbinden könne und vielleicht würde sie ihm auch einen Preisnachlass geben.
Probeweise legte er seine Hand auf ihren Busen und als sie sich nur leicht wehrte, öffnete er den Oberteil ihres Kleides und küsste ihre Brüste. Die Erfahrung aus vielen ähnlichen

Situationen half ihn und als seine Hand ihre Schenkel streichelte, öffnete sie diese. Und als seine Hand in ihren Slip fuhr und sich langsam vortastete löste sie das Seil, das er anstelle eines Gürtels trug.
Er hob sie hoch und warf sie auf das Bett, das in der Ecke des Zimmers stand.

Es wurde eine heiße Nacht und als er am nächsten Morgen aufwachte, stand die glühende Scheibe der Sonne schon hoch am Himmel. Er zog sich an und mit einem kurzen gemurmelten Gruß eilte er die staubige Straße entlang bis zur Kneipe von Jeres. Hier war es etwas kühler und er bestellte ein großes Bier. Zu diesem Teufelsweib würde er so schnell nicht wieder gehen.
Aber schon am Abend stand er wieder vor ihrer Tür. Und auch an allen kommenden Abenden.
Conchita genoss die Kraft und Leidenschaft dieses Mannes, von der die Frauen der umliegenden Dörfer zu Recht schwärmten. Das ging so einige Monate, bis sie eines Abends vergeblich auf Pedro wartete. Pedro kam an diesem Abend und auch an den folgenden Abenden nicht.

Conchita war verzweifelt und verletzt, sie hatte sich schon sehr an Pedro gewöhnt und vermisste den feurigen Liebhaber mehr, als sie sich eingestehen wollte.
Sie vernachlässigte ihre Arbeit und als eine ihrer Bomben nicht explodierte bezog sie Prügel von dem betrogenen Ehemann, der sich um seine Rache betrogen sah. Im Verlauf

des Streitgespräches erfuhr sie auch, wer der Ehebrecher war.

Es war Pedro.

Ein weiteres Mal war er also von ihrer Bombe verschont geblieben. Langsam wurde die Unverwundbarkeit dieses Mannes unheimlich.

Was steckte dahinter? Welcher Heilige hielt seine schützende Hand über Pedro. Ja, so musste es sein, das war die einzig mögliche Erklärung!

Sie musste dieses Problem Pedro selbst in die Hand nehmen. Ihr guter Ruf als beste Bombenbauerin am Rio Conchos war in Gefahr. Und außerdem hatte sie auch noch eine persönliche Rechnung mit ihm offen.

Am Ende des Monats Januar feiert man am Rio Conchos das Fest zum Andenken an die Ertrunkenen und die Opfer von ungeklärten Bombenexplosionen. Ein beliebtes Fest, es gab immer Grund zu einem Besäufnis, denn in vielen Familien beklagte man ein oder mehrere Opfer. Dafür war die Scheidungsrate bei null.

Am Höhepunkt des Festes sah sie Pedro, der eine neue Geliebte hatte. Deren Mann hatte auch schon bei Conchita einen Termin vereinbart. Sie ging nach Hause, um ihr neuestes Werk zu holen, eine Kugel, die man gut rollen konnte, ohne dass durch einen Henkel wie beim Krug die Richtung verfälscht wurde. Die Zeitung der Klosterbrüder musste wieder als Verpackung dienen und so ging sie frohgemut zu der Hütte, in der Pedro mit seiner neuen Geliebten verschwunden war.

Die Türe knarrte leise, als sie sie öffnete. Im Halbdunkel des Raumes stand das Bett auf dem Pedro seine Neue mit all seinen bewährten Liebeskünsten verwöhnte.

Conchita war wohl immer noch in Pedro verliebt, aber dann überwog der Ärger.

Sie zündete die Lunte und dann zögerte sie kurz. Ein Fehler, vor dem sie ihre Kunden oft gewarnt hatte.

Die Bombe explodierte in ihren Händen.

Der alte Mann und sein Sohn

Auf den letzten Metern quietschten die Bremsen, dann hielt der Autobus vor der Tafel mit der unleserlichen Schrift. Der Aufbau mit den Passagieren schaukelte noch ein wenig, dann senkte sich der aufgewirbelte Staub.
Ein alter Mann, am Ende der Wanderschaft durchs Leben, mit einem Gesicht, in dem die langen Jahre des Mühsals, aber auch Spuren von unzähligen Nächten mit den Frauen Tansanias ihre Narben hinterlassen hatten stand vor der Tafel. Das schneeweiße Haar über dem glattrasierten Gesicht stand in seltsamen Kontrast zu den dunklen dichten Augenbrauen.
Etwas mühsam erklomm er die Stufen des Busses und setzte sich auf den freien Sitz neben einem Mann mittleren Alters, der ihm freundlich Platz machte.
„ Sie müssen wissen, dass ich ins Spital nach Dodoma fahre. In letzter Zeit geht es mir nicht so gut. Deshalb sollen die Ärzte dort nachsehen, was mir fehlt, oder ob es nur das Alter ist, das Schuld hat an meinen Schmerzen in der Brust."
Der Nachbar drehte sich zu dem Alten und sah ihn an.
„ Sie sehen überhaupt nicht krank aus. Ich bin überzeugt, sie sind ganz gesund. Jedenfalls wünsche ich ihnen, dass es so ist."
„ Eigentlich wollte mich mein Sohn auf der Fahrt ins Spital begleiten, aber er sagt er hätte keine Zeit. Meine Tochter

würde mich nicht allein fahren lassen, aber leider ist sie mit Ihrer Familie weit weg in einem anderen Teil von Tansania. Sie würde alles für mich tun, weil sie mich liebt. Bei meinem Sohn bin ich mir nicht so sicher. Wahrscheinlich sind Söhne eben anders als Töchter. Er ist lieber bei seiner Frau und seinen Kühen in einem Haus, das weit abseits des Dorfes liegt."

„ Wie können sie so etwas denken. Kinder lieben ihre Eltern immer. Da gibt es keine Ausnahme. Vielleicht ist ihr Sohn etwas bequem und scheut den langen Weg."

„ Ja ich glaube, sie werden Recht haben. Aber trotzdem fühle ich Trauer, wenn ich an ihn denke. Ich war immer gut zu ihm, aber ich weiß schon, dass man nie so etwas wie Zuneigung erwarten oder gar einfordern kann."

„ Aber trotzdem schmerzt sie das offenkundige Desinteresse ihres Sohnes?"

„ Sie haben Recht, aber ich bin am Ende meines Lebens, es bleibt mir nicht mehr viel Zeit, die ich mit meinen Kindern verbringen kann. Die Zeit wird langsam knapp und deshalb kostbar."

„ Wenn sie mir, als den Jüngeren erlauben, ihnen einen Ratschlag zu geben, so würde ich meine Tage genießen, mir so oft als möglich eine kleine Freude gönnen und alle bitteren Gedanken verdrängen."

Er reichte dem Alten die Hand.

„ Sie müssen jetzt aussteigen, wir sind in Dodoma. Es hat mich sehr gefreut, dass ich sie kennen lernen durfte."

„ Bevor ich ins Spital gehe, werde ich noch auf ein Bier in die Kneipe nebenan gehen. Sie sehen, ich befolge ihren Rat und gönne mir eine kleine Freude."

In der Bar trank er noch ein Glas kühles Bier und als er aufstehen wollte wurde ihm schlecht und er stürzte zu Boden.

Der Bahnhof schien keinen Anfang und kein Ende zu haben. Er stand vor einer endlosen Reihe von Zügen. Vor jeder Lok stand eine Tafel mit den Namen des Zieles.
Der Alte war verwirrt und unschlüssig.
Wie sollte er den richtigen Zug wählen? Die Namen auf den Schildern waren ihm unbekannt. Dazu wurde es auch immer dunkler, er konnte die Namen auf den Schildern nur mehr sehr schlecht lesen.
„ Komm, gib mir deine Hand, ich führe dich zu dem richtigen Zug." Sein Sohn stand vor ihm und nahm seine Hand. Er führte ihm zu einem Zug, der zur Gänze in weißer Farbe strahlte.
„ Ich bin so froh, dass du doch noch Zeit gefunden hast für mich." Der Alte setzte sich in ein leeres Abteil und schloss die Augen.

Als er sie wieder öffnete, lag er in einem weißen Bett und ein weiß gekleideter Mann beugte sich über ihn.
„ Na, das war aber knapp, und eigentlich ein kleines Wunder. Sie waren schon so gut wie tot, aber plötzlich hat

ihr Herz wieder zu schlagen begonnen. Wir hatten sie schon aufgegeben. Wie gesagt, ein kleines Wunder."
Der Arzt drehte sich um und ging kopfschüttelnd.

Aber der Alte war sich sicher, er wusste warum er knapp vor dem Tod den Weg zurück gefunden hatte.

Die Witwe Margred

Sie war bestimmt schon Mitte sechzig. Ihr Mann war vor einem Jahr von einer Schlange gebissen worden, als er schlief. Vielleicht hätte man ihn retten können, aber ihre Farm lag weit im Norden von Sambia, fast schon an der Grenze zum Kongo und so hatte er den langen Transport zum Krankenhaus in Lusaka nicht überlebt.
Allein konnte sie die Farm nicht führen und so war sie froh, dass Benson, ihr Nachbar einen guten Preis für die Farm bot. Das Geld legte sie gut an und eigentlich wollte sie zurück in ihre Heimat England ziehen, denn sie vermisste London sehr. Aber sie verschob ihre Abreise immer wieder und mietete sich schließlich in der Hauptstadt, in Lusaka, im Grand Hotel ein. Hier musste sie sich um nichts kümmern, das Zimmer war nicht sehr groß, aber ziemlich sauber. Für den landesüblichen Standard sogar sehr sauber. Sie beschloss, noch einige Zeit in Sambia zu bleiben, schließlich war ihr das Land vertraut und zur zweiten Heimat geworden.
Alles ging seinen ruhigen Gang, bis Robert Walch in das Zimmer nebenan zog.
Er gefiel ihr sehr, obwohl er offenbar jünger war als sie. Vielleicht Anfang fünfzig, schätzte sie. Hatte sie Chancen?
Sie ging zum Spiegel und betrachtete sich lange.
 Sie war etwas mollig, zugegeben, aber dadurch blieben ihre weiblichen Rundungen erhalten und die Falten waren nicht so ausgeprägt. Überhaupt sah sie noch ganz passabel aus. Ihr

Gesicht war immer noch hübsch anzusehen, die wenigen Falten waren nicht störend. Auch viele Fünfzigjährige hatten schon viele Falten im Gesicht, speziell hier in den Tropen. Der Busen, nun ja, er war groß und nicht mehr so fest wie bei einer jungen Frau, aber immer noch sehr erotisch. Die Hüften waren etwas breit, zugegeben, aber die Beine waren glatt, ohne Falten mit runden Knien, nicht so wie bei der Frau zwei Tische weiter. Deren Beine waren knochig und die Falten um die Knie waren tief und sehr störend. Insgesamt gesehen bot sie noch immer einen erfreulichen Anblick und mit einigen Hilfsmitteln könnte sie schon noch Erfolg bei den älteren Männern haben.

Als erstes ließ sie ihre Haare färben, dann kaufte sie im Harrods einige neue luftige Kleider, schwarze Unterwäsche mit Spitzen und eine Flasche Parfum, und wenn sie ehrlich war, so konnte auch ein wenig Makeup ihrem Gesicht nicht schaden.

Robert Walch schien sie erst jetzt zu sehen. Sie gratulierte sich zu ihrer Veränderung und lächelte in Richtung des Nebentisches, wo er saß.
Es dauerte auch gar nicht lang, da stand Robert Walch auf und kam zu ihrem Tisch.
„ Gestatten sie, dass ich mich vorstelle, meine Freunde nennen mich Robert und ich würde mich freuen, wenn sie mir erlauben, dass ich mich zu ihnen an den Tisch setze."

Sie gestattete es erfreut und bald waren sie in ein lebhaftes Gespräch vertieft. Nach dem Dinner lud er sie auf einen Drink auf seinem Zimmer ein und sie überlegte keine Sekunde.

Das dünne Kleidchen hatte er sofort über ihren Kopf gezogen und als sie dastand in der neu gekauften spitzen besetzten Unterwäsche, hatte er schon seine Hose und Hemd ausgezogen.
Offenbar hatten beide schon längere Zeit auf das Vergnügen einer Liebesnacht verzichten müssen und so fielen sie förmlich übereinander her.
Sie konnte sich nicht erinnern, jemals mit ihrem verstorbenen Mann so große Lust verspürt zu haben, wie mit diesem fremden Mann, den sie gerade erst vor kurzem kennen gelernt hatte. Ihr verstorbener Mann war ein typischer Engländer gewesen, zurückhaltend und ohne erotisches Feuer.
Als sie am nächsten Morgen erwachte, war er schon gegangen. Die Nacht war anstrengend und es war glühend heiß gewesen. Sie hatte schon lange nicht so geschwitzt. Als sie aufstand bemerkte sie es sofort. Ihre Haut hatte diesen leicht säuerlichen Geruch, der sie an den Geruch der alten Frau erinnerte, die auf ihrer Farm bis zu ihrem Tod gelebt hatte. Ja, es war der Geruch der Greise. Aber sie war doch noch keine Greisin. Sie fühlte sich noch so jung, nach dieser Liebesnacht fühlte sie sich besonders jung.

Sie geriet in Panik und lief ins Bad. Der Spiegel zeigte ihr das Bild einer zwar nicht mehr jungen, aber durchaus noch begehrenswerten Frau. Unter der Dusche drehte sie das kalte Wasser auf und fühlte sich sofort besser. Sie schminkte ihr Gesicht dezent. Die Lippen mit diesem neuen rosa Lippenstift und die Augenlider mit dunkler Farbe. Ja, sie war zufrieden mit dem Ergebnis. Zuletzt noch eine kleine Prise des Parfums, das sie gestern gekauft hatte. Aus dem Kasten holte sie das leichte Kleid mit dem tiefen Ausschnitt.
Da klopfte es und als sie öffnete stand Robert lächelnd in der Tür, von einer Wolke guten Rasierwassers umgeben.
Sie hatte noch keine Zeit gehabt, das Kleid auch anzuziehen und so stand sie vor ihm in ihrer neuen schwarzen Spitzenunterwäsche.
Er zog die Tür hinter sich zu und ihren Büstenhalter aus. Mit dem Höschen ließ er sich etwas mehr Zeit, denn zuerst liebkoste er ihre Brüste. Sie landeten sofort wieder im Bett und liebten sich so lange, dass es zu spät für das Frühstück war.

Nach einer ausgiebigen Dusche gingen sie in die Halle und bestellten einen Mocca, mehr brauchten sie nicht. Am Nachmittag fuhren sie in das nahe Reservat, wo sie mit Glück ein Zebra sahen. Alle anderen Wildtiere, die ihnen der Wildhüter versprochen hatte, waren auf Urlaub oder hatten sich verkrochen.

Robert hatte ihr gestanden, dass er im Moment einen finanziellen Engpass habe und so übernahm sie in den nächsten Wochen die Bezahlung der Rechnungen. Es machte ihr nichts aus, sie hatte genug Geld und was wäre sinnvoller als es für ihren Geliebten auszugeben? Denn in den Monaten, die sie nun gemeinsam verbracht hatten, hatte sie sich in Robert verliebt. Sie hatte verdrängt, dass er jünger als sie war und es war wunderschön mit ihm. Alles war wunderschön, ja wirklich alles.

Es war heiß wie immer, als sie die Schlangenfarm besuchten. Man zapfte den Schlangen ihr Gift ab, um es für die Anfertigung des Serums zu verwenden. Dieses hatte schon vielen das Leben gerettet, die von einer Schlange gebissen wurden.

In der Kantine kamen sie mit einer hübschen Frau ins Gespräch, die für die Herstellung dieses Serums verantwortlich war und luden sie ins Hotel zum Dinner ein.
Dr.Helen Herz, so hieß sie, entpuppte sich als charmante Erzählerin und am Ende des Abends vereinbarten sie ein Treffen für das nächste Wochenende.
Sie trafen sich nun öfter und manchmal traf sich Robert mit Dr.Helen allein. Margred verbarg ihren Ärger und ihre Eifersucht bis Robert ihr eines Tages gestand, dass er Dr.Helen liebe und zu ihr ziehen werde.

Einige Wochen später hatte sie alle Vorbereitungen abgeschlossen und fuhr am Abend zur Schlangenfarm. Das Zimmer von Dr. Helen hatte sie schnell gefunden.

Die Erinnerung an ihren Mann und die Umstände seines Todes überkam Margred erneut. Als er ihr eröffnet hatte, dass er sich scheiden lassen werde, hatte sie noch gezögert aber als er erwähnte, dass die Farm ja ihn gehöre und sie nach der Scheidung mittellos sein werde, hatte sie beschlossen das zu verhindern.

Auch jetzt hatte sie alles gründlich vorbereitet. Sie öffnete leise das Fenster und griff in den Korb, den sie mitgebracht hatte. Diesmal hatte sie aber nicht die dicken Arbeitshandschuhe, die sie damals bei ihrem Mann verwendet hatte, sondern nur dicke Lederhandschuhe. Die boten diesmal aber keinen absoluten Schutz.

Als ihr dieser Fehler bewusst wurde, war es schon zu spät. Sie spürte noch wie sich die spitzen Zähne der Mamba in ihre Hand gruben. Das Gift der Mamba wirkt schnell, und besonders das Herz von älteren Menschen wird sofort gelähmt.

Die Hitze der Nacht

Die vergangene Woche war schon heiß gewesen, aber in dieser Nacht war es unerträglich. Dunstschwaden vom nahen Fluss überzogen alles mit einer feuchten klebrigen Schicht.
Mit brennenden, schlaflosen Augen wälzte er sich in den feuchten Bettlaken. Der Geruch der traurigen Frau an seiner Seite erfüllte den Raum. Ganz automatisch legte er seine Hand auf ihren nackten Busen. Der Körper der Frau zuckte unter seinen Händen, entglitt seinen suchenden Fingern, hörte scheinbar auf, zu existieren.
Er hörte ihr mühsames Atmen, wie sie versuchte genug Luft in ihre Lungen zu saugen.
Draußen vor der Veranda erhob sich das Geschrei von streitenden Affen.
„ Wie kannst du das ertragen, diese Hitze und diese Einsamkeit? Ich kann es nicht. Ich werde zurückfahren in die Zivilisation, sobald der Fluss kein Hochwasser mehr führt."
Die junge Frau beugte sich zu ihm und strich ihre langen blonden Haare zurück.
„ Dieses Land ist nichts für Europäer. Dabei hast du mir von Simbabwe, dem Löwenland so vorgeschwärmt. Dieses mörderische Klima. Dazu noch die politischen Unruhen. Die im Land herum ziehenden Horden überfallen jede Farm, sogar die christlichen Missionsstationen. Die Schwestern

dort haben jahrelang die kranken Schwarzafrikaner gepflegt und als Dank dafür überfallen die jetzt die Stationen und vergewaltigen die Nonnen. Man hört sogar von Morden an Nonnen und weißen Farmern."

Jörg Hader hatte vor Jahren den Busch gerodet und eine Tabakplantage geschaffen.

Damals war die politische Situation ganz anders. Alles war ruhig und friedlich. Der zuständige Minister hatte bei der feierlichen Übergabe der Urkunde für den Kauf des Grundstückes und der Genehmigung zur Errichtung der Plantage noch betont, dass die Regierung und auch der Präsident Mugabe es sehr begrüßen, wenn europäische Fachleute in Simbabwe ansässig werden und ihr Wissen dem Land zur Verfügung stellen. Das war vor fünf Jahren. In der Zwischenzeit hat Mugabe und somit auch die Regierung ihre Meinung geändert und versucht nun alle Europäer aus dem Land zu vertreiben.

Aber Jörg Hader war entschlossen zu bleiben. Auf seine Annonce in der Times hatten sich einige Frauen gemeldet, die bereit schienen zu ihm in die Wildnis zu ziehen. Auf Grund ihres netten Briefes und des Fotos hatte er sich für Jane Whist entschieden. Am Anfang war alles wunderbar. Sie war fasziniert von dem fremdartigen Land und der üppigen Flora. Aber dann überwog ihre Ablehnung. Die Einsamkeit, die primitiven Verhältnisse, die Abgeschiedenheit, die jeden Kontakt zu den weit entfernten Nachbarn einschränkte, ja unmöglich machte, alles war absolut nicht das was sie wollte.

Am Anfang hatten sie Sex, ja eigentlich guten Sex, aber sie liebte Jörg nicht und so wurde der Sex immer mehr abhängig von dem Ansturm der Hormone. Er verkam zu einer Handlung der Erleichterung. Ob Jörg sie liebte, war fraglich, denn er war verschlossen und zurückhaltend. Aber egal, morgen würde sie fahren, ob der Fluss nun Hochwasser führte oder nicht. Die Furt durch den Fluss kannte sie. Irgendwie würde sie ans andere Ufer kommen. Und den Flughafen in der Hauptstadt Harare konnte sie nach vier Tagen erreichen. Dann war sie frei und konnte zurück nach London in ihr gewohntes Leben kommen.

Sie würde mit ihren Freunden durch London ziehen, wenigstens jeden zweiten Tag in ein Kino gehen und einmal in der Woche ins Theater. Welche Fernsehserien es wohl gab? Ihren Arbeitsplatz in der Bank würde sie wohl wieder bekommen. Ein Leben in den Annehmlichkeiten der Zivilisation erwartete sie und sie würde es genießen. Sie konnte es nicht mehr erwarten, endlich dieses archaische, wilde Land zu verlassen.

Am nächsten Morgen, gleich nach dem Frühstück tankte sie den Land Rover voll und zur Sicherheit packte sie noch vier Kanister Diesel auf den Gepäckträger am Dach. Das musste reichen. Zwei Kanister mit Wasser und Proviant lud sie auf die rückwärtigen Sitze.

Sie sah noch einmal in die Runde. Der Urwald triefte vor Nässe, gegen Morgen hatte es doch noch geregnet. Die Strahlen der aufgehenden Sonne verwandelten die

Regentropfen des Nachtregens in funkelnde Diamanten. Der Geruch der Erde vermischte sich mit dem Duft der Orchideen im nahen Wald. Eigentlich war alles wunderschön und faszinierend, aber auch abstoßend und voll Gefahr, wie die Schlange, die sich in den Strahlen der Sonne neben dem Lagerschuppen ringelte. Die Faszination des wilden Lebendigen, die ungestüme Kraft der Natur, die gerade hier im Dschungel so unübersehbar wirkte.

Sie hatte schon oft gehört, dass man Afrika, die Wiege der Menschheit im Herzen trägt und nie wieder vergessen kann. Wer einmal in Afrika gelebt hat, kommt immer wieder zurück. Na, ihr wird das nicht passieren. Sie konnte es nicht mehr erwarten, dieses Land zu verlassen.

Die Hunde lagen vor ihr und sahen sie an. Jörg stand etwas Abseits. Sie konnte nicht erkennen ob er ein trauriges Gesicht hatte, aber sie wusste, dass er Abschiede hasste.
Er winkte ihr zum Abschied und drehte sich um. Sie sollte nicht sehen, dass er Tränen in den Augen hatte.

Sie startete den Motor und fuhr langsam durch den Torbogen auf die vom Regen nasse Straße, die diesen Namen nicht verdiente, denn sie bestand eigentlich nur aus Schlaglöchern. Sie dachte: Primitiv, wie alles auf dieser Farm. Sie drehte sich um und sah zurück, Jörg stand immer noch da und sah ihr nach.

Und da stand er immer noch, als sie nach einer Stunde zurückkam.

Lolita

Sie war fünfzehn und sah aus wie siebzehn. Ein Mädchen an der Schwelle vom Kind zur Frau. Sie hatte den Charme und den Liebreiz der jungen Mädchen, aber auch die Neugier und Raffinesse des Weibchens, das endlich die Freuden der körperlichen Liebe kennen lernen wollte.

Sie lebte auf der Farm ihrer Eltern im Inneren von Mozambique, weitab von jeder Siedlung. Die meiste Zeit war sie allein und hing ihren Träumen nach, bis der neue Verwalter auf die Farm kam.

Er war Mitte Dreißig, ein stiller Mann, der für seine Korrektheit geschätzt wurde und dafür bekannt war, dass er seine Aufgaben mit großem Einsatz erledigte.

Das war auch mit ein Grund, dass Lolitas Vater Enrico Versalles einstellte. Enrico war sofort vom Liebreiz Lolitas beeindruckt. Diese bemühte sich auch mit aufreizender Art und knapper Kleidung sein Interesse zu steigern.

Wenn sie gemeinsam frühstückten, beugte sie sich so weit vor, so dass Enrico vollen Einblick in ihr Dekolletee hatte. Natürlich bewunderte er ihre vollen Brüste, die noch keines Halts bedurften.

Sie sah es mit Genugtuung und natürlich bemerkte sie auch, dass er nicht gleich aufstehen konnte, weil er verbergen wollte, dass sich seine Hose verdächtig wölbte. Mit immer ausgefalleneren Tricks quälte sie mit großer Freude den armen Enrico. Der versuchte mit großer Anstrengung seinen

Prinzipien treu zu bleiben. Keinesfalls wollte er Lolitas Vater enttäuschen, indem er mit dessen Kind eine Liebschaft begann. Und für den Vater war Lolita noch ein Kind, wie er oftmals betonte.

Aber das „Kind" machte es Enrico immer schwerer.

Wenn er mit dem Range Rover das Gelände der Farm abfuhr, wollte sie immer mitfahren. Dann saß sie neben ihm, ihre Schenkel an seine gepresst. Das kurze Kleid rutschte immer höher und bei jeder Bodenwelle griff sie halt suchend auf seine Schenkel. Bei einer besonders großen Bodenwelle konnte es schon vorkommen, dass ihre Hand nach oben rutschte. Sie entschuldigte sich sofort und streichelte, wie entschuldigend seinen Schenkel. Da war er oft an der Grenze seiner Beherrschung. Natürlich bemerkte sie das und verschärfte ihre Angriffe auf seine Standhaftigkeit.

Beim nächsten Halt nach einer Furt griff sie höher hinauf und scheinbar angstvoll fester zu. Dann streichelte sie seinen Schenkel bis zum Schritt und freute sich über seine schwache Abwehr. Sie streichelte die Wölbung seiner Hose, bis sie mit Erstaunen den feuchten Fleck unter ihren Händen spürte.

Dabei hatte sie sich zurück gelehnt um sein schweres Atmen, eigentlich ein Keuchen mit dem Ausdruck seines Gesichtes zu vergleichen. Sein Mund war zusammengepresst, die Augen hatte er geschlossen.

Ihr Kleid hatte sich so weit nach oben verschoben, dass man sehen konnte, dass sie keinen Slip trug.

Er öffnete die Augen und seine Hand fuhr zwischen ihre Schenkel.
„ Nein, bitte vergessen sie nicht, dass ich noch zu jung für Sex bin. Und außerdem habe ich Angst. Auch mein Vater würde sicher böse sein wenn er davon erfahren würde."
„ Ich kann auch nicht glauben, dass dieses Stück in meine kleine zarte Vagina passt. Es muss sehr wehtun und wahrscheinlich ist es gar nicht so schön, wie ich in den Büchern gelesen habe."

Am nächsten Tag hatte Enrico im Büro zu tun, die Abrechnung des vergangenen Monats musste gemacht werden und dies gehörte zu seinen Pflichten.
Lolita hatte sich neben ihn auf den Stuhl gesetzt und begann sofort seine Schenkel bis zum Schritt zu streicheln.
„ Warum zucken sie zurück? Gefällt es ihnen nicht? Sie brauchen nur ein Wort zu sagen und ich höre sofort damit auf." Dabei sah sie ihn verführerisch an. Er wollte etwas sagen, aber es ging nicht. Also massierte sie weiter die Wölbung zwischen seinen Schenkeln bis er wieder zu stöhnen begann und sie es wieder feucht in ihren Händen spürte.
„ Ist das schon der berühmte Höhepunkt, den man beim Sex hat? Ist es wirklich so schön, wie man in den Büchern liest?"
Sie sah ihn schelmisch an und er wurde fast verrückt vor Verlangen. Seine Kehle war ausgetrocknet, er konnte kaum sprechen.

„ Es ist nicht Recht, wir sollten das nicht mehr tun und am besten alles vergessen. Du solltest auch nicht mehr auf der Rundreise um die Farm mit mir fahren."
Sie sah ihn an und verließ den Raum.
Die nächsten Tage mied sie seine Gegenwart, aber als er einige Tage später die Wagentür des Land Rover öffnete, saß sie bereits auf dem Sitz des Beifahrers.
„ Ich langweile mich, bitte lassen sie mich mitfahren."
Natürlich konnte er nicht widerstehen und so fuhren sie schweigend bis zu dem großen Baum, der guten Schatten spendete. Sie drängte sich an ihn und begann seine Hose zu öffnen.
„ Ich möchte endlich sehen, wie „ so etwas" aussieht. Aber wenn sie nicht wollen, höre ich sofort damit auf. Sie brauchen nur ein Wort sagen."
Natürlich konnte er nichts sagen. Aber als er wieder zwischen ihre Schenkel griff, wehrte sie sich und zog seine Hand weg. Als er ärgerlich schnaufte, streichelte sie ihn so sanft, dass er glaubte verrückt zu werden. Sie trieb ein teuflisches Spiel mit ihm, das war sicher, aber er konnte einfach nicht widerstehen. Sie war einfach zu süß in ihrer mädchenhaften, neugierigen Art. Und sie hatte absolut keine Hemmungen und kein Schamgefühl. Ungewöhnlich für junge Mädchen. Er beugte sich vor und sein Kopf presste sich zwischen ihre Schenkel. Jetzt gab sie endlich ihren Widerstand auf und öffnete weit ihre Schenkel. Er küsste sie so lange auf den rosa Spalt im flaumigen Haar, bis sie laut schluchzend ihren ersten Höhepunkt erlebte.

„Zum Teufel, was geht hier vor? Sind sie verrückt geworden? Meine Tochter ist doch noch ein Kind! Was treiben sie mit ihr? Sie haben zwei Stunden um meine Farm zu verlassen. Danach werde ich sie erschießen, also beeilen sie sich. Los verschwinden sie, bevor ich es mir anders überlege."
Lolitas Vater stand vor ihnen, das Gewehr im Anschlag.

Einen Monat später traf der neue Verwalter auf der Farm ein. Er war Anfang vierzig und hatte blonde Haare und blaue Augen und schien sehr zurückhaltend. Das war jedenfalls der erste Eindruck, den Lolita von dem Mann hatte.
Er vermied es, Lolita länger als nötig anzusehen. Ihr Vater hatte ihn gründlich informiert und gewarnt. Lolita versuchte auch gar nicht dem Verwalter schöne Augen zu machen, jedenfalls nicht, wenn ihr Vater dabei war.
Waren sie aber allein, spielte sie die Wissbegierige und beugte sich weit nach vorne, um ihm Gelegenheit zu geben, in ihrem Dekolletee die wohlgeformten Brüste zu sehen.
Er schien sie aber nicht zu beachten.
Seine Rundfahrten um das Farmgelände hatte er immer allein gemacht, bis eines Tages Lolita auf dem Beifahrersitz des Range Rovers saß und mit unschuldigem Blick erklärte, dass sie mitfahren wolle.
Sie fuhren los und bei jeder Bodenwelle hielt sich Lolita am Schenkel des Verwalters fest. Und bei einer größeren

Bodenwelle konnte es schon vorkommen, dass sie ihr Ziel verfehlte.

Sie sah ihn an und registrierte mit Befriedigung die Schweißtropfen auf der Stirn des Verwalters.

Die Hure

Der Barkeeper sah auf, sie war gerade gekommen und setzte sich auf den Barhocker ihm gegenüber.

„ Hallo, heute bist du aber früh hier. Normalerweise kommst du erst mit Einbruch der Dunkelheit."

„ Ist dir das nicht recht, soll ich wieder gehen?"

„ Nein, du weißt doch, dass ich gerne mit dir rede, und überhaupt deine Gesellschaft sehr schätze."

„ Manchmal habe ich den Eindruck, dass es dir nicht recht ist, wenn ich mit einem Mann aufs Zimmer gehe? Du wirst doch nicht eifersüchtig sein?"

„ Es ist mir wirklich nicht recht."

Er sah sie an. Sie war Mitte Dreißig, mit langen blonden Haaren, die sie zu einem Rossschweif hochgebunden hatte. Sie hatte einen erotischen Körper mit langen Beinen, aber das Gesicht wirkte manchmal hart, obwohl es regelmäßig und sehr süß war. Gut geschminkt mit dunkel gefärbten Liedern, die sie seitlich noch etwas hoch gezogen hatte. Das gab ihren Augen etwas erotisches, das an die Mandelaugen der Asiatinnen erinnerte. Die Lippen hatte sie blutrot geschminkt, die Zähne schimmerten in reinem Perlweiß.

Jetzt verzog sie ihren Mund etwas spöttisch, aber gleichzeitig sah sie ihn verführerisch über die Schulter an.

„ Bist du in mich verliebt?"

„ Kann schon sein."

„ Aber du weißt doch womit ich mein Geld verdiene?"
„ Man kann immer damit aufhören."
„ Du bist wirklich in mich verliebt!"
„ Kann schon sein. Du könntest bei mir wohnen und ich verdiene genug für uns beide."
„ Du bist süß, aber du musst wissen, ich bin in einer schlimmen Situation und möchte dich da nicht hineinziehen. Wie du weißt, lebe ich gemeinsam mit meinem Freund in dem hohen Haus am Amazonas, etwas außerhalb von Manaus.

Und heute hat es einen bösen Streit gegeben. Er war wieder betrunken und hat mich geschlagen weil ich nicht genug Geld verdient habe. Ich bin auf den Balkon geflüchtet und er ist mir nachgekommen. Er hat geschrien, dass er mich vom Balkon in die Tiefe stürzen werde. Dabei hat er mich zum Balkongeländer gezogen. In meiner Todesangst habe ich ihm einen Stoß gegeben und er ist über das Geländer in die Tiefe gestürzt. Da habe ich Angst bekommen und bin aus dem Haus gelaufen. Es war ein Unfall, oder zumindest Notwehr. Aber wird mir die Polizei auch glauben?

Natürlich könntest du mir helfen und bei der Polizei aussagen, dass ich die ganze Zeit bei dir war. Das wäre ein Alibi für mich. Dir würden sie sicher glauben. Dann würde ich zu dir ziehen und mit meinem bisherigen Leben Schluss machen. Ich würde nur mehr mit dir schlafen. Gefällt dir das? Du musst aber bei der Polizei lügen, für mich lügen. Willst du das für mich tun?"

Der Barkeeper sah sie an. Sie war in seinen Augen die schönste Frau, die ihm jemals begegnet war. In dem schummerigen Licht der Bar sah sie aus wie ein unschuldiges junges Mädchen, keinesfalls wie eine abgebrühte Hure, die schon seit langen Jahren mit allen Männern die bezahlten, ins Bett ging. Er schloss die Augen und stellte sich vor, wie es sein könnte mit dieser Traumfrau den Rest des Lebens zu verbringen.

Wie sie stöhnen würde, wie sie es immer tat, wenn die Männer ihr unter den Rock griffen, mit gierigen Händen. Oder wenn sie ihre Schenkel streichelten bis oben hin, dort wo die schwarzen Strümpfe mit dem Rand aus feinen Spitzen aufhörten.

Aber dann würden es keine fremden Männer sein, nein dann würde er es sein.

Er stellte sich vor, wie es sein würde, wenn sie in seinen Armen liegen und ihn küssen und liebkosen würde. Wenn sie in ihrem kurzen Minirock sich bücken würde, um die Rosen in seinem Garten zu schneiden. Und vielleicht würden sie auch ein Kind bekommen. Diesen Wunsch hatte er bereits in sein tiefstes Inneres verbannt. Er sah sie an und sie lächelte verführerisch, so wie sie ihre Kunden anlächelt.

„ Ich werde es für dich tun, wenn es so war, wie du gesagt hast und ich werde es für uns tun, für unser künftiges Leben."

Der Kommissar kam mit zwei Polizisten in Uniform. Die Aussage des hinkenden, älteren Barkeepers nahm er mit Skepsis zur Kenntnis, sah aber keinen Grund warum dieser Mann für eine ihm fremde Hure lügen sollte und damit Gefängnis riskieren würde.

Als die Polizisten gegangen waren, sagte sie:
„ Es wäre unklug, wenn ich sofort bei dir einziehen würde. Der Kommissar ist nicht dumm, er würde deine Aussage sofort als unglaubwürdig einstufen. Ich werde auch in Zukunft nicht mehr oft zu dir kommen, ich möchte vor allem dich nicht in Gefahr bringen. Das verstehst du doch?"
Eigentlich verstand er das nicht, aber er fügte sich, vor allem auch deshalb, weil sie ihm zum Abschied einen verheißungsvollen verliebten Blick zuwarf.
Zwei Monate vergingen so, da kam sie wieder einmal zu ihm in die Bar.
„ Du verstehst doch sicher, dass ich hin und wieder einen Mann mit zu mir auf mein Zimmer nehmen muss. Ich muss doch schließlich von etwas leben!"
„ Wenn du zu mir ziehen würdest, wie du versprochen hast, hättest du das nicht mehr nötig."
„ Wir müssen noch etwas warten, das verstehst du doch!"
Sie hatte ihr hartes Gesicht aufgesetzt und sah ihn nicht an.

Ein halbes Jahr war vergangen, da klopfte es an ihrer Tür. Sie erwartete einen Kunden und öffnete schnell.

Der Barkeeper stand vor ihr, Schweiß überströmt. Die Stufen zu ihrer Wohnung, so hoch oben hatte er unterschätzt.
Er sah sie an und unter seinen Augen verwandelte sie sich. Ein heller Schein umgab ihre Gestalt, sie sah aus wie ein Engel, geradewegs vom Himmel gestiegen, um ihn zu verzaubern. Dann stand sie in seinem Garten und beugte sich nieder um die Rosen zu schneiden. In der Wiege lag sein Kind und lächelte.

Sie wollte die Tür wieder schließen, aber er drängte sie zurück ins Zimmer.
Er umarmte sie und drückte sein schweißnasses Gesicht gegen ihres.
„ Lass mich in Ruhe, ich habe es mir anders überlegt. Ich werde nicht zu dir ziehen, es ekelt mich vor dir, vor deinem Klumpfuß und deinen ewig nassen Händen und deinen verschwitzten Gesicht. Du riechst immer nach Schweiß. Ich halte das nicht aus." Er zog sie an sich, aber sie riss sich los und flüchtete auf den Balkon.
Schwerfällig und bedächtig kam er nach. Dann umarmte er sie, so fest dass sie sich nicht befreien konnte. Und so, in inniger Umarmung stürzten sie über das Balkongeländer in die Tiefe.
Sie fielen und fielen und die Zeit dehnte sich, wurde immer langsamer. Er sah sie an und der helle Schein um Ihre Gestalt verblasste und schließlich verschwand er.
Und in inniger Umarmung lagen sie auf dem Betonboden und wenn man genau hinsah, konnte man noch die Flecken

eingetrockneten Blutes sehen, von einem anderen Todessturz.
Der Kommissar war plötzlich da und stand ganz ruhig vor den Beiden und die Zeit war stehen geblieben.

Die Marina von Kapstadt

Sie waren ein schönes Paar. Das Leben in Linz, der Provinzstadt im Norden von Österreich war langweilig und so hatten sie beschlossen, in Südafrika ein neues Leben zu beginnen. Das Wetter war besser als in der Heimat und alles war neu und aufregend. Genauso, wie sie sich das neue Leben vorgestellt hatten. Sie hatten beide eine Anstellung in der Marina von Kapstadt bekommen. Ein Ort, wo sich die Bootseigner und Reichen der Stadt trafen. Meistens jüngere sportliche Männer mit ihren schönen Freundinnen, selten mit ihren Frauen. Die Atmosphäre war locker, alle genossen ihr Leben und hatten anscheinend nur Interesse an Vergnügungen aller Art.

Robert Berger und seine Frau Karin fühlten sich wohl, bis eines Tages Rene Walch der Besitzer der Marina, Karin in sein Büro bestellte.

„ Karin sie sind eine wunderschöne Frau und auch sehr tüchtig. Was würden sie dazu sagen wenn ich sie zu meiner Chefsekretärin machen würde. Wie würde ihnen das gefallen? Sie bekommen ein eigenes Büro neben meinem und ihr Gehalt würde sich verdoppeln."

Karin sah ihn an, sie war sich nicht sicher, was er noch von ihr erwartete. Ihrem Mann Robert würde das sicher nicht gefallen.

„ Vielen Dank für ihr Angebot, aber sie werden verstehen, dass ich noch mit meinem Mann reden muss. Ihm wird es nicht gefallen, wenn ich nicht mit ihm gemeinsam arbeite, wie bisher."

Er sah sie an und war wie immer fasziniert von ihrem Aussehen und ihrer Ausstrahlung. Ihre Figur war das erotischste, das er je gesehen hatte. Die langen schlanken Beine, der enge kurze Mini Rock, die festen, nach vorne stehenden Brüste und natürlich das mädchenhafte Gesicht mit den blonden, kurz geschnittenen Haaren, die am Hals eine nach außen gerundete Form hatten. Aber diese Attribute hatten viele der jungen Frauen in der Marina. Aber sie war ein Gesamtkunstwerk der Natur, ihre grünen Augen, das süße Gesicht, der Klang ihrer Stimme, die geschmeidigen Bewegungen, so voll geballter Erotik. Die Männer in der Marina waren verzaubert und verfolgten sie mit glühenden Augen und feuchten Händen, wenn sie in ihren hochhackigen Schuhen über das Gelände der Marina in ihr Büro ging. Sie war nicht wirklich kokett, aber ihre erotische Weiblichkeit füllte den Raum.

Na, jedenfalls, Rene Walch hatte immer das Gefühl, dass seine Hose zu eng sei, wenn er sie sah.

Und wie man hörte, ging das vielen Männern so. Natürlich war sie sich ihrer Wirkung auf die Männer bewusst, aber sie lehnte jede Einladung ab. In einer freundlichen, natürlichen Art, die niemand verletzte. Auch ihren Chef, Renee Walch behandelte sie freundlich, aber distanziert. Dabei war Renee, wie ihn alle nannten ein außergewöhnlich gut aussehender Mann von Anfang dreißig mit einem muskulösen Körper und einem sehr männlichen Gesicht. Die

Frauen lagen ihm zu Füssen. Außerdem war er reich. Er sah sie an, mit einem Blick, der viele Frauen verzaubert hätte, aber Karin sah ihn zurückhaltend, fast scheu an und lächelte ihr Zauberlächeln.

Er musste sie besitzen, wie er das nannte. Aber eigentlich war er wild darauf mit ihr ins Bett zu gehen.
„ Um uns besser kennen zu lernen und um alle Details ihrer zukünftigen Aufgaben zu besprechen, lade ich sie und ihren Mann das kommende Wochenende auf meine Farm etwas außerhalb von Kapstadt ein. Mein Anwesen liegt am Fuße der Tafelberge mit Zugang zum Meer. Es wird ihnen gefallen. Sagen wir Samstag zum Lunch? Ich hole sie beide in der Marina ab."

Karins Mann war einverstanden und meinte nur: „ Was kann es schon schaden, wenn wir mit unserem Boss näher bekannt werden? Es kann nur von Vorteil sein, was meinst du?"
Karin war es egal.

Als sie das Eingangstor zur Farm durchfahren hatten hielt Renee Walch vor einem imposanten, wunderschönen Haus in viktorianischem Stil, mit großen Fenstern bis zum Boden und halbrunden Bögen als oberen Abschluss.
Ann Walch, die Frau ihres Bosses begrüßte sie freundlich an der Eingangstür. Sie war eine rassige, schöne Frau von Anfang Dreißig mit blauschwarzen, schulterlangen Haaren

und einer weiblichen Figur mit ausgeprägten Rundungen an den richtigen Stellen.
Sie begann sofort mit Karins Mann Robert zu flirten. Offensichtlich gefiel er ihr sehr.
Sie führte ihn durch das Haus und im Schlafzimmer legt sie sich so einladend aufs Bett, dass Robert heiß wurde, obwohl die Klimaanlage lief. Ihr Kleid hatte sich verschoben, so dass ihre schwarzen Strümpfe bis zum oberen spitzen- besetzten Rand zu sehen waren.
Mit Befriedigung sah sie sein aufgeregtes Interesse, aber auch seine zurückhaltende Hemmung, die sie besonders reizte. Aber sie war sicher, es würde ein nettes Wochenende werden.
Renee Walch führte in der Zwischenzeit Karin den schmalen Weg hinab zum Strand.
Sie hatte ihre Schuhe mit den hohen Absätzen ausgezogen und ging barfuß über den heißen Sand. Eine leichte Brise wehte vom Meer und brachte den Geruch von salziger Gischt und Tang zu ihnen.
Er sah in ihre durchsichtigen Katzenaugen und bewegte sich richtungslos, willenlos über den hitzeglühenden Strand. So müsste es immer weiter gehen in einem stillstehenden Universum.
Karin setzte sich auf einen Tisch- großen Stein und zog die Knie an. Scheinbar ohne Absicht zeigte sie ihm dabei ihre runden Schenkel und das schwarze winzige Dreieck ihres Slips.

Renee Walch begann unmerklich zu zittern und hatte das Gefühl, er werde im nächsten Moment explodieren.
Aber als seine Hand zwischen ihre Schenkel glitt, presste sie die Beine zusammen und zog seine Hand zurück.
Die Luft wurde hart und die Hitze überfiel ihn mit aller Macht während seine Kleider von Schweiß klebten. Und sie saß da und sah ihn an. Ihre rot geschminkten Lippen zuckten und das Rauschen der heranrollenden Wogen übertönte das heisere Gestammel aus seinem Munde. „ Bitte entschuldigen sie, aber es ist einfach über mich gekommen. Ich konnte nichts dagegen tun."
Sie hörte es trotzdem und lächelte ihr fröhliches Mädchenlachen.
Er sah sie an und wusste wann er zu leben begonnen hatte. Es war als er sie zum ersten Mal sah.

Sie saßen um den großen Ebenholztisch im Salon und unterhielten sich leise nach dem opulenten Abendessen.
Renee saß neben Karin und Robert saß neben Ann, die sehr nahe an ihn herangerückt war.
Karins Minirock hatte sich nach oben verschoben und Renee nützte das weit herabhängende schwere Tischtuch, das viel verbarg und streichelte Karins Schenkel. Als seine Hand weiter nach oben tastete, wurde sie steif und als er es schaffte seine Hand in ihr Höschen zu zwängen, umklammerte sie die Tischkante mit beiden Händen. Die Knöchel wurden unter der Spannung weiß und ihre roten Fingernägel schienen sich in den Tisch zu krallen. Er

streichelte sie mit geübten Fingern und bemerkte schließlich, wie sie feucht wurde.

Er beugte sich zu ihr und flüsterte:

„ Komm mit mir auf mein Zimmer, ich halte es nicht mehr länger aus und du sicher auch nicht."

Sie standen auf und ohne ein Wort zu sagen gingen sie die breite, geschwungene Treppe nach oben. Er schob sie ins Zimmer und als er die Tür schloss, drehte sie sich um und sah ihn an mit diesem bezaubernden Blick der ihn verrückt machte.

Mit zitternden Fingern knöpfte er ihre Bluse auf. Ihre leichte Abwehr steigerte sein Verlangen noch mehr. Erst als er ihre Brüste und die steilen Brustwarzen mit seinen Lippen und seiner Zunge liebkoste, gab sie ihren Widerstand auf, wie die Frauen sich immer unterwerfen dem starken Mann.

Sie stöhnte leise als er in sie eindrang. Ihr Körper bäumte sich auf und sie schrie als sie beide im gleichen Augenblick zum Höhepunkt kamen.

Bereits auf dem Rückweg vom Bad ins Zimmer überkam ihn wieder unbändiges Verlangen und sie schien das gleiche zu empfinden. Er küsste sie auf den rot geschminkten Mund und als ihre Hände mit den blutroten Fingernägeln seinen Bauch und seine Schenkel streichelten, warf er sie ungestüm aufs Bett. Der Rhythmus seiner wilden Stöße brachte sie zum Wimmern und leisen Stöhnen. Erst zum Schluss, als sie spürte, dass der Höhepunkt kam, schrie sie laut. Überrascht von ihrem Schrei, der ihr Bewusstsein durchdrang, presste sie erschrocken die Hand auf ihren Mund.

Das war es, das ihn ungemein reizte, die jung-mädchenhafte Keuschheit dieser wunderschönen Frau. Und sie musste immer wieder erobert werden, bevor sie ihren Widerstand aufgab und sich ihm unterwarf.

Aber die nächsten Male, und es waren noch einige, gab sie ihre Schamhaftigkeit auf und öffnete sich der dunklen Leidenschaft und genoss die Ohnmacht gegen sein Begehren. Sie genoss seine schier unerschöpfliche Männlichkeit mit Erstaunen und jedes Mal war es neu und schöner als das vorige Mal.

Im Salon hatte sich Ann zwischen die Beine von Robert gekniet und öffnete mit zitternden Händen seine Hose. Als sie begann ihn zu küssen, legte er sie auf den Tisch und öffnete ihr Kleid. Ihre prallen Brüste drängten sich ihm entgegen und als er seine Hand in ihren slip schob, spürte er die Hitze ihres Verlangens. Mit einem Ruck zog er das Höschen herunter und unter seinen kräftigen Stößen klirrten die Teller auf dem Tisch. Sie war zuerst still, nur als er zu keuchen begann, schien sie zum Punkt ihrer Lust zu kommen und rief am Höhepunkt seinen Namen in ununterbrochener Folge, in immer wilderen hellen Tönen.

Sie zog ihn mit in ihr Zimmer und ins Bad. Dort seifte sie ihn gründlich ein und als er voll Seife und glitschig vor ihr stand, bückte sie sich über den Rand der Badewanne und streckte ihr Hinterteil in die Höhe. Es war fantastisch und beide stöhnten laut und hemmungslos. Sie hatte noch lange nicht

genug und zog ihn ins Bett, dort liebten sie sich, bis beide satt waren und einschliefen.
Es war eine dieser Nächte gewesen, in denen man nichts hört, als den Atem und das Stöhnen des Anderen.

Als am späten Vormittag die Sonne über den Tafelbergen aufging kamen alle hungrig und frisch gebadet an die Frühstückstafel. Die Frauen dufteten nach Seife und die Männer rochen nach gutem Rasierwasser.
Niemand verlor ein Wort über die Geschehnisse der vergangenen Nacht.

Renee und Ann Walch waren vergnügt und locker. Renee erzählte Anekdoten aus seiner Arbeit in der Marina und Ann lachte laut, obwohl sie diese ja schon öfter gehört haben musste.
Karen und Robert wirkten etwas nachdenklich und schienen in Gedanken versunken zu sein. Dann beschlossen die beiden den Pfad zum Strand hinab zu steigen und am Meer entlang zu spazieren. Sie mussten reden.
Renee und Ann standen auf der Terrasse und sahen ihnen nach. Dann setzten sie sich auf den tischgroßen Stein am Rand der Terrasse gesetzt und unterhielten sich leise.

„ Ich werde sie zu meiner Privatsekretärin machen. Wir werden überwiegend im Büro in der Stadt sein und auch dort wohnen. Ich denke, du wirst dich mehr in der Marina aufhalten?" Renee sah seine Frau nachdenklich an.

„ Ja, die frische Luft am Meer wird mir gut tun. Außerdem haben wir ein wunderschönes Apartment am Dach der Marina mit einer großen Terrasse. Eine nicht einsehbare Terrasse, mit Palmen und Blumen. Ich bin überzeugt, es wird wunderbar. Ich kann es nicht erwarten, dort meine Tage und Nächte zu verleben."

„ Ich bin froh, dass wir uns einig sind." Renee war erleichtert.

Am nächsten Morgen fuhr Karin mit Renee in die Stadtwohnung und Robert zog in der Marina im Apartment der schönen Ann ein.

Der Maler Benito Juarez aus Ciudad

Der Maler Benito Juarez lebte vor dem großen Krieg zwischen der Regierung und den Banden der Rauschgifthändler am Rio Conchos in der Provinz Chihuahua im Norden Mexikos.

Die Touristen, die manchmal in diese Gegend kamen, waren begeistert von seinen Bildern und hin und wieder kauften sie eines. Aber niemand fiel es auf, dass Benito eigentlich nur ein Motiv malte. Es war eine wunderschöne junge Frau mit blonden Haaren, die sie nach rückwärts zu einem Rossschweif zusammen gebunden hatte. Ihr liebliches Gesicht war regelmäßig und die blauen Augen schienen den Betrachter nach jeder Seite des Raumes zu verfolgen. Der volle rote Mund versprach alle Freuden der Welt und die Brüste waren rund und steif. Ein kurzer Mini Rock zeigte die langen Beine, die schlank und dabei doch die süßen Rundungen eines jungen Mädchens hatten.

Alle wunderten sich, wo um alles in der Welt hatte der Maler in dieser verlassenen Gegend so ein perfektes Modell gefunden. Er lächelte nur und schwieg.

Nur wenn einer besonders hartnäckig war erzählte er, dass diese Traumfrau ihn jede Nacht in seinen Träumen besuchte. Sie sprach zu ihm und erzählte von der Stadt, in der sie wohnte. Und manchmal küsste sie ihn und war sehr zärtlich. Aber das erzählte er nur Touristen unter dem Siegel der Verschwiegenheit. Den Leuten im Dorf erzählte er nichts davon, sie würden ihn für verrückt halten und so schwieg er und hütete diese Träume als sein Geheimnis.

Wie jeden Tag ging er zum Fluss um sich sein Mittagessen zu angeln. Es gab reichlich Fische und hin und wieder hatte er auch eine kleine Echse an der Angel. Ein besonderer Glücksfall, denn das Fleisch bot etwas Abwechslung in seinem Speiseplan. Die Kräuter und Kartoffel holte er am Nachhauseweg von Celine, seiner Nachbarin, die dafür auch gerne einen Fisch nahm.

Einmal in der Woche ging er ins Dorf, um Kaffee, Salz und Zucker zu kaufen. Er lebte ein einfaches Leben, aber er war zufrieden. Mittlerweile war er vierzig Jahre alt geworden, aber er fühlte sich immer noch sehr jung. So manche Frau im Dorf hatte versucht ihn zu ihrem Mann zu gewinnen. Aber er liebte die Frau aus seinen Träumen.

Dann kam der Tag der alles veränderte. Als der Fluss Dampfer mit den Touristen ankam, gab es einen Tumult. Die Bewohner des Dorfes strömten herbei und betrachteten staunend die junge Frau, die ausgestiegen war und nun über den Marktplatz ging.

Es war die Frau, die der Maler Benito Juarez auf seinen Bildern gemalt hatte. Ganz genau, bis aufs kleinste Detail.

Felizitas Gomez aus Mexiko City wunderte sich sehr über das Aufsehen, das sie in diesem abgeschiedenen Dorf erregte. Als man ihr ein Bild zeigte, das zum Verkauf an der

Wand des Ladens hing, wollte sie den Maler unbedingt kennen lernen.

Man brachte sie zu Benito Juarez, der sie ohne die geringste Spur von Erstaunen begrüßte. Er war immer sicher gewesen, dass sie eines Tages kommen würde. Umso erstaunter war Felizitas Gomez, als sie die Hütte betrat. An den Wänden hingen Bilder, von ihr. Unzählige Bilder, die nur sie zeigten. Es war unglaublich, unerklärlich.
Wie konnte er sie malen, wenn er sie noch nie gesehen hatte?
Benito erzählte ihr von seinen Träumen, in denen er sie in seinem Herzen sah, in seiner Fantasie. Felizitas war überwältigt, und als er sie bat für ihn Modell zu stehen, war sie sofort bereit. Sie wollte nur den Staub der Reise abwaschen und Benito zeigte ihr die Duschkabine am Ende der Hütte.
Sie roch nach Seife, Wassertropfen glänzten auf ihrer nackten Haut, als sie zurück in seine Hütte kam. Benito hatte sofort vergessen, dass er sie eigentlich malen wollte. Er nahm sie in seine Arme und küsste ihren roten Mund, wie ein ertrinkender, der nach der lebenspendenden Luft giert. Sie ließ es geschehen und als er sie auf sein Bett legte, lächelte sie und wehrte sich nicht, als er begann ihren Körper mit Küssen zu liebkosen.
Er küsste ihr Gesicht, ihren Hals, ihre Brüste und ihren Bauch. Als er bei ihren Schenkeln war, begann sie schneller zu atmen und als er vorsichtig eindrang, atmete sie heftig

und stoßweise im Rhythmus seines Gleitens. Dabei streichelte sie sein Gesicht und küsste ihn ohne Pause. Er streichelte ihre Brüste mit zarten Fingern und dann empfing sie ihren Höhepunkt mit einem hellen, hohen Schrei.

„ Mein Gott, war das schön. Ich hätte nie gedacht, dass es so schön sein kann. Du bist so zärtlich und einfühlsam, ganz anders als die Männer sonst sind, so hart, brutal und rücksichtslos, nur auf ihren Genuss aus, ohne Rücksicht auf die Frau. Die Männer, die sich nur nehmen was sie wollen."

Sie sah ihn an mit weichen Augen und strich über sein Gesicht, voll Liebe und Zärtlichkeit.

Sie setzte sich auf und er holte die Staffelei. Im weichen Licht der Petroleumlampe auf dem Tisch sah sie unwirklich schön aus, so unschuldig und zugleich wie eine soeben erblühte Frau.

Er begann sofort mit dem Malen und sie sah ihn die ganze Zeit an, mit einem Strahlen, das ihr ganzes Gesicht in eine unwirkliche, nicht zu beschreibende mystische Aura tauchte. Und er malte ohne Unterbrechung. Das Bild zeigte ihr Gesicht, nur ihr Gesicht, aber er hatte den ganzen Zauber der Nacht eingefangen. Ihre wissenden Augen, das Strahlen darin, es war das Gesicht einer jungen Frau, die soeben und zum ersten Mal den Gipfel erreicht hat. Aber da war mehr, ein Gleichklang der Seelen, die sich gefunden hatten und ineinander verschlungen den absoluten Höhepunkt des Lebens erreicht hatten.

Der beginnende Tag sandte die ersten Strahlen auf die Bäume. Die Tropfen des Nachtregens auf den Blättern der Bäume glühten auf und funkelnden wie Diamanten. Die Vögel des nahen Urwaldes erwachten und begrüßten den neuen Tag.
Diese Nacht war es wert gewesen gelebt zu haben dachte Benito und ging zurück in seine Hütte mit dem rostigen Wellblechdach.
Die zähe, kompakte, glühende Hitze hatte bereits eingesetzt an jenem unvergesslichen Julimorgen.

Felizitas überlegte lange und suchte nach den richtigen Worten. Dann begann sie langsam, mit stockenden Pausen und sah ihn an mit erloschenen Augen.
„ Ich muss zurück in die Stadt, wo ich lebe, aber eines Tages komme ich wieder zurück. Aber jetzt muss ich zurück zu meinem toten Leben. Ich muss Geld verdienen, für die Miete meiner Wohnung, für meine Kleider, für mein Essen. Viel Geld muss ich verdienen, aber die Männer zahlen gut. Auch wenn ich mich vor ihnen ekle, vor den unbarmherzigen Männern, die so ganz anders sind, als du.
Auch wenn es traumhaft schön war mit dir, so schön wie niemals zuvor. Ich werde dich nie vergessen, so lange ich lebe."

Als sie zurück ging zur Anlegestelle des Fluss Schiffes hatte er noch den Klang ihrer Mädchenstimme im Ohr, aber der Sinn ihrer Worte drang nicht zu ihm durch. Sein Verstand, oder seine Seele weigerten sich das Gehörte zu akzeptieren. Für ihn selbst wäre die Entdeckung, tot zu sein, keine Überraschung gewesen, aber in diesem Augenblick der geringen Klarheit seines Denkens, war da ein Schutzschild, dass ihn davor bewahrte einfach aufzuhören mit dem Atmen, wie es die Delfine tun, wenn sie nicht mehr leben wollen.

Er malte das Bild einer wunderschönen Frau mit einem Lächeln, das so unwirklich schön war, fertig. In einem sehr fernen Winkel seines Denkens, in den düsteren Nebeln seines Inneren verbarg er ihre Worte.

Eines Tages kam ein Kunsthändler in das Dorf und als er davon hörte, dass ein Maler etwas außerhalb wohnte, ließ er sich die Hütte zeigen.

Als er eintrat, sah er sofort das Bild an der ehemals weißen Wand hängen.

Ergriffen stand er davor, und rang nach Worten. Er handelte ein Leben lang mit Bildern und hatte schon viele gute und sehr gute gesehen, aber dieses Bild war das Beste, das er je gesehen hatte.

„ Packen sie ihre Bilder gut ein, ich nehme sie mit in die Stadt. Sie und die Bilder, und ganz besonders das Bild da an der Wand."

Die Ausstellung in der Hauptstadt Mexico City war ein unglaublicher Erfolg. Der Kunsthändler hatte alle seine Bilder

entfernt und in der Mitte der großen weißen Wand nur das Bild des Mädchenkopfes aufgehängt. Als die laute Menge der Interessenten davor stand wurden die Menschen still und bestaunten andächtig das Bild. Seit dem Bild von Mona Lisa hatten sie so ein unglaublich berührendes Bild nicht mehr gesehen. Es berührte die Seele, und alle spürten es.
Still verließen sie den Saal und dann begann das Bieten der reichsten Sammler und Kunstliebhaber. Einer überbot den Anderen und schließlich ging das Bild für fünfzehn Millionen Dollar an einen Amerikaner.

Benito erhielt den für ihn unvorstellbaren Betrag von zehn Millionen Dollar. Die legte er sofort auf ein Konto der Staatsbank. Die Zinsen waren mehr, als er zum Leben brauchen würde.
Aber der Rummel um seine Person war ihm bald zu viel und so fuhr er zurück in sein Dorf. Dort verkroch er sich vor den vielen „ guten Freunden" die er plötzlich hatte. Da würde ihn niemand finden.
Einmal im Monat, wenn das Fluss Schiff anlegte und einige Touristen an Land kamen, stand er da und wartete. Aber sie war nicht dabei.
Nach langen Jahren kam die Erinnerung an ihre letzten Worte, aus fernen undeutlichen Träumen aus denen er langsam erwachte. Er wurde sich der Wahrheit bewusst, die ihn seit Jahren umgab und ging nicht mehr zur Landebrücke.

Aber eines Tages kam sie doch. Eine ältere füllige Frau mit einem hitzegedunsenen Gesicht, das gezeichnet war vom Ekel. Vom Ekel gegen unzählige Männer, die sie zerstört hatten und ihren Körper in eine schwammige Masse verwandelt hatten.

Als sie die Tür zu Benitos Hütte öffnete, sah er nicht auf. Erst ihre Stimme ließ ihn aufhorchen und er drehte sich um.

Abscheu und Entsetzen schnürten ihm die Kehle zu als er sie erkannte.

„ Nein, geh weg, geh sofort aus meiner Hütte, ich bitte dich geh weg, du zerstörst das Bild meiner Liebe, das ich in meinem Herzen trage. Du zerstörst meine Erinnerung an die Minuten in denen unsere Seelen zu den Sternen flogen. Geh weg!"

Sie warf noch einen letzten Blick auf die Wand gegenüber. Das Bild von ihr war nicht mehr da, nur eine schlechte Kopie, von Mückenkot übersät, ohne die Ausstrahlung des ersten Bildes hing an der Wand.

Da begriff sie, dass sie ihm die Kraft gestohlen hatte, die Kraft, die ein Mensch braucht um ein wahres Kunstwerk zu schaffen. Tränen rannen über ihr Gesicht und zogen eine Spur in die dicke Schicht der Schminke die ihr Gesicht bedeckte. Sie drehte sich um und ging in der weißglühenden Julisonne den Weg zurück zur Anlegestelle des Schiffes.

Jose Arcadio

Es war so weit, dass er nicht einmal nachts richtig schlief. Er wechselte seine Position in der Hängematte und kam ein wenig zum Leben. Mühsam kam er auf die Beine und machte sich sein Essen. Gebratene Banane, Yucca Wurzel und weißen Reis. Dazu trank er grünen Tee vom Vortag.
Heute war Sonntag und er wollte in die Kirche. Pater Anselm hielt immer so eine anklagende Predigt, voll Wut über die nachlassende Moral der Menschen im Allgemeinen und der nicht vorhandenen Moral der Gemeinde im Besonderen. Jose Arcadio liebte die Wutausbrüche des Pfarrers, seine beschwörend erhobenen Hände, die er wie um Hilfe bittend gegen den Himmel streckte. Wie er wetterte gegen das Haus der Madame Rebecca mit ihren käuflichen Mädchen, die anständige Familienväter zur Sünde verleiten.
Alle waren gekommen.
Die Holzfäller von Sinui, die Schmuggler von Guajira, die Fischer von San Jacinto, die Bananenpflücker von Aracataca, alle waren gekommen um die Predigt des Paters zu hören. Manchmal erwähnte er auch Details und die Männer lauschten mit Begierde und wunderten sich, woher er das wusste. Nur die Frauen taten entsetzt und verhüllten ihr Gesicht. Wahrscheinlich damit man das Glitzern in den Augen nicht sehen konnte. Aber sie kamen alle und lauschten begierig den Worten des Padres.

Anschließend gingen die Frauen nach Hause um sich für die Männer schön zu machen und die Männer gingen zu Aureliano auf ein Bier. Danach besuchten sie Madame Rebeccas Etablissement, natürlich nur um zu sehen, ob es neue Mädchen gab. Niemals würden sie an einem Sonntag eines der Mädchen nehmen. Gott bewahre sie vor so einer Sünde.

Jose Arcadio hatte den ganzen Monat gespart, hatte jeden Peso gesammelt und nun sprach er mit der jungen Isabel aus Rebeccas Etablissement über das Wetter, die Preise im Allgemeinen und ganz vorsichtig kam er darauf, was es wohl kosten würde, wenn sie mit ihm eine Nacht verbringen würde.
„Muss es denn gleich eine ganze Nacht sein?"
Sie sah ihn an und lächelte. Er gefiel ihr, obwohl er um Einiges älter war als sie.
„Ja, du sagst es, ich bin schon älter und ich weiß nicht wie lange es dauert, bis ich bereit bin."
„Na, bei mir brauchen alle nicht lang, manchmal genügt es wenn ich einen ordentlichen Striptease mache. Du brauchst keine Bedenken zu haben, ich bringe dich schon in Hitze."

Er sah sie an, sie war wunderschön mit ihren jugendlichen Rundungen, ihrer mädchenhaften, aber auch weiblichen Ausstrahlung. Er konnte gut verstehen, dass die Männer seines Dorfes verrückt nach ihr waren.

Aber er sah in ihr nicht nur das Sexobjekt. Er liebte sie. Wenn sie auf der Straße an ihm vorbei ging, war er fasziniert und sah ihr lange nach. Aber sie hatte ihn natürlich nicht bemerkt. Die Blicke der Männer war sie gewohnt. Ob es wohl möglich wäre, sie von ihrem Lebenswandel abzubringen, überlegte er still und voll unsinniger Hoffnung.

Jetzt setzte sie sich neben ihn auf das breite Bett und nahm seine Hand. Er drehte den Kopf und sah sie an. Sie sah in seinen Augen viele verzweifelte einsame Nächte und ganz plötzlich berührte ein tiefes Gefühl ihre Seele.

Die Zeit blieb stehen, in diesem mystischen Moment. Die Sterne hielten inne, in ihrem Weg durch die Ewigkeit, das Universum öffnete sich und sandte einen hellen Lichtstrahl.
Er traf Isabel mitten ins Herz.
Es war das größte Geschenk, das die Menschen in ihrem Leben erhalten können.
Die Liebe.
Ein vollkommener Zustand, der dem Tode sehr ähnlich sein musste.
Dagegen verkam alles andere zur Bedeutungslosigkeit, ihr bisheriges Leben, die vielen Männer die sie besessen hatten, das Geld, das sie verdient hatte. Alles war plötzlich ohne Bedeutung, ohne Wert. Auch dass Jose Arcadio älter und arm war. Alles verblasste vor diesem herrlichen Gefühl der Liebe, das sie so plötzlich erfahren durfte.

Es war eine der Nächte, in denen man unter dem Gewicht der Stunde nichts hört als den tausendjährigen Atem der Erde. Sie sprachen die ganze Nacht und hielten sich an den Händen. Sie küssten sich und liebten sich bis die Finsternis der Nacht sich unter den ersten Strahlen der Sonne auflöste.

Der Gedanke, dass Jose nun gehen würde und sie allein, ohne ihn, zurück bleiben sollte, schmerzte wie ein Leichentuch ums Herz. Sie fühlte die riesige Leere in der still stehenden Zeit.

Isabel wusste nicht, wo sie zu leben beginnen sollte.

Da war ein Gedanke, der im Stillschweigen wuchs.

Ohne seine Hand los zu lassen, ging sie mit ihm, immer weiter.

Das Dorf schwamm in der Hitze, als sie die Hütte von Jose erreichten.

Bibliografische Information der Deutschen Nationalbibliothek: Die Deutsche Nationalbibliothek verzeichnet diese Publikation in der Deutschen Nationalbibliografie; detaillierte bibliografische Daten sind im Internet über dnb.d-nb.de abrufbar.

TWENTYSIX – Der Self-Publishing-Verlag
Eine Kooperation zwischen der Verlagsgruppe Random House und BoD – Books on Demand

© 2016

Herstellung und Verlag:
BoD – Books on Demand, Norderstedt

ISBN: 978-3-7407-1201-3